LES LECTRICES ONT AIMÉ !

« La comédie de Noël qu'il faut lire absolument ! Une histoire digne des contes de Noël, qui a le don de vous réchauffer le cœur et d'illuminer vos journées. Une véritable parenthèse enchantée où tout est possible… »
Christel, de @les__miscellanees_de_cookie

« Sophie Jomain ne se limite pas à nous narrer les amours de sa jeune héroïne, elle aborde également d'autres sujets plus profonds tels la famille, le harcèlement moral au travail, les apparences qui sont parfois trompeuses, les turbulences de l'adolescence… le tout dans un décor paradisiaque ! Un roman de Noël tout doux. »
Carole, de @lafilleaux1001lectures

« Avec une plume toujours très agréable et bienveillante, l'autrice mêle l'exotisme des tropiques à l'esprit de Noël et cela fonctionne à merveille ! C'est chaleureux, drôle et réconfortant ! »
Alexandra, de @mes_evasions_litteraires

« Ce que j'aime dans les livres de Noël de Sophie Jomain, c'est que l'intrigue n'est pas prévisible, avec notamment des secrets de famille et plusieurs rebondissements. Laissez-vous charmer par l'atmosphère féerique et magique d'un Noël à Saint-Barthélemy. »
Floriane, de @les_lectures_de_flofloenael

« Embarquer dans cette aventure a été source d'un dépaysement inattendu et magique. Les nombreuses péripéties n'ont cessé de me faire rire. Une comédie romantique merveilleusement bien réussie et pleine de magie, qui vous fera aimer encore plus Noël. »
Marta, de @leslecturesdemissm

« Passer Noël sous les cocotiers, c'est la promesse ambitieuse de Sophie Jomain. Et le pari est réussi ! La plume de l'autrice est pleine de tendresse. Alors si vous recherchez un roman féerique, ensoleillé et plein d'humanité, celui-ci est fait pour vous ! »
Manon, de @lalecturedemanon

« Une agréable lecture qui nous emmène aux Caraïbes pour y fêter Noël au soleil, les pieds dans le sable ! »
Clémentine, de @helynna_

« Sophie Jomain nous invite à la rêverie et nous offre une réelle immersion loin de tout, au cœur d'une île solaire, où les habitants ont leur façon bien à eux de fêter Noël. »
Eline, de @meslivresdepoche

« Cette comédie cache des réflexions plus profondes qui la transforment en une histoire à la fois touchante et féerique. »
Anouk, de @anouklibrary

« J'ai adoré l'histoire, qui est prenante, légère tout en abordant des idées importantes. Une plume fluide, pleine d'humour et de reparties cinglantes qui fait décrocher et voyager. »
Carol-Ann, de @bbtiz

« Sophie Jomain nous montre que la magie de Noël, ce n'est pas un lieu, mais des gens qui la transmettent et la communiquent. Un excellent moment de lecture aussi réconfortant qu'un chocolat chaud. La lecture qui vous réchauffera pour Noël ! »
Marine, de @toiledemots

« Une lecture dépaysante et fraîche que je conseille fortement ! »
Leah, de @leahbookaddict

« L'histoire est vraiment agréable et c'est un bon moment de lecture. Les personnages qui croisent la route de Rosie sont particulièrement attachants, et cela donne beaucoup de charme à l'histoire. »
Tiphaine, de @je.lis.mes.envies

« Une belle histoire qui nous fait voyager et plonger dans cette période féerique où tous les rêves peuvent se réaliser, il suffit juste d'en faire le vœu. »
Katia, de @pauselectures

LES TORTUES NE FÊTENT PAS NOËL SOUS LA NEIGE

De la même autrice :

M'asseoir cinq minutes avec toi, 2021

Les étoiles brillent plus fort en hiver, 2020

10, place des Cinq-Martyrs-du-Lycée-Buffon
75015 Paris – France
www.editionscharleston.fr

ISBN : 978-2-36812-711-7
Maquette : Patrick Leleux PAO

Charleston s'engage pour une fabrication écoresponsable ! Amoureux des livres, nous sommes soucieux de l'impact de notre passion et choisissons nos imprimeurs avec la plus grande attention pour que nos ouvrages soient imprimés sur du papier issu de forêts gérées durablement.

Pour suivre notre actualité, rejoignez-nous sur Facebook (Éditions.Charleston), sur Twitter (@LillyCharleston) et sur Instagram (@LillyCharleston) !

Sophie Jomain

LES TORTUES NE FÊTENT PAS NOËL SOUS LA NEIGE

Roman

CHARLESTON

NOTE DE L'AUTRICE

Si certains bars et restaurants sont cités, il en est d'autres qui n'existent pas, de même pour les associations mentionnées dans ce roman. Pour des raisons pratiques, il m'est parfois arrivé d'inventer des lieux ou d'en modifier d'autres selon les besoins de l'histoire. J'espère que les habitants de Saint-Barth ne m'en voudront pas et me pardonneront les petites erreurs et incohérences géographiques et culturelles !

Pour Corinne,
Ton Cococâline *m'a fait rêver !*

PROLOGUE

Quand je suis arrivée sur l'archipel, je l'ai tout de suite remarqué, perché sur la colline à côté du phare rouge et blanc de Gustavia. Son feuillage était bien vert et des centaines de boules de coton ornaient ses branches noueuses ; il était en pleine floraison et les touristes se pressaient autour du tronc pour s'y faire prendre en photo.

Si le fromager est si célèbre, c'est parce qu'on raconte qu'il est sacré, qu'il porte chance et garde les esprits. Un Saint-Barth – c'est ainsi qu'on nomme les natifs de l'île – m'a dit un jour qu'on l'appelait l'arbre à zombies et que si par malheur quelqu'un le coupait, une terrible malédiction s'abattrait sur lui et sa famille. En revanche, si vous êtes chauve comme un genou, vous frotter quelques feuilles sur le crâne vous redonnera la chevelure de vos vingt ans. Je ne suis pas très sensible à ce genre d'histoire, j'ai même trouvé ça amusant, mais ici, les choses les plus simples et les plus rationnelles revêtent parfois une tout autre dimension, et vous ne savez plus ce qui est à prendre au sérieux ou non.

Une pierre, un coquillage, une fleur, et les légendes de l'île opèrent. Les souvenirs des Indiens Arawaks sont partout. Sur l'archipel, tout le monde est superstitieux.

Toutefois, Saint-Barthélemy, c'est surtout vingt-quatre kilomètres carrés perdus au milieu des Caraïbes. Du soleil en été, du soleil en hiver, alors si vous êtes né dans les Antilles et que vous n'avez pas encore eu l'occasion d'en partir, la neige ne demeurera pour vous qu'une lointaine chimère. Saint-Barth, c'est tortues de mer, cocotiers, sable fin, et… riches propriétaires blasés.

Ce sont d'eux que je m'occupe. Enfin, pas d'eux exactement, mais de leurs villas. Mon travail sur l'île consiste à prendre soin de leurs biens, à veiller à ce que les jardins soient entretenus et que les intérieurs restent pimpants toute l'année, au cas où il leur viendrait à l'idée d'arriver à l'improviste pour quelques semaines – ou mois – de repos. Des Russes imbuvables, des Américains sympas, des Brésiliens un peu barges et des Français régnant en maîtres tout-puissants. À Saint-Barth, on rencontre de tout, mais qu'importe, le dépaysement est total et c'est précisément pour cette raison que je me suis installée si loin de chez moi.

Pour moi, tout a vraiment commencé un 26 novembre. Pile-poil le jour où l'attraction presque magique de l'île s'est décidée à me montrer à quel point je n'allais pas être au bout de mes surprises.

Chez moi, en Alsace, à cette période de l'année, on frôle les -5 °C, le paysage est blanc, on voit du houx sur toutes les fenêtres, des boules, des guirlandes scintillantes, des *bredeles* et du vin chaud à chaque coin de rue, mais pas ici. À Saint-Barth, on est très loin de l'image qu'on se fait de Noël. Il y a bien un immense sapin synthétique lumineux devant la capitainerie, et quelques décorations ici ou là qui tentent de restituer l'ambiance, mais personne ne semble tellement emballé par tout ça. Autant de couleurs, de chaleur et de ciel bleu en plein hiver, une fille comme moi pourrait penser ne jamais s'y habituer. Mais voilà, on se fait à tout, et je ne suis pas près d'oublier ce qui m'est arrivé.

Je m'appelle Rosalie Ernst, Rosie, et maintenant que j'ai votre attention, je vous donne ma parole que tout ce que je vais vous raconter est vrai.

Tout, même l'inimaginable.

1

— NON, NON, NON, NON, NON ! m'écrié-je en entendant un bruit alarmant provenant du moteur de la voiture.

Eh bien si… Le tableau de bord se met à clignoter comme un phare en pleine tempête. Je réussis à ranger la Mini sur le bas-côté avant qu'elle ne s'immobilise dans un dernier soubresaut désespéré.

— Tu ne vas pas me faire ça maintenant, hein ? Tu vas te reposer et redémarrer, hein ?

Mais interloquée, je regarde le voyant « danger » s'éteindre dans un coup de grâce tandis qu'une épaisse fumée noire s'échappe du capot.

— C'est pas vrai !

Je frappe sur le volant et me retiens de hurler.

Des semaines que je dis à ma responsable que sa caisse fait de drôles de bruits. Mais non contente de me fournir une bagnole qui date de Mathusalem, elle a aussi fait mine d'ignorer mes avertissements. Cette bonne femme a plus d'aiguilles dans le porte-monnaie qu'un porc-épic sur le dos. Sauf que cette voiture, c'est mon outil de travail et que je vais être en retard.

Il ne faut surtout pas que ça arrive, les clients détestent attendre pour récupérer leurs clés, particulièrement ceux avec qui j'ai rendez-vous aujourd'hui.

Je prends mon téléphone pour appeler ma boss, il me reste à peine une barre d'autonomie et bien sûr, elle ne répond pas. Je laisse un message, lui demande de venir me rejoindre ou d'aller à la villa elle-même, je reçois un SMS presque immédiat de sa part.

Impossible. Débrouillez-vous, mais ne soyez en aucun cas en retard. Les Jernakov ne le toléreraient pas et moi non plus.

Je cligne des paupières. Après presque un an à travailler pour Mary Kane, je ne devrais pourtant pas être surprise. Cette femme est imbuvable, autoritaire et sans pitié. Son agence est la plus réputée des Caraïbes, et à ce titre, Mary ne peut s'empêcher d'agir comme un dictateur à qui tout est dû, même l'irréalisable.

Récapitulons : j'ai à peine une heure devant moi avant que les Jernakov débarquent chez eux, et je suis en tailleur et talons aiguilles comme l'exige le protocole d'accueil. Un détail pour parcourir quatre kilomètres sur un bon dénivelé et arriver pile à l'heure.

Je reprends mon téléphone et essaie de joindre ma collègue Sarah.

— Allô ! hurle-t-elle alors qu'il y a un bruit infernal autour d'elle. Je ne peux pas te parler je suis…

Bip bip bip…

Plus de batterie.

Je n'ai jamais cru au karma, mais là, j'ai quand même envie de me poser des questions.

15 heures et j'ai rendez-vous à 16 heures, ce n'est plus le moment de tergiverser, de soupirer ou de râler. Je prends mon sac et m'apprête à sortir de la voiture quand une décapotable rouge s'arrête à mon niveau.

— Bonjour, vous avez besoin d'un coup de main ?

Ce n'est pas la fumée que dégage la Mini qui va démentir.

Un monsieur avec une épaisse barbe blanche, probablement sa femme et leurs trois petits-enfants, deux garçons et une fille, ont tous les cinq la tête tournée vers moi et me sourient de toutes leurs dents. C'est inespéré !

— Bonjour ! Oui, je dois me rendre sur la baie de Saint-Jean, vous pourriez m'y déposer ?

— Sans problème. Les lutins, vous voulez regarder sous le capot pendant que je conduis mademoiselle ?

J'écarquille les yeux. Il s'est adressé à ses petits-enfants, lesquels doivent avoir quatorze ans à tout casser. Que pense-t-il qu'ils vont faire avec ma Mini ? La réparer ?

— Ce sont des as de la mécanique, précise la dame qui devine ma stupéfaction, vous pouvez avoir confiance. Je vais rester avec eux pendant que mon mari vous accompagnera à votre lieu de rendez-vous, puis nous vous rapporterons votre voiture, si cela vous convient.

Comme si c'était d'une évidence indiscutable, elle sort du cabriolet avec les trois ados qui se rassemblent aussitôt devant le capot de la Mini.

Déconcertée, je ne peux m'empêcher de les détailler. Des cheveux presque orange, des yeux bien verts et des taches de rousseur qui leur piquent le nez, ils se ressemblent étrangement. Des triplés peut-être ? Qu'importe. Tout ce que je sais, c'est que la situation est si inhabituelle que je n'ai aucune idée de la façon dont il faudrait que je réagisse.

— Eh bien, je… ne voudrais pas vous déranger.

— Nous venons d'arriver sur l'île et nous nous rendons dans notre lieu de villégiature à côté de la baie, m'informe la dame. Nous pouvons vous assurer que vous ne nous dérangez pas. Pas vrai, les enfants ?

Mais ces derniers n'ont pas attendu et ont ouvert le capot, penchés au-dessus du moteur. Énervée, la fille administre même un coup de coude à l'un de ses frères.

— Pousse-toi, tu sais bien que je suis meilleure analyste que toi !

— Tu parles ! T'es juste bonne à visser des écrous !

Et le troisième qui a déjà les mains dans le cambouis. C'est irréel.

— Ne vous inquiétez pas. Rien ne leur résiste, ils peuvent tout réparer.

Je regarde le monsieur barbu qui me sourit. Sa tenue me laisse bouche bée. Autant sa femme, fine et élancée, est habillée avec beaucoup de raffinement dans un ravissant tailleur-pantalon de lin blanc, autant lui est… détonnant. Il porte une chemisette vert sapin sur un ventre rebondi, piquée de bonshommes de neige absolument incongrus dans le décor de l'île, malgré la période. Ses jambes flottent dans un bermuda très large et se terminent dans une paire de claquettes qu'il a eu au moins le bon goût de ne pas mettre avec des chaussettes.

— Nicolas Claus, se présente-t-il en me tendant la main, et voici ma femme Catherine ainsi que Jador, Jacotte et Jacopo, mes lutins facétieux.

C'est leurs prénoms ça ?

Tous les cinq se tournent vers moi pour afficher la même mine réjouie. Je ne sais plus où j'en suis. Alors je glisse les doigts contre l'énorme paume de l'homme aux joues bien roses.

— Rosalie Ernst. Je suis agente immobilière, enfin, pas exactement, je m'occupe de l'entretien des villas pendant l'absence de leurs propriétaires et…

Je regarde ma montre, il est 15 h 20.

— Je vais être très en retard !

— Oh, oui, bien sûr ! s'exclame Catherine Claus en poussant son mari vers la décapotable. Emmène donc cette jeune femme à son lieu de rendez-vous et garde ton téléphone allumé pour me donner l'adresse !

En moins de deux, je me retrouve assise sur le siège passager, mon sac à main sur les cuisses, tandis que Nicolas Claus chausse des lunettes de soleil aux montures jaune poussin.

— En quoi ça consiste, s'occuper des villas ?

— Eh bien, les propriétaires ne viennent en villégiature que quelques semaines ou mois dans l'année. Dans l'intervalle, je veille à ce que leur maison, leur terrain, leur piscine soient entretenus.

— C'est vrai qu'ici il y a de sacrées belles baraques !

— Certaines peuvent atteindre 400 m² et la plupart possèdent des jardins tropicaux exceptionnels qu'il a fallu restaurer après le passage de la tempête Irma. C'est beaucoup de travail.

— Oh, oh, oh ! Les hommes ont toujours pensé que la nature ne pouvait pas se débrouiller toute seule. Pour nettoyer, rien ne résisterait à une chèvre. J'ai entendu dire qu'il y en avait sur l'île. Vous m'emmèneriez en voir ?

— Euh… oui, si vous voulez.

— Voilà qui me réjouit, mademoiselle Ernst.

J'aurais quand même pu réfléchir avant de répondre, parce que je ne sais même pas où elles sont, ces chèvres. Je lui offre un sourire un peu crispé et me concentre sur le paysage.

La route que nous empruntons pour rejoindre la baie de Saint-Jean est très jolie, sinueuse et bordée de cocotiers, de fleurs éclatantes et de buissons sauvages, avec un panorama imprenable sur l'Atlantique. Quand on est à pied, il n'est pas rare de croiser un iguane ou quelques oiseaux qu'on ne trouve que par ici.

Nicolas Claus me regarde, plein de curiosité.

— Vous êtes sur l'archipel depuis longtemps ?

— Neuf mois. Ce sera mon premier Noël au soleil.

Sans ma famille, sans neige, marrons chauds et étoiles à la cannelle.

— Et vous, monsieur Claus, vous êtes en vacances, j'imagine ?

— Pas exactement. Je viens apporter un peu de magie sur l'île. Je suis le père Noël, ajoute-t-il sur le ton de la confidence.

Je l'observe à la dérobée, il donne l'air d'être on ne peut plus sérieux. J'ai envie de me moquer un peu.

— Comme votre nom l'indique ! Claus, Santa Claus…

— Exactement !

Convaincue qu'il s'agit d'une plaisanterie – après tout, il a le profil de l'emploi et il doit souvent en jouer –, je me contente de lui sourire. Cet homme n'est peut-être pas le vrai père Noël, mais son énergie et sa bonne humeur font des miracles. J'ai presque totalement oublié la raison pour laquelle c'est lui qui me dépose à mon lieu de rendez-vous.

Ah ! Voilà la maison des Jernakov.

— C'est juste là ! Vous n'avez qu'à vous garer devant le portail.

Nicolas Claus s'arrête.

— Il me reste encore une demi-heure avant que mes clients n'arrivent. Comment pourrais-je vous remercier, monsieur Claus ?

— Chère Rosalie, commencez déjà par m'appeler par mon prénom.

— Dans ce cas, moi tout le monde m'appelle Rosie.

Il hoche la tête, un peu amusé, tandis que je fouille dans mon sac pour en ressortir une carte de visite.

— Je ne sais pas si vos petits-enfants auront réussi à…

— Mes lutins, me reprend-il comme s'il s'agissait d'une information cruciale.

— Hum… Vos lutins, d'accord. Je ne sais pas s'ils auront pu faire démarrer ma voiture, mais voici mes coordonnées. J'aurai la possibilité de charger mon téléphone d'ici là, j'appellerai un taxi pour repartir au besoin.

— Ce ne sera pas utile, je vous ai dit qu'ils étaient capables de tout réparer. Je vous donne mon numéro aussi, au cas où, dit-il en me remettant un bout de papier griffonné. Pour combien de temps en avez-vous ?

Je consulte machinalement ma montre.

— Pas plus d'une heure, je pense.

— Alors à dans une heure, Rosie. Avec votre voiture !

Je sors de la décapotable et, un sourire aux lèvres, le regarde s'éloigner jusqu'à ce qu'il disparaisse dans un virage.

Quel étonnant personnage.

2

Le quartier Saint-Jean est l'un des plus fréquentés de l'île, le plus urbanisé aussi. Les maisons aux toits rouge vif et les jardins fleuris semblent participer au concours du plus beau terrain aménagé. Cependant, je ne pense pas exagérer en disant que la propriété des Jernakov les surpasse toutes.

La villa s'élève sur environ 300 m², implantée sur trois ares, ce qui est exceptionnel. Autour d'une vaste étendue de gazon tondu au millimètre et dans laquelle serpentent des pas japonais, arbres et plantes tropicales ont été savamment disposés et sont entretenus avec soin. Partout où on pose l'œil, c'est une explosion de couleurs et de fleurs odorantes à souhait. Quant au clou du spectacle, il ne s'agit pas de la piscine en tuiles de lave noire, émergeant d'une grande terrasse en bois, mais de l'immense gaïac centenaire au tronc noueux installé tel un roi au beau milieu du terrain. Il mesure pas loin de vingt mètres de hauteur et semble ployer sous le poids de ses branches chargées de boutons bleutés. Il est en pleine floraison, et c'est grandiose. Cet arbre est si remarquable qu'il n'est pas rare que l'agence reçoive des demandes de touristes qui voudraient le prendre en photo. Mais les Jernakov n'autorisent aucun accès à leur terrain. C'est pourquoi je m'estime chanceuse d'avoir une telle merveille à admirer quand je viens ici.

J'ai moins d'une demi-heure devant moi, il faut que je me dépêche.

À première vue, le jardin me paraît parfaitement entretenu. Je monte les marches qui mènent à la terrasse et jette un œil à la piscine dont le fond est si propre et si bleu que pas un insecte n'a osé frôler la surface. Les bains de soleil d'un blanc immaculé sont bien alignés, les planches en teck sont polies, vernies et sans aspérités, et les baies vitrées aussi translucides que l'air. Je fais glisser un panneau et pénètre dans le salon.

L'intérieur aussi en met plein la vue. De l'osier, du bois flotté, de la peau et du marbre crème, c'est exceptionnel de raffinement. Chaque fois que je me rends ici, je me rappelle le tarif qu'avaient avancé les Jernakov quand ils avaient envisagé de louer leur maison au lieu d'y habiter : 35 000 euros la nuit en haute saison. Exorbitant ? Pas si on considère que ce doit être le prix de leur table basse dans le salon et la moitié du fauteuil en cuir d'autruche sur lequel je n'ai jamais osé poser les fesses.

En venant à Saint-Barth, je croyais être habituée au luxe, puisqu'avant d'arriver, je travaillais comme directrice commerciale dans un grand hôtel à Strasbourg, où tout était pensé pour que le client ait l'impression d'être un prince. Mais ici, on est à un niveau nettement supérieur, on parle de propriétaires qui brassent des millions de dollars chaque année. Pas étonnant que Mary fasse des pieds et des mains afin que tout soit parfait. Elle exauce leurs moindres demandes, caprices ou souhaits, ces gens-là lui rapportent beaucoup d'argent.

— Oh, bonjour, mademoiselle Ernst !

Je me tourne vers Bertrand, le chef étoilé qui s'active dans l'immense cuisine ouverte sur la salle à manger. Le dîner de ce soir doit être irréprochable lui aussi. Il ne me serait pas venu à l'idée de suggérer aux Jernakov quelqu'un d'autre que Bertrand tant sa gastronomie est un miracle pour les yeux et les papilles.

— Bonjour, Bertrand, qu'avez-vous préparé de bon cette fois ? lui demandé-je tout en branchant mon téléphone à la première prise que je trouve.

— Encore et toujours du caviar. Les Jernakov ne veulent que ça, comme si je n'avais rien de plus original à leur proposer. Chantilly de caviar à l'avocat, caviar sur parmentier d'huître, quenelles de caviar et gambas.

— Et en dessert ? Caviar au sucre de canne ? me moqué-je.

— Ces gens-là me fatiguent ! Est-ce qu'ils mangent autre chose chez eux ou c'est juste ici ?

Je souris. Bertrand a le cœur sur la main, mais comme bien des chefs, il déteste être bridé.

— En tout cas, ça sent très bon. Pardonnez-moi, je vous abandonne, je dois m'assurer que tout est prêt, les propriétaires ne vont pas tarder à arriver. Serena et Louis sont ici, je suppose ?

— Serena est dans le bungalow, elle vérifie qu'il y a suffisamment de draps de bain, et Louis ne doit pas être loin.

Serena et Louis travaillent pour l'agence et sont installés à l'année dans la villa. Ce sont eux qui l'entretiennent. Un couple charmant, d'une cinquantaine d'années. Ils sont nés sur l'île et n'ont jamais envisagé une seule seconde de la quitter. Quand l'ouragan Irma a ravagé les Caraïbes en 2017, ils se sont retrouvés sans toit pendant plusieurs mois, alors les Jernakov, dans un élan de générosité auquel ils ne sont pourtant pas habitués, ont accepté de leur laisser la maison le temps qu'ils puissent se reloger. Depuis, Serena et Louis leur témoignent une extrême gratitude et s'occupent de leur propriété comme si c'était leur bien le plus précieux. Si je viens vérifier qu'il n'y a aucun problème, c'est parce que ma responsable l'exige, mais il n'y a jamais rien à redire. Jamais.

Je laisse Bertrand à son caviar et à ses huîtres, fais un tour rapide dans la maison, ajuste une ou deux fleurs dans les bouquets, pour la forme, puis comme j'ai encore dix minutes devant moi, je décide de rejoindre Serena et m'assurer que tout va bien. Mais alors que je quitte la véranda abritant la salle à manger extérieure, il me semble apercevoir quelque chose au bout du terrain. Non, pas quelque chose, quelqu'un. Et ça ne peut pas être Louis, puisque je l'entends discuter avec sa femme dans le bungalow grand ouvert.

Intriguée, et surtout, n'ayant pas eu connaissance d'une quelconque intervention d'artisan ou de paysagiste ce jour, je descends les marches et fonce tout droit en direction du gazebo où sont stockés les outils de jardin et le tracteur. Le chemin qui mène à la plage privée est en théorie fermé par un haut portail métallique, et la propriété est clôturée, mais les villas de ce type sont la cible des cambrioleurs qui viennent en reconnaissance vérifier qu'elles ne sont pas occupées. Même sur une île aussi riche et petite, ce genre de méfait existe et je n'aimerais pas que ça tombe sur l'agence.

Je m'approche du pavillon pour en faire le tour et pousse un cri de surprise en voyant surgir un jeune garçon de derrière un bosquet de lataniers.

— Hé ! Qu'est-ce que tu fais ici ? C'est une propriété privée, tu n'as pas le droit d'entrer !

L'adolescent ne me regarde pas, il décampe comme un lapin en direction de la plage.

J'essaie de le rattraper, mais peine perdue avec mes talons aiguilles et ma jupe trop serrée. J'avance quand même. Le gamin prend appui sur la poignée du portail et, sous mes yeux ébahis, passe par-dessus aussi facilement que s'il avait enjambé une clôture pour nains de jardin.

— Et que je ne te revoie pas ici ! hurlé-je. Sinon tu auras affaire à…

Les mots se perdent quand je m'étale de tout mon long sur le chemin avec un cri de pintade en détresse.

— Mademoiselle Ernst, mademoiselle Ernst ! Tout va bien ?

Louis arrive en courant. J'ai du sable plein la bouche et mon tailleur blanc donne l'impression que je viens de ravaler une façade sans tablier.

Louis se penche pour m'aider à me relever.

— Que s'est-il passé ?

Je remets tant bien que mal de l'ordre dans ma tenue, regarde le talon de mon escarpin qui s'est fait la malle et recrache les derniers grains de sable que j'ai encore sur la langue.

— J'ai surpris un gosse qui s'était introduit dans la propriété.

Louis fronce les sourcils.

— Comment c'est possible ? La végétation est dense, les grillages sont très hauts et le portail est cadenassé.

— C'était un ninja, lui dis-je sans trouver d'autre explication. Vous auriez dû le voir sauter par-dessus.

Louis regarde la clôture sans trop comprendre.

— Un ninja ? Vous en êtes sûre ?

— Certaine.

Puis on voit accourir Serena, tout affolée.

— Oh, mon Dieu, oh mon Dieu ! Vous êtes tombée ? Rien de cassé ? Oh là là, votre tailleur ! Vos chaussures ! Vos cheveux ! Ooooh… M. et Mme Jernakov ne vont pas aimer, ça non.

J'ai un sourire crispé.

— Ils sont arrivés ?

— Pas encore. Venez avec moi qu'on essaie de mettre de l'ordre dans votre tenue. Il ne faut pas qu'ils vous voient comme ça.

Serena, mieux que personne, sait combien l'apparence est essentielle dans ce milieu. Si ma responsable insiste autant pour que je sois tirée à quatre épingles à chaque rendez-vous, c'est que les clients de son agence s'offusquent de pas grand-chose. Alors une souillon va-nu-pieds aux genoux écorchés et cheveux en pétard, imaginons un peu…

— Les intrusions arrivent-elles souvent ? demandé-je à Louis tout en suivant Serena.

— Non, mademoiselle, bien sûr que non, vous pensez bien que nous vous en aurions parlé sinon ! C'est un fait exceptionnel. Il va falloir que je vérifie la clôture, quitte à la rehausser par endroits.

Je ne veux pas le contredire, mais le gamin qui l'a escaladée pourrait ne pas être impressionné du tout. D'autant que des accès par la plage privée, il doit y en avoir quelques-uns, ce n'est pas fermé partout. Sur toute une partie, ce sont de simples yuccas ou buis aux feuilles piquantes qui font barrage. Ils ne sont peut-être pas assez dissuasifs, et c'est la raison pour laquelle Louis et Serena vivent désormais ici à l'année, pour surveiller. N'importe qui d'insistant peut pénétrer sur la propriété.

Il est 16 h 15, mes clients ont un quart d'heure de retard, tant mieux. Serena m'aide à me débarbouiller, me soigne les genoux et me prête une paire de chaussures. Mais pour ma tenue, j'ai bien peur qu'il n'y ait rien à faire…

À 16 h 30 ils ne sont toujours pas là, alors que tout le monde est sur le qui-vive dans le salon.

À 17 h 45 mon téléphone sonne, c'est l'agence.

— Ils n'arriveront pas aujourd'hui, m'annonce ma cheffe sans préambule.

— Ils ont eu un souci ?

— Qu'est-ce que j'en sais ? Le client fait ce qu'il veut, je n'ai pas à lui demander de comptes. Vous y retournerez demain à la même heure. Bonne soirée.

Et elle raccroche sans un mot de plus.

J'aime sincèrement mon travail, mais cette femme me sort par les trous de nez. Comment peut-on être aussi antipathique ?

Serena s'approche, un peu inquiète.

— Alors ?

Je fais la moue et les informe de la situation.

Bertrand semble être le plus dépité de nous tous.

— J'ai tout préparé pour dix personnes !

— Pourquoi pour autant de monde ? demande Louis. Ils ne sont que deux.

— Je n'en sais foutre rien, je fais juste ce qu'on me dit, répond-il en colère. Ce que je vois, c'est que maintenant, tout est bon à mettre à la poubelle parce que môssieur et madame Jerkanov ne veulent que de l'ultrafrais. Un caviar à 25 000 euros le kilo !

Louis a un hoquet de surprise et Serena écarquille les yeux, sans qu'on puisse deviner si elle est désolée ou estomaquée.

— Je suis navrée, m'excusé-je auprès de Bertrand. Mais vous n'allez pas tout jeter, rapportez la nourriture chez vous.

— Pour dix personnes ? Qu'est-ce que vous voulez que je fasse de tout ça ? Et je déteste le caviar.

— Pas moi, dit Louis. Enfin je crois, je n'en ai jamais mangé.

Avec un mouvement d'humeur, Bertrand sort des boîtes hermétiques d'un placard.

— Ça tombe bien, vous allez pouvoir vous en gaver !

Il y dispose de belles portions d'un peu de tout.

— Et ça c'est pour vous !

Je regarde, effarée, la quantité astronomique qu'il m'a réservée.

— C'est gentil, mais il y en a pour tout un régiment.

— C'est ça ou la poubelle. Serena, je laisse le reste dans le frigo, vous n'aurez qu'à vous servir, le donner aux chats errants ou vous faire des colliers de perles avec, je m'en fiche, je m'en vais ! À demain.

Il jette son tablier et quitte la pièce sans que personne n'essaie de le retenir.

L'œil brillant, Louis regarde le réfrigérateur et sourit à sa femme.

— Quand est-ce qu'on mange ?

3

LORSQUE JE QUITTE LA VILLA, les Claus attendent tous les cinq dans leur décapotable.

— Je suis sincèrement désolée pour mon retard, j'ai… oh !

Ébahie, je découvre la Mini garée juste devant. Ils l'ont dépannée !

Amusée, Catherine Claus lève la main.

— Ne vous inquiétez pas pour ça, nous sommes là depuis quelques minutes à peine.

Son époux sort de la voiture avec un grand sourire.

— Et voici vos clés !

Vraiment, je n'en reviens pas.

— Elle roule ?

— Évidemment ! Je vous ai dit que mes lutins savaient tout réparer.

Ça sonne un peu comme un mantra, mais ma foi… ça a l'air de fonctionner.

Je me tourne vers les triplés, ils n'ont même pas remarqué ma présence, ils sont chacun absorbés par une console de jeux qui ferait pâlir tous les gosses de jalousie. Je n'en ai encore jamais vu de telles : tactiles, avec un écran principal au centre et deux autres où poser les pouces. On dirait des tablettes du futur.

— Excusez-les, Rosie, ils sont en train de tester un nouveau produit avant une mise sur le marché. Quand ils sont comme ça, le monde extérieur n'existe plus.

Je me tais, mais je les trouve vraiment pleins de ressources ces gamins.

— Je ne sais comment les remercier.

— Oh, ils adorent les sucreries en tout genre, et contrairement à moi, ajoute-t-il en se frottant le ventre, ils peuvent en manger presque autant qu'ils veulent !

Je hoche la tête en souriant.

— C'est noté.

Nicolas Claus remonte au volant de sa voiture, puis une évidence me saute aux yeux.

— Oh, attendez ! Si vous venez d'arriver, vous n'avez sûrement pas eu l'occasion de faire des courses. Mes clients ont eu un empêchement et leur cuisinier avait préparé tout un tas de plats délicieux. Il y en a bien assez pour cinq, vous verrez.

Je leur tends les boîtes contenant une partie du caviar à 25 000 euros le kilo, mais n'en fais pas mention. Ils se régaleront, c'est tout ce qui compte.

— C'est très gentil à vous ! me remercie Catherine Claus. C'est une délicate attention.

— C'est moi qui vous suis redevable ! Allez, je ne vous retiens pas davantage, vous ne vous êtes pas encore installés chez vous. À bientôt, j'espère.

Nicolas Claus m'adresse un clin d'œil mutin.

— Sans aucun doute.

Il fait vrombir le moteur de sa décapotable et s'élance sur la route. Quant à moi, j'en ai plein les bottes de cette journée, je me dépêche de gagner ma voiture pour rentrer chez moi.

Je roule jusqu'à Gustavia et m'arrête à la supérette faire quelques courses. J'achète deux ou trois bricoles pour le dîner, et comme j'ai raté le repas de prince préparé par Bertrand, je vais récupérer une bonne bouteille consolatrice chez le caviste.

Des boutiques de ce genre, il en existe un certain nombre sur l'île, mais celle que je préfère, c'est le Cellier du gouverneur, et pas seulement parce qu'elle est juste à côté de mon appartement. Si j'aime cet endroit, c'est que les patrons sont très sympas, et qu'ils ont des crus alsaciens qui sont chers à mon cœur. Après la journée que j'ai passée, je n'ai qu'une envie, déguster un verre de gewurztraminer et me sentir comme à la maison.

En sortant du magasin, je m'immobilise devant l'enseigne et respire l'air marin à plein nez.

Je loge aux abords du quai, sur le port de Gustavia, autour duquel toute la ville s'est construite sur sa péninsule en forme de fer à cheval. L'anse naturelle rend cet endroit plus chaleureux que les docks façonnés de la main de l'homme. Elle est flanquée de forts en ruine et d'habitations aux toits rouge pétant tels qu'on en voit à Saint-Jean. Il fait bon vivre à Gustavia, et si l'île est résolument devenue celle des gens riches et célèbres, la petite commune a gardé tout son charme et son authenticité avec ses vestiges de l'époque suédoise et ses maisons de style colonial aux couleurs vives. D'aucuns diront que c'est la perle des Caraïbes. Je ne sais pas à quel point c'est vrai, mais je me suis tout de suite plu ici et, même loin de la Forêt-Noire et des montagnes vosgiennes que je chéris tant, la roche volcanique et le paysage accidenté de Saint-Barth m'ont séduite.

Le soir, le ciel d'hiver est bien différent de celui de l'été. De juin à septembre, le soleil se couche et incendie l'horizon d'un rouge flamboyant. Le reste de l'année, on dirait qu'il ne fait que caresser l'eau et transforme la mer des Antilles en une immensité rose que seules les ombres noires des bateaux viennent tacher. Que j'aime vivre ici ! C'est plus beau que sur n'importe quelle carte postale.

— Mademoiselle Ernst, Rosalie, enfin ! J'essaie de vous joindre depuis une bonne demi-heure et vous ne répondiez pas au téléphone, je comprends mieux !

Je prends une profonde inspiration et me tourne vers ma boss qui regarde mes sacs de courses. La soixantaine, une énergie un peu maladive, une allure sportive, les cheveux presque rouges, tirée à quatre épingles, qu'il pleuve ou qu'il vente, Mary Kane est la pire plaie que cette île ait connue : plus dévastatrice qu'une invasion de criquets et plus écrasante qu'un troupeau de gnous qui dévalent une colline. Elle ne lâche jamais rien, même ce qu'elle n'est pas censée avoir.

— La prochaine fois, revenez à l'agence au lieu d'aller faire vos courses, reprend-elle. Ce n'est pas parce qu'il fait presque nuit et que votre dernier rendez-vous vous a fait faux bond que la journée est terminée ! Il y a de la paperasse, il faut s'en occuper.

Je tâche de rester calme.

— Que puis-je pour vous ?

— Mais tout, ma chère, tout ! À commencer par m'assurer que vous serez chez les Jernakov demain à la même heure, quelles que soient vos obligations. Du reste, il n'y a pas plus prioritaires qu'eux. Ils ne m'ont pas confirmé leur présence, mais soyons prudents. Puis-je compter sur vous ?

— Vous me l'avez dit au téléphone. Et vous ai-je déjà fait faux bond une seule fois, *Marie* ?

Excédée, j'appuie volontairement sur la bonne prononciation de son prénom qui n'a rien d'anglo-saxon à l'origine.

Elle ne s'appelle pas Kane non plus, mais il paraît qu'une consonance américaine est plus accrocheuse. Remarquez, son véritable nom de famille c'est Khloun. On comprend qu'elle souhaite l'oublier, ça ne lui va pas du tout : Mary n'a rien de drôle.

— Non, *Rosalie*, vous ne m'avez jamais fait défaut, mais je pense qu'il n'est pas inutile de répéter si on veut que les choses soient faites correctement. Et... oh, Seigneur ! Vous ne vous êtes quand même pas présentée dans cette tenue ?

Écœurée, elle désigne mon tailleur du plat de la main.

— Non, en effet.

— Dans ce cas, expliquez-vous.

Hors de question que je lui parle du gamin, elle en ferait une jaunisse.

— Je suis tombée en visitant le jardin des Jernakov.

— C'est un parc, pas un jardin, me reprend-elle avec une condescendance à peine déguisée.

Mais bien sûr, madame la marquise, la maison de mes parents est implantée sur un terrain de plus d'un hectare, de quoi s'agit-il alors, d'une réserve naturelle ?

— Un parc... Soit ! J'étais dans le parc et j'ai chuté. C'est le risque quand on marche avec des talons.

— Vous dites n'importe quoi ! La reine d'Angleterre soulève bien des mottes de terre avec ses escarpins après les matchs de polo et elle n'est jamais tombée, que je sache !

— Elle ne les soulève pas, elle les remet en place.

Mary hausse un sourcil.

— Je vous demande pardon ?

— Rien, rien du tout. Je serai à l'heure demain, vous pouvez compter sur moi.

— Je vous remercie. Et pendant qu'on y est, n'oubliez pas de me payer le mois de décembre !

Elle fait demi-tour et me plante là.

Je rêve !

Je sens mes joues devenir écarlates, et pour le coup, j'ai peur de courir pour la rattraper et lui cracher des insanités.

Se loger à Saint-Barthélemy est un enfer. Les loyers sont hors de prix – ne parlons même pas des propriétés –, et si par hasard certains logements se libèrent et sont plus abordables, les offres sont harponnées avant d'être passées par la case petites annonces. Alors depuis que je vis ici, j'habite dans un minuscule T1 meublé aménagé dans des combles que je loue une fortune à l'agence sous prétexte que c'est la crise immobilière sur l'île. Et cet appart est un enfer ! Chauffe-eau défaillant, coupure d'électricité dès que je veux mettre en route le four et le sèche-cheveux en même temps, VMC aussi assourdissante que si un porc dormait dans la charpente, et dans la salle de bains, une fenêtre de toit si étanche que quand il pleut, je suis inondée. Mais ma boss a réponse à tout : prendre une douche froide est bon pour la circulation sanguine, le micro-ondes est plus efficace que le four, la VMC n'est pas bruyante, c'est moi qui suis sensible. Quant au Velux, il fait toujours beau sur l'île, et quelques gouttes par-ci par-là ne vont pas me tuer.

Mais qu'elle aille se faire chlorophyller ! Je n'ai *jamais* eu un seul jour de retard sur mon loyer, alors que j'aurais pu arrêter de le payer tout simplement parce que je n'ai pas signé de bail et que le logement – soi-disant de fonction – n'est pas aux normes, mince, quoi ! J'en ai des crépitements dans les paumes, il vaut peut-être mieux qu'elle ait foutu le camp.

L'honnêteté me pousse à dire que si j'adore cette île, mon job et tout ce qu'il me permet de faire, je déteste, déteste, déteste travailler pour cette morue !

— Tout va bien, mademoiselle Ernst ? me demande l'un des patrons du Cellier du gouverneur en voyant que je suis toujours devant le pas de sa porte.

Je me tourne vers lui, le regarde et penche la tête de côté.

— Il vous reste une autre bouteille de gewurztraminer ?

4

LE LENDEMAIN, sous les aimables recommandations de Mary, j'arrive chez les Jernakov à 15 h 30 pour contrôler une nouvelle fois que tout est en ordre. Parce que vous comprenez, on n'est jamais trop prudent dans les Caraïbes, si un cyclone s'était développé dans la propriété pendant la nuit…

La situation est si ridicule que j'aurais pu faire l'impasse et siroter un jus de fruits sur la terrasse en attendant mes clients, mais je suis presque certaine que ma responsable n'hésiterait pas à contacter Serena pour savoir si j'ai bien effectué mon travail. C'est tout à fait son genre.

Parfaitement rodée, je refais un tour de la villa, remets en place les fleurs dans les vases, m'assure que les draps sont impeccablement tirés et que les serviettes de toilette sentent bon la lessive. Puis je rejoins Bertrand dans la cuisine.

Comme la veille, il a passé la journée à concocter des plats, et est toujours d'aussi mauvaise humeur. Il déteste préparer deux fois d'affilée la même chose, mais le client est roi, le client est riche et le client est capricieux.

Je le laisse à ses fourneaux et vais inspecter le jardin. Mary serait étonnée de voir que le gaïac n'a pas bougé d'une feuille, que la pelouse n'a pas repoussé en une nuit et que les fleurs tropicales ne sont pas parties faire la java chez le voisin. Tout est parfait, c'était à prévoir.

Puisqu'il me reste une bonne demi-heure avant la potentielle arrivée des Jernakov, je me dirige vers le gazebo pour essayer de comprendre ce qui pouvait bien intéresser le gamin de la veille. Des outils peut-être ? Des morceaux de cuivre ? L'essence pour le tracteur-tondeuse ? Je n'en ai aucune idée, je ne vois rien qui vaille la peine de risquer de se tordre le cou en escaladant le portail.

Je fais le tour du pavillon, quitte la zone de gazon et marche sur les premiers mètres de sable qui se prolongent jusqu'à la plage. Malgré l'inconfort de mes escarpins tout neufs, je pénètre au cœur d'un boisement de lataniers rouges et pousse prudemment les feuilles de palmiers, pour éviter de me griffer. Je passe derrière le bosquet et aboutis à un espace rocheux suffisamment dégagé pour permettre de voir la mer et le bord de l'eau dont je suis séparée d'une vingtaine de mètres à peine.

N'ayant rien repéré de particulier je m'apprête à faire demi-tour quand mon regard est attiré par plusieurs protubérances blanches sortant du sable. Je m'en approche et écarquille les yeux de surprise en réalisant qu'il ne s'agit pas de coquillages, mais d'œufs de tortue.

Je n'en ai jamais vu en vrai, mais je suis certaine que c'est ça. Je m'agenouille pour les observer de plus près, ose en toucher un et le retire en poussant un petit cri strident. C'est tout mou !

J'inspecte un peu plus l'endroit et découvre de grandes planches bloquant l'accès sous les lataniers, comme pour empêcher les futures tortues de partir dans la mauvaise direction. Et puis, j'ai comme l'impression que les arbustes ont été taillés pour éviter de traîner sur le sable et laisser un maximum de passage. Voilà donc la raison pour laquelle le jeune garçon d'hier est venu jusqu'ici, c'est lui qui a aménagé tout ça.

L'île est connue pour ses spots à tortues marines, tout le monde veut plonger pour les voir, mais elles se trouvent plutôt sur l'anse Colombier et je n'ai jamais entendu parler des lieux de nidification. Si j'étais chez moi, ça ne poserait aucun problème de les laisser ici, mais sur le terrain des Jernakov, c'est risqué. La propriétaire n'est pas allergique aux animaux, elle les déteste. Elle a même demandé qu'on installe des pièges à chats. Il a fallu que j'évoque l'illégalité pour que Mary accepte de ne pas le faire. Si elle découvre les œufs, j'ai peur qu'elle essaie de s'en débarrasser sans état d'âme, ce qui serait parfaitement scandaleux. Ils ne doivent pas rester ici.

Je me relève et recule avec toutes les précautions du monde de peur de mettre les pieds au mauvais endroit. Je repars presque en courant en direction de la villa, au risque de me tordre une cheville, et interpelle Bertrand :

— À tout hasard, est-ce qu'il y aurait des cartons quelque part ?

— Comment voulez-vous que je le sache ? répond-il d'un air blasé en haussant les épaules, je n'habite pas ici.

— Évidemment…

Je trouve Serena et Louis de l'autre côté de la maison et leur explique l'urgence de la situation. Louis a exactement ce qu'il faut pour délocaliser les œufs.

— Je reste là pour faire le guet, nous annonce Serena. Si les propriétaires arrivent, je vous avertis. Faites vite !

Louis récupère une pelle et un gros pinceau plat dans le gazebo, puis nous rejoignons le nid.

— Nous ne devrions pas appeler une association pour faire ça à notre place ? demande-t-il.

— Si, vous avez raison, mais nous n'avons pas le temps. Vous connaissez les Jernakov aussi bien que moi.

Il hoche la tête et commence à remplir le carton de sable.

— C'est quand même incroyable qu'une tortue ait pondu ici. Ça n'était encore jamais arrivé. En général elles vont sur les plages pas trop fréquentées.

— De toute évidence, elle a jugé l'endroit tranquille et à l'abri des oiseaux.

Le plus délicatement du monde, à l'aide du pinceau, j'entreprends de dévoiler les œufs.

— Regardez ça, il doit y en avoir une cinquantaine...

— Ne les touchez pas ! hurle une voix en colère, au moment où je me penche pour m'emparer du premier œuf.

À moitié étonnée de le trouver ici, je me retourne et découvre l'adolescent de la veille, un beau jeune homme métis d'environ quatorze ans, longiligne, et avec des mitraillettes à la place des yeux.

— Tu n'es pas au collège ? me moqué-je un peu.

Surpris, il ne sait d'abord pas quoi répondre, puis finalement il retrouve ses mots.

— Je termine toujours à 15 heures et ça ne vous regarde pas. Ne les touchez pas, ils ne doivent pas être bougés.

— J'y suis obligée.

— Pourquoi ?

Quelle animosité !

— Parce que les propriétaires qui habitent dans cette villa ne vont pas apprécier la présence de tortues sur leur terrain. Ils n'aiment pas les animaux et risqueraient de les jeter.

— Ils n'ont qu'à partir, les tortues sont partout chez elles.

Je ne peux m'empêcher de sourire.

— Je pense comme toi, mais ce n'est pas le cas de tout le monde. Crois-moi, si tu veux les garder en sécurité, il faut qu'on les mette ailleurs.

— Et où ça ? demande-t-il en prenant de la hauteur.

— Nous allons les confier à une association en charge de la conservation du milieu marin.

— Je vous préviens, ils ne vont pas apprécier que vous les déplaciez.

Le petit air supérieur qu'il se donne me fait sourire.

— Et encore moins qu'ils finissent en omelette. Je vais faire très attention. Tu veux bien m'aider ?

Le jeune garçon semble évaluer l'urgence de la situation, puis il accepte et s'agenouille à côté de moi.

— Comment t'appelles-tu ?

Il me dévisage avec méfiance avant de me répondre.

— Henry.

— Enchantée, Henry, moi c'est Rosalie. Rosie.

— Pas comme ça ! crie-t-il alors que je suis sur le point de prendre un œuf entre les doigts. Vous pourriez l'abîmer en appuyant trop fort. Je vous montre.

Délicatement, il glisse les siens dans le sable, de telle façon que l'œuf lui roule dans la paume. Puis, avec autant de douceur, il le dépose dans le carton préparé par Louis.

— Il faudra se dépêcher et les mettre sous incubateur, si la température n'est pas suffisante, ils ne seront pas viables.

Je lui souris.

— Tu en sais des choses.

— J'habite ici, répond-il comme une évidence.

Je reproduis donc le geste qu'il m'a montré et dépose les trésors dans le carton.

— Ils ne sont quand même pas enfouis très profondément, fais-je remarquer.

— C'est parce que le nid a été pillé.

J'écarquille les yeux de surprise.

— Comment le sais-tu ?

— Une tortue peut pondre jusqu'à 150 œufs d'un coup, regardez, il y en a une quarantaine à peine.

Ce qui explique pourquoi quelques-uns étaient visibles à la surface.

— Des oiseaux ?

— Ou un iguane.

Les iguanes sont menacés par la destruction de leur habitat, mais il en reste encore quelques-uns sur l'île et ils sont voraces. Ces bestioles sont très impressionnantes et ressemblent à des mini-dragons. J'ai un peu honte d'avouer que l'adage « ce n'est pas la petite bête qui va manger la grosse » ne fonctionne pas du tout avec moi, j'en ai une peur bleue.

Nous plaçons les œufs dans le carton avec une infinie délicatesse, puis Louis les recouvre de sable.

— Bien, je suis garée le long de la route, nous n'avons plus qu'à aller les déposer au refuge.

— Nous ?

— Eh bien oui, tu ne veux pas venir avec moi ?

Le gamin a l'air complètement déconcerté.

— Je ne pensais pas que je pourrais vous accompagner…

— Et pourquoi ça ? C'est toi qui as pris soin d'eux jusque-là.

— Oui, mais…

— Ils sont là, ils sont là !

Nous nous tournons vers Serena qui arrive en courant.

— Ils sont en train de descendre de leur voiture !

— Merde ! Il faut partir ! Henry, est-ce que tu peux refaire ton truc de ninja, là, pour que personne ne te voie, et aller de l'autre côté de la villa ?

Il me regarde comme si j'étais une extraterrestre.

— Mon truc de ninja ?

— Oui, tu sautes par-dessus le portail et tu files. Ma voiture est garée le long de la rue. C'est une Mini, je te rejoindrai.

— Dépêchez-vous ! nous presse Serena. Il faut aller leur ouvrir.

Henry me jette un dernier coup d'œil et disparaît derrière les palmiers.

— Qu'allons-nous faire ? demande Louis.

— Comme si de rien n'était, mon cher Louis ! Je vais prendre le carton, leur donner les clés et ficher le camp ! Quant à vous, vous viendrez retirer les planches plus tard. Tout va bien se passer.

Je mets de l'ordre dans ma tenue, sors à mon tour des fourrés, plaque un sourire banane sur mon visage et, la précieuse caisse sous le bras, rejoins Svetlana et Vassili Jernakov.

5

— VOUS AVEZ BIEN FAIT DE LES AMENER ICI, nous dit Fanny, la responsable du sanctuaire, en refermant l'incubateur. La ponte est de plus en plus fréquente sur l'île et je m'en réjouis. À en croire la taille des œufs, il doit s'agir de tortues vertes. Nous n'avons plus qu'à attendre l'éclosion pour en être sûrs !

Fanny Benodet est bretonne, elle vit à Saint-Barth depuis trente ans et dirige le sanctuaire depuis presque autant de temps. Elle y recueille toutes sortes d'animaux sauvages ou domestiques, tout le monde la connaît à Saint-Barth. C'est une femme d'une gentillesse et d'une générosité extraordinaires, et quand elle sourit comme maintenant, c'est toute la pièce qui s'illumine.

— Je pense que ce ne seront que des mâles, dit Henry.

Je fronce les sourcils sans comprendre sa remarque. Fanny vient à mon secours.

— Le sexe des tortues dépend des conditions d'incubation. Au-dessus de 29 °C, les embryons seront des femelles, à 25/26 °C, ce seront des mâles, et entre les deux, un mix ! Comme il n'a pas fait des températures très élevées, Henry a peut-être bien raison, ce seront probablement des petits gars.

— Ça alors ! Tu savais tout ça, Henry ?

Il hoche la tête.

— L'incubation dure généralement quatre semaines. Quand as-tu repéré le nid ? lui demande Fanny.

— Il y a déjà un mois et demi au moins. J'ai suivi des traces de tortue et j'ai compris qu'elle avait pondu, il y avait une motte de sable à l'emplacement des œufs.

— Hum… On peut donc supposer qu'ils ont grosso modo le même âge, en déduit-elle. Verdict dans deux semaines ! Tu vas surveiller ça de près, pas vrai, Henry ?

Le visage de l'adolescent s'éclaire.

— C'est sérieux ?

— Évidemment ! Tu as su t'en occuper comme un chef. Tu ne seras peut-être pas là pour l'éclosion, mais je tiens à ta présence quand nous les relâcherons sur la plage.

— Trop bien !

Tout à coup, Henry fronce les sourcils en regardant par-dessus mon épaule. Puis son visage passe de l'incertitude à l'effarement le plus total. Je finis par me retourner sur un homme qui donne l'impression d'être tout droit sorti d'une poubelle. Des cheveux blonds et courts en bataille avec des morceaux de je ne sais quoi dedans, de la crasse sur les joues et des griffures qui lui lacèrent le cou et le menton. Il porte deux caisses à animaux desquelles s'échappent des cris et des feulements terribles.

— Monsieur Vuillemin ? demande Henry qui a l'air de ne pas en revenir.

Le type regarde dans notre direction et affiche un large sourire.

— Henry ? Ça alors, qu'est-ce que tu fais ici ?

Perturbé, Henry désigne l'incubateur.

— On est venus apporter des œufs de tortue au sanctuaire.

— Voyez-vous ça !

— Henry les a sauvés d'une mort certaine, intervient Fanny. Le nid avait été méchamment pillé par les prédateurs. Mais toi, ça va ? Tu as une drôle de tête.

L'homme pose ses caisses par terre et se gratte le crâne, gêné.

— Je suis allé trapper une famille de chats, les petits ont trois mois et je peux te dire qu'ils m'ont fait courir !

Henry donne le sentiment de ne pas se remettre de la dégaine du nouvel arrivant et n'a toujours pas fermé la bouche tant il est stupéfait.

— Monsieur...

— Ils sont allés se planquer dans une benne à ordures sur le point d'être ramassée, je n'ai pas pu faire autrement que monter dedans pour les récupérer, reprend l'étrange sauveteur en faisant de grands gestes. Du coup, désolé pour l'odeur ! J'ai l'impression que j'empeste à des kilomètres.

— Monsieur...

— Par chance, j'ai également trouvé la mère, la famille est au complet. Nous n'aurons plus qu'à la faire stériliser pour que ça ne se reproduise pas. Les chats sont trop nombreux sur l'île.

— Monsieur ! insiste Henry.

L'épouvantail humain se tourne vers lui.

— Oui ?

Aussi discrètement que possible, Henry tente d'attirer son attention sur son pantalon, mais il n'a pas l'air de comprendre. Mais moi, je regarde dans la bonne direction. Oh, mon Dieu ! Son jean est grand ouvert et dévoile un imprimé flamants roses qui manque me faire éclater de rire.

L'homme baisse enfin la tête et essaie de refermer la cage avant que le petit oiseau décide de sortir, mais rien à faire, la fermeture Éclair est bloquée.

— Oh… je suis confus ! dit-il en s'agitant pour l'actionner.

Il en devient tout rouge à s'exciter comme ça sur sa braguette.

— Je crois qu'il y a un morceau de tissu coincé, lui fait remarquer Henry. Vous voulez que je vous aide ?

Le pauvre gars lève des yeux effarés sur Henry.

— Mais non, enfin ! Je vais bien finir par y arriver.

J'en pleurerais de rire, mais je ne peux pas, il le prendrait sûrement très mal.

— Je reviens ! dit-il soudain avant de sortir de la pièce.

— Mais qui est-ce ? demandé-je à Henry.

Consterné, il regarde la porte par laquelle l'homme est passé.

— Mon prof de français.

C'est plus qu'il ne m'en faut pour laisser éclater mon hilarité. Même Henry et Fanny s'esclaffent tant c'est communicatif.

Je n'avais pas ri comme ça depuis une éternité. Mais quand l'enseignant d'Henry revient, je me racle la gorge et tâche de retrouver mes moyens.

— Cette situation était très embarrassante, dit-il en fronçant le nez, mais j'y suis arrivé.

Plutôt mourir que poser les yeux sur sa braguette et vérifier que c'est bien le cas. Je lui rends son sourire et, une fois débarbouillé, difficile de ne pas focaliser sur le bleu de ses iris.

— Samuel Vuillemin, se présente-t-il, je suis le professeur principal d'Henry et aussi bénévole au sanctuaire. Enchanté.

— De même ! dis-je en acceptant la main qu'il me tend. Rosalie Ernst, agente immobilière et sauveuse de tortues malgré elle. Henry prenait soin de cette petite famille dans l'une des villas dont je m'occupe.

Samuel Vuillemin me regarde un peu comme si j'avais commis un acte héroïque.

— C'est très gentil de votre part de vous être impliquée, la plupart des gens s'en seraient moqués.

— Hum... Vu la propriété dans laquelle on a trouvé les œufs, il aurait été criminel de les laisser.

Du reste, mon rendez-vous avec les Russes a été aussi expéditif que gratiné. Svetlana Jernakov regardait le carton avec suspicion, alors pour détourner son attention, je me suis inventé des quintes de toux. Exaspérée, elle m'a presque mise dehors en affirmant qu'ils n'avaient plus besoin de moi.

— Bien ! s'exclame Fanny. Ce n'est pas tout, mais il se fait tard et je dois fermer la boutique. Henry, sois rassuré, je vais m'occuper personnellement de tes petits protégés.

— D'accord, dit-il le cœur un peu gros de les laisser. Je peux passer les voir demain après les cours ?

— Je ne pense pas qu'ils auront bougé d'un iota d'ici là, mais tu viens quand tu veux, mon grand.

Samuel Vuillemin lui met la main sur l'épaule.

— Pendant qu'on y est, tu n'oublieras pas non plus de me donner ta demande de bourse, OK ?

— Oui, monsieur Vuillemin, bougonne Henry. Au revoir, Fanny.

— À demain, Henry.

Je les salue à mon tour, puis nous nous dirigeons vers la sortie pour regagner la voiture.

— Où est-ce que tu habites ?

— À Corossol.

— Ça fait une trotte d'ici, comment es-tu allé jusqu'à Saint-Jean ?

— En stop.

Je tique, même si sur l'île, tout le monde en fait. Henry est quand même jeune.

— Je te ramène chez toi.

Il hausse les épaules.

— Je peux me débrouiller, j'ai l'habitude.

— Il est déjà tard, le soleil va bientôt se coucher et ce ne serait pas prudent sur la route. Allez, grimpe !

Nous parcourons les premiers kilomètres dans un silence de plomb, puis je me mets à sourire en repensant à Samuel Vuillemin.

— Ils sont tous mignons comme ça tes profs ?

— Mais madame ! s'exclame Henry, consterné.

J'éclate de rire, je n'ai pas forcément choisi le meilleur angle d'approche, mais c'est justement ce qui est drôle.

— J'ai l'impression d'être un dinosaure quand on me donne du « madame », appelle-moi Rosie, tu veux bien ? Et dis-moi tu.

Il acquiesce et s'absorbe aussitôt sur la route.

— En quelle classe es-tu, Henry ?

— Troisième, mais je vais avoir quatorze ans.

— Un an d'avance ?

— Ouais.

Je le regarde de profil, il est grand pour son âge, mais pas encore pubère. Henry ressemble à un petit garçon dans une enveloppe d'adolescent. Je sens beaucoup de sensibilité chez lui et ça me touche.

— Des frères et sœurs ?

Il secoue la tête sans répondre.

— Je suis fille unique moi aussi.

— Et tu as toujours tes parents ?

Surprise, j'écarquille les yeux.

— Euh… Oui, pourquoi ?

— Les miens sont morts.

Ma bonne humeur retombe d'un coup, j'ai l'impression qu'un froid glacial s'est engouffré dans la voiture. Si je m'y attendais…

— Je suis désolée de l'apprendre, Henry.

Il hausse les épaules, le visage sans expression.

— C'était il y a quatre ans. Il y a eu une tempête et leur bateau a talonné dans les hauts-fonds. On a juste retrouvé les bouées de sauvetage qui sont remontées à la surface.

Je suis horrifiée de l'avoir amené sur ce sujet et ne sais pas quoi dire. Je ne peux qu'imaginer combien perdre ses parents à un si jeune âge doit être difficile, à plus forte raison quand l'absence de corps ne vous permet pas de faire votre deuil. Je jette un œil inquiet à Henry, mais il ne montre pas la moindre émotion. Moi, j'en suis toute retournée.

— Tu as un drôle d'accent, dit-il soudain. Tu viens d'où ?

Perturbée par la situation, j'essaie de rassembler mes idées.

— Je suis alsacienne. L'Alsace est une région dans le nord-est de la France.

— Je sais où c'est. Vous mangez des bretzels tout le temps.

J'ai un petit hoquet interloqué, même s'il n'a pas tout à fait tort.

— Tu as déjà vu la neige, alors ? demande-t-il.

Il réussit à me faire sourire. Lorsqu'on vit dans les Caraïbes, la neige n'est même pas une vague connaissance. On sait qu'elle existe, on l'a peut-être vue en photo ou à la télé, mais on n'a aucune idée de l'effet des flocons qui vous tombent sur les joues en hiver ni du froid qui vous gèle le bout des doigts quand vous faites des bonshommes de neige.

— Où je suis née, il y en a chaque année.

— J'aimerais la regarder tomber un jour, dit Henry avec une sincérité qui m'émeut. Ça a quel goût ?

La seule raison pour laquelle je ne ris pas franchement, c'est notre précédent sujet de conversation. On a tous mangé de la neige quand on était gosses, au moins parce qu'on s'y est vautré une fois la tête la première, et personne n'en a gardé un souvenir exceptionnel. Mais comme Henry me pose la question et que ça semble pour lui quelque chose de merveilleux, je m'efforce de lui faire une réponse attentive.

— Hum… tu as déjà sucé un glaçon ?

— Ouais.

— Le froid est identique, mais la texture est très différente. Tu sens l'air entre les flocons quand tu les écrases entre la langue et ton palais, mais ils disparaissent instantanément et se transforment en eau. C'est tout léger, de la neige.

J'ai attiré son attention, Henry me regarde comme si je venais de décrire quelque chose de merveilleux. Puis il fouille au fond de sa poche pour en sortir son téléphone portable.

— C'est ma grand-mère, elle est inquiète. Je n'ai pas le droit de rentrer après le coucher du soleil. Mais je ne sais pas ce qu'elle craint, il ne se passe jamais rien ici.

— C'est ma faute, j'aurais dû penser à te suggérer de prévenir ta famille. On est encore loin ? Tu devrais peut-être la rassurer maintenant ?

— Non, on est arrivés, c'est là. Tourne à gauche.

Je m'engage dans une petite rue à l'entrée de Corossol.

Je suis venue plusieurs fois dans ce quartier de la côte ouest de l'île, à seulement quelques kilomètres au-dessus de Gustavia. C'est un village de pêcheurs absolument charmant. D'aucuns diront que l'âme de Saint-Barthélemy et ses traditions y sont ancrées. Un peu partout, il y a d'anciennes cases authentiques et colorées, certaines datant des années 1930, et c'est même l'un des derniers endroits de Saint-Barth où l'on pratique la vannerie. Mais si je sais tout ça, c'est parce que je l'ai lu dans de nombreux guides touristiques, pas parce que je l'ai vu de mes yeux. Je dois bien admettre que je passe beaucoup plus de temps dans les riches villas de propriétaires à m'émerveiller du luxe ambiant que dans le cœur de l'île, où se trouve pourtant l'essentiel.

— C'est là, dit Henry en pointant du doigt une très belle case au toit rouge et au bardage de bois turquoise.

Un ravissant balcon blanc dentelé semble en faire tout le tour.

— C'est très joli..., lui dis-je presque dans un murmure.

Et ça doit l'être bien plus en plein jour.

Henry hausse les épaules, ça doit être son moyen de communication préféré. En réalité, je devine que si je suis impressionnée par ce qui m'entoure, lui, il est blasé. Comme beaucoup de jeunes natifs, je suppose, qui n'ont qu'une envie, visiter les îles voisines, partir en métropole ou s'installer aux États-Unis, tellement plus proches et excitants que le vieux continent.

— C'est ma grand-mère qui décore tout.

À peine nous sommes-nous garés qu'une femme d'une cinquantaine d'années, très menue et aux cheveux blonds coupés court, sort de la maisonnette.

— Henry ! Je m'inquiétais. Où étais-tu passé ? Tu as vu l'heure qu'il est ?

18 h 15, le soleil est presque couché.

Je les rejoins pour me présenter et expliquer la situation. La mamie d'Henry m'écoute attentivement et fait de gros yeux à son petit-fils.

— Il est interdit d'entrer sur les propriétés, Henry, et tu le sais très bien.

— Les tortues avaient besoin de moi, bougonne-t-il.

— La nature n'a besoin de personne, mon garçon ! Allez, file prendre ta douche, et n'oublie pas tes devoirs.

Henry me jette un dernier regard et disparaît dans la jolie case bleue.

— Je suis vraiment désolée pour les soucis qu'il vous a causés, s'excuse sa grand-mère. Et pardonnez-moi, je ne me suis pas présentée : Monica Aubin, Henry est mon petit-fils.

— Oui, il me l'a dit, et ne vous inquiétez pas, il n'a provoqué aucun problème.

— Mais il aurait pu ! Puis-je vous offrir quelque chose à boire ?

Je lui souris. L'hospitalité est précieuse et très respectée sur l'île, surtout par les Saint-Barths qui en font un art de vivre.

— Je vous remercie, mais la journée a été longue, il est temps que je rentre.

— Vous habitez Saint-Jean ?

— Non, Gustavia.

Je lui tends la main qu'elle me serre chaleureusement.

— Merci, mademoiselle Ernst. Peut-être nous recroiserons-nous ?

— Saint-Barth est minuscule, c'est fort probable. À bientôt, madame Aubin.

Je quitte Corossol le cœur léger et repense à ces deux dernières journées. Un dépanneur de Noël en bermuda, des triplés mécaniciens, des pelletées de caviar, un adolescent sauveur de tortues et un dompteur de chats sauvages… Mon téléphone portable vibre et s'agite sur le siège passager, Mary essaie de m'appeler. Je ne décrocherai pas, je suis de bien trop bonne humeur pour ça.

Je le mets sur silencieux, l'enfonce dans mon sac et, le sourire aux lèvres, rejoins Gustavia.

6

COMME TRÈS SOUVENT le matin avant de me rendre à l'agence, je récupère un café à emporter que je vais boire sur les quais en feuilletant le journal des petites annonces. Je ne désespère pas d'y trouver un logement qui n'attend que moi.

Aujourd'hui, le marché de Noël ainsi que la scène de concerts de fin d'année sont en train d'être montés, et au beau milieu de tout ce remue-ménage, Nicolas Claus, accompagné de ses petits-enfants, aide un jeune technicien à soulever un immense sapin de Noël.

Je pensais que la chemise bonshommes de neige de M. Claus était ce qu'il possédait de pire, mais de toute évidence, son mépris pour la mode s'étend à toute sa garde-robe. Mon gentil dépanneur a mis un tee-shirt vert affichant un renne au regard asymétrique et dont les bois sont affublés d'une guirlande lumineuse emmêlée. Je suis certaine que le nez doit faire « pouet pouet » lorsqu'on appuie dessus. Quant au sobre bermuda beige dans lequel il nageait quand on s'est rencontrés, il a fait place à un drôle de short rouge retenu par des bretelles improbables aux motifs sapins. Et contrairement à la dernière fois, il porte des chaussettes – à grelots – avec ses claquettes.

M. Claus m'avait bien dit qu'il était sur Saint-Barth pour faire l'animation de Noël, mais je suis sûre qu'il était loin de se douter que ça fonctionnerait autant. Je ne pense pas me tromper en affirmant qu'en presque deux siècles et demi d'existence, Gustavia n'a jamais dû voir un tel hurluberlu se promener sur l'île. Tout le monde dévisage ce curieux personnage exhibant barbe blanche et bedaine généreuse avec fierté. Du reste, il est si absorbé par ce qu'il fait qu'il ne me remarque même pas.

Moi non plus je ne résiste pas et m'assieds sur un muret pour l'observer sans déranger. Le technicien qui l'accompagne secoue vigoureusement le sapin pour en redresser les branches. Nicolas Claus paraît un peu contrarié.

— Rhooo, mon garçon, un arbre de Noël ça se respecte ! Regardez ce que vous lui avez fait, il en a perdu quantité d'épines.

— On aurait mieux fait d'en mettre un synthétique comme chaque année, car je peux vous assurer que vu la chaleur qu'il fait, celui-ci sera à poil avant le 25 décembre !

Nicolas Claus a les joues toutes rouges, et quand il lui sourit, elles évoquent deux fruits bien mûrs.

— Ce ne sera pas le cas, jeune homme, parce que je ferai ce qu'il faut pour que ça n'arrive pas.

Le technicien hausse les épaules et lui montre une immense caisse en bois.

— Si vous le dites ! En attendant, puisque vous y teniez, voici les décorations de Noël, amusez-vous bien. Je vous laisse, j'ai encore du travail.

Il s'éloigne et l'abandonne avec un arbre de plus de deux mètres de haut.

— Les lutins, nous avons du pain sur la planche !

Les triplés rejoignent leur grand-père et, mains sur les hanches, se postent devant le sapin. Leurs improbables prénoms me reviennent et me font sourire. Quelle drôle de famille.

Jacopo, celui qui a le plus de taches de rousseur, ne semble pas content.

— Je vous préviens, ce sera à moi d'accrocher l'étoile !

— L'année dernière, c'était déjà toi ! À mon tour ! s'énerve son frère Jador.

Leur sœur Jacotte les pousse pour se mettre devant.

— Vous êtes lourds comme des barriques à force de manger des bonbons, alors que moi je suis légère comme une plume. C'est moi qui vais le faire et puis c'est tout !

— Allons, allons, les lutins, arrêtez donc de vous donner en spectacle, les gronde gentiment leur grand-père. Tout le monde vous regarde et nous avons convenu de ne pas nous faire remarquer.

— Et c'est lui qui dit ça ! À croire qu'il ne s'est pas vu !

Je me retourne sur la grand-mère d'Henry. Saint-Barth est un grand village, une fois que vous avez rencontré quelqu'un, vous le croisez partout !

Je lui offre un franc sourire. Elle, en revanche, n'a pas l'air de très bonne humeur, elle affiche ce même petit air pincé que lorsque je lui ai ramené Henry la veille. Je ne m'en émeus pas et reste enjouée.

— Bonjour, madame Aubin, comment allez-vous ce matin ?

— Comme quelqu'un qui trouve ridicule tout ce tralala, dit-elle en embrassant les quais de la main.

— Vous n'aimez pas cette période de l'année ?

Elle hausse les épaules.

— Ce n'est pas la période que je n'aime pas, c'est tout ce cirque. La ville s'est soudain mis en tête de faire un marché de Noël, mais on ne vient pas du Grand Nord, bon sang ! Et voilà que maintenant, ils nous collent un faux père Noël pour raconter des histoires aux enfants, prendre des photos et déambuler en décapotable dans les rues ! Comme si on avait besoin de ça pour s'amuser !

— Avouez qu'il est parfait pour le rôle, dis-je, tout en posant un regard attendri sur Nicolas Claus.

C'est vrai que physiquement, je ne suis pas sûre qu'il existe une meilleure réplique du père Noël que cet homme. Et puis, M. Claus a l'air d'avoir le cœur sur la main. Je ne sais pas si c'est dans ses prérogatives que d'aider au montage du marché, mais il s'en donne à cœur joie.

Monica Aubin grogne un peu plus.

— Hum… Peut-être, mais je suis née sur cette île, et je peux vous assurer que Noël n'était pas plus triste sans tout ça !

— Je n'en doute pas une seule seconde.

— Vous cherchez un logement ? me demande-t-elle soudain en baissant les yeux sur le journal qui traîne sur le muret.

— Oh… Oui, mais j'ai bien peur que ce soit illusoire, ce qui est vacant est hors de prix.

— Où habitez-vous ?

— À deux pas, sur le port, dans un minuscule appartement qu'il me tarde d'abandonner. Je suis logée par l'agence qui m'engage.

Elle fronce les sourcils.

— Ils sont tous pareils !

— Les appartements ?

— Non, les employeurs ! Ils font venir des gens de la métropole, mais ne sont pas fichus de les héberger correctement et du coup, personne ne s'attarde jamais bien longtemps.

Mme Aubin n'a pas tort, il y a un *turnover* incroyable sur l'île. Saint-Barth est enchanteresse, mais la vie y est très chère, les locations peu communes et le travail fluctuant, alors ceux qui ne sont pas nés ici restent rarement plus de trois ans et tentent leur chance ailleurs.

— Je propose un bungalow avec salle de bains et kitchenette, m'annonce-t-elle. Il est dans mon jardin, c'est modeste, pas très grand, je n'ai pas installé de télé, mais c'est propre et le loyer est correct.

J'écarquille les yeux de surprise.

— C'est vrai ?

— Pourquoi je vous en parlerais, sinon ? réplique-t-elle avec ce petit air revêche et pourtant attendrissant.

— Merci, je ne sais pas quoi dire…

— Rien pour le moment, ne vous emballez pas trop, vous devez d'abord visiter. Ce soir ?

J'étais même prête à y aller maintenant, si possible, mais je ne veux pas paraître pressante.

— C'est parfait. Dix-huit heures ?

— Dix-sept ! Venez quand il fait encore jour, que vous puissiez voir le jardin. La chambre ouvre sur une petite terrasse avec bain de soleil et hamac.

Bon sang, ça a l'air paradisiaque, j'ai du mal à ne pas sourire niaisement.

— D'accord pour 17 heures.

— Bien. Je dois vous laisser, j'embauche dans trente minutes. À ce soir, mademoiselle, Her… Ir… euh…

Ah, les noms de famille alsaciens !

— Ernst ! Mais appelez-moi Rosie.

— D'accord. À ce soir !

Elle tourne les talons et quitte les quais le dos bien droit. Quelle femme de caractère ! Ça ne m'effraie pas,

Monica Aubin me fait un peu penser à ma mère qui, de prime abord, possède ce charme froid des Alsaciens, mais recèle une générosité et une chaleur exceptionnelles.

J'ai encore un quart d'heure devant moi. Nicolas Claus et ses petits-enfants n'ont pas l'air de vouloir partir de sitôt. Il y a un camion qui vend des beignets juste à côté, je vais en acheter une dizaine et rejoins les Claus sur le futur marché de Noël. Je leur dois quelques sucreries pour les remercier.

Lorsque j'arrive, les ados ont le nez plongé dans la caisse à déco, et Nicolas Claus est en train de faire un truc bizarre devant le sapin. Les bras levés, il semble vouloir épouser la forme de l'arbre de ses paumes sans pour autant le toucher. Je hausse un sourcil. Ça plus sa tenue, il donne un peu l'impression de sortir tout droit d'un asile, mais en réalité, c'est juste un excentrique. Je souris et me manifeste.

— Bonjour !

Il se retourne, pas gêné pour deux sous par ma présence.

— Oh, bonjour, Rosie, vous êtes venue nous aider ?

Je lui montre le sachet en papier déjà taché de gras.

— Non, mais j'ai apporté du carburant.

— Des beignets ! hurlent Jador, Jacotte et Jacopo.

— Bonjour les enfants, c'est pour v...

Pas le temps de finir ma phrase, ils m'ont littéralement arraché le paquet des mains. Ils plongent dedans et se mettent à dévorer avec un entrain qui me laisse bouche bée. M. Claus m'avait dit qu'ils aimaient les sucreries, mais à ce point !

Ce dernier fronce les sourcils.

— Oh hé, les lutins ! Vous n'avez pas oublié de dire quelque chose ?

— Merchi, Rosie ! crient-ils en chœur.

— Qu'est-ce que vous faisiez avec le sapin ?

Nicolas Claus émet un petit rire aigu tout à fait inattendu pour quelqu'un de son gabarit.

— J'énergise ! Ce sapin a été malmené, je lui redonne ce dont il a besoin pour retrouver quelques piquants.

— Mais… C'est un arbre coupé, monsieur Claus, ils ne repousseront pas.

— Appelez-moi Nicolas. Vous voulez parier ? dit-il d'un air très sérieux.

J'en reste coite, mais ne souhaite pas le contrarier.

— Eh bien je… Non, je perds toujours.

Bien qu'aujourd'hui, je n'aurais pas pris beaucoup de risques.

— Je venais juste vous donner ces quelques beignets, mais je dois aller travailler. Mes amitiés à Mme Claus, ajouté-je en m'éloignant.

— Elle s'appelle Catherine ! À bientôt !

Avant de bifurquer, je jette un œil derrière moi pour regarder une dernière fois l'étrange Nicolas Claus. Il en a terminé avec son sapin, et c'est parce que je suis la fille la plus rationnelle de l'Univers que je refuse d'admettre que celui-ci semble avoir doublé de volume. Car tout le monde sera d'accord avec moi pour dire que c'est tout bonnement impossible.

Pas vrai ?

7

— VOUS ME LAISSEZ TOMBER, après tout ce que j'ai fait pour vous ?

Je lève les yeux au ciel. Déjà en temps ordinaire, je déteste les dramas, mais quand ils viennent de l'insupportable Mary Kane, c'est encore pire ! À l'entendre, je lui arrache un membre ou lui retire la cuillère de la bouche.

Je jette un regard à ma collègue Sarah, dos à Mary. Depuis son bureau, elle se retient de rire en faisant semblant de jouer du violon.

— Je ne vous laisse pas tomber, Mary, je quitte l'appartement que vous me louez.

Qui, au passage, est vétuste et hors de prix, pourrais-je ajouter.

— Ce qui revient au même ! Vous savez combien il est difficile de trouver des gens fiables ?

Ouh ! Elle m'a fait un compliment ou je rêve ?

— Je ne m'inquiète pas pour vous, vous ne manquez pas de ressources…

Il y aura toujours un pigeon pour me remplacer. Une personne fraîchement arrivée, qui n'a aucune connaissance de la valeur de l'immobilier, et qui a peur de ne pas avoir de toit sur la tête. Qui j'étais en somme.

— Vous n'avez aucune conscience de la réalité, ma pauvre Rosie, il est clair que vous venez de la campagne !

— Je suis strasbourgeoise, Marie, avec presque 300 000 habitants, je doute qu'on puisse parler de campagne.

— Là n'est pas la question ! À Strasbourg vous trouvez peut-être facilement des locataires, mais pas ici, très chère.

— Peut-être devriez-vous revoir à la baisse votre loyer ?

Elle écarquille les yeux, horrifiée.

— Le standing a un prix !

Je manque m'étrangler.

— Vous avez tout de même quelques travaux à faire.

— Oui, eh bien ce n'est pas avec un appartement non occupé que je vais pouvoir m'en charger ! Pour ça, il faut de l'argent.

Quelle mauvaise foi ! Elle a systématiquement botté en touche quand j'ai évoqué les désagréments auxquels je devais faire face. Elle encaissait pourtant mon loyer chaque mois. Je n'ai jamais vu aussi grippe-sou que cette femme.

Mary porte la main à son front, faisant mine d'être prise d'une violente migraine.

— Quoi qu'il en soit, heureusement que j'ai quelques semaines devant moi pour vous remplacer avant de me retrouver sans le sou !

Cette fois c'est Sarah qui lève les yeux au ciel. Sans le sou, comme elle y va ! Puis je percute. Mon loyer a été payé jusqu'à fin novembre et il se termine dans trois jours, date à laquelle j'aurai quitté les lieux.

— Comment ça, « quelques semaines devant vous » ?

— Eh bien oui ! Vous me devez trois mois de préavis.

Je suis tellement interdite que ma mâchoire s'entrouvre sans que je réussisse à la contrôler.

— Ne me regardez pas comme ça ! aboie-t-elle. On n'est pas à l'Armée du Salut ici ! Vous pensiez peut-être que j'allais vous en faire cadeau ?

Alors là...

Je me racle la gorge, je vais essayer d'être la plus diplomate possible.

— Vous êtes propriétaire de beaucoup d'appartements que vous louez, Mary ?

— Quelques-uns, mais je ne vois pas le rapport.

— Eh bien, je crois que vous devez confondre, nous n'avons signé aucun contrat de bail, et vous exigiez que je vous règle en espèces, je ne peux donc pas vous devoir trois mois de préavis.

Puis je lui fais un grand sourire, sirupeux à souhait.

Sarah continue ses singeries et fait mine d'avoir reçu une balle en plein cœur, je me retiens de rire. Mary reste bouche bée plusieurs secondes. Puis elle se reprend.

— Je... Oui, bien sûr ! Où avais-je la tête ? Dans ce cas, je vous demande de me remettre les clés demain soir au plus tard. Je compte bien trouver un nouveau résident au 1er décembre et il me faut encore nettoyer derrière vous.

Je passe sur le fait qu'elle vient de me traiter de souillon et acquiesce.

— Ce sera fait.

— Et inutile de me réclamer un jour de congé pour faire vos cartons, c'est hors de question, il y a bien trop de travail.

— Vous m'en devez pourtant quelques-uns.

Mary me regarde d'un air hautain, la bouche pincée, puis disparaît dans son bureau.

— Eh ben, ma grande, me dit Sarah, j'ai assisté au meilleur remake de tous les temps de *Je quitte ton appart pourri.*

Et pour cause, ça va faire bientôt sept ans que Sarah bosse pour Mary. Les agents immobiliers ont défilé et tous ont lâché l'agence tôt ou tard, mais Sarah est une irréductible. Cette scène, elle l'a vécue des dizaines de fois. Je me demande d'ailleurs comment elle fait pour s'accrocher autant. On n'est pas trop mal payées, certes, mais j'avoue souvent songer à chercher un nouvel office pour lequel travailler.

— Elle trouvera une autre bonne poire, je ne m'inquiète pas pour elle.

— Tu déménages ce week-end alors ?

Je hoche la tête.

— On est vendredi, j'aurai vidé les lieux d'ici demain soir.

— Soulagée ?

— Très ! dis-je en redressant une épingle de mon chignon.

Lorsque j'ai visité le bungalow de Monica Aubin, si je n'ai pas sauté comme un cabri, c'est parce que je n'ai pas voulu passer pour une folle furieuse, de peur qu'elle change d'avis. Cet endroit est exceptionnel. Presque aussi petit que mon studio actuel, mais calme et… généreux. C'est le mot ! Ce qui devait être modeste s'est révélé pour moi une merveille. Les sols et les murs sont en lames de bois blanc, il y a des plantes exotiques et des macramés partout, des fauteuils en rotin et des coussins dans la pièce centrale. La kitchenette est suffisamment spacieuse, la salle de bains possède une baignoire et la chambre est magnifique avec un lit à barreaux en fer forgé, un bureau, une commode et une armoire cérusée. Mais ce qui m'a fait chavirer d'un seul coup d'œil, c'est la terrasse qui donne sur un petit jardin privatif. Monica Aubin en a fait un paradis d'arbustes et de plantes tropicales isolé du reste du terrain par une grande haie de lataniers. J'ai signé tout de suite, passant sur le fait qu'il faille partager la machine à laver se trouvant dans l'habitation principale et que les visites doivent être rares. Qu'importe ce genre de détail, je sais déjà que je m'y sentirai très bien.

Sarah se lève et cale son sac à main sur l'épaule.

— Bon, c'est pas tout, mais j'ai cinq maisons à voir, et un rendez-vous chez le kiné à 17 heures, je file. À plus !

Je regarde la paperasse sur ma table et grimace. Une journée à peu près aussi chargée m'attend, alors autant m'y mettre tout de suite.

Lorsque je rentre chez moi, il n'est pas loin de 19 heures. Je soupçonne Mary de m'avoir volontairement retenue au bureau pour m'empêcher de faire mes cartons. Mais il m'en faut plus pour me décourager. Demain soir, je serai partie d'ici.

J'ai à peine refermé la porte que la sonnerie WhatsApp de mon téléphone retentit. Appel vidéo de mes parents, je décroche.

— Bonjour, *maïdala*, me salue mon père.

D'aussi loin que je me souvienne, il m'a toujours surnommée « fillette ».

— Ça *geht's*, la famille Ernst ? Il est 13 heures chez vous, vous n'êtes pas à table ?

— *Jesus Gott!* s'écrie ma mère. Tu sais bien que si ton père n'est pas devant son assiette à midi, je l'entends grogner toute la journée.

Elle a tellement raison ! C'est un estomac sur pattes, il a faim en permanence, et si l'heure du repas est dépassée ne serait-ce que d'une minute, on le voit tourner comme un lion en cage en jurant jusqu'à ce qu'il se mette à manger.

— Ta mère a fait des *fleischschnackas*, dit mon paternel en se tapotant le ventre. Ce sont les meilleurs d'Alsace.

Si je n'ai pas entendu ça un millier de fois... Chez mes parents, les escargots à la viande, c'est tous les dimanches. La cuisine de ma mère me manque drôlement, mais je ne le lui dis pas, sans quoi elle serait capable de m'envoyer des plats sous vide.

— Tu rentres seulement maintenant ? demande-t-elle. Tu vas manger au moins ? Je trouve que tu as maigri.

— Oh là ! Ce n'est pas le cas du tout ! Mais j'ai une bonne nouvelle : je change d'appartement !

Ma mère lève les mains au ciel.

— *Oyé*, elle déménage encore ! Tu vas finir par ne plus savoir d'où tu viens, ma fille !

— Ne t'inquiète pas, maman, dis-je en souriant, tant qu'on me fera remarquer que j'ai le même accent à couper au couteau que vous, je me souviendrai d'où sont mes racines !

Mon père fronce les sourcils.

— Alors, tu vas habiter où ? Pas très loin de ton travail, hein ?

— L'île fait 24 km², papa, je suis près du bureau où que je sois ! Mais quand vous viendrez, vous vous en rendrez compte par vous-mêmes.

Il grommelle dans sa barbe. Mes parents n'ont jamais aimé voyager. Le plus loin qu'ils soient allés, c'est Paris pour le mariage d'une de mes cousines, et ils ont détesté.

— On verra, on verra...

— Bon, on se refait une visio une autre fois ? Il faut vraiment que j'emballe mes affaires, je dois avoir déménagé demain soir.

Ma mère lève les mains.

— *Hopla!* Voilà qu'elle veut déjà raccrocher.

— Rappelle-nous quand tu es installée, *maïdala*, dit mon père à contrecœur.

Je leur offre un grand sourire, car comme à chaque coup de fil, je sens ma mère pleine d'émotions.

— Promis !

— Tu nous manques, *schätzele*...

— Vous aussi, maman. Chaque jour. Je dois vous laisser et vous embrasse fort.

Nous nous envoyons des baisers virtuels et coupons la communication.

Mon départ pour les Caraïbes a pris tout le monde de court et mes parents sont ceux qui ont le plus de mal à me savoir aussi loin. Ils ont pourtant conscience que c'était nécessaire pour moi.

J'étais embauchée depuis huit ans dans un hôtel cinq étoiles, j'avais une excellente situation et il n'était pas exclu que je reprenne un jour la direction de l'établissement. En réalité, c'est ma vie privée qui était un véritable champ de bataille, et si j'étais restée, j'aurais perdu la guerre. Je me serais perdue, moi.

Tony, mon ancien « petit ami » et moi, on travaillait dans le même hôtel. Il était responsable financier, nos postes étaient complémentaires. On s'est vus pendant quatre ans. J'étais très amoureuse, et il me disait que lui aussi. Je ne l'ai jamais vraiment cru, mais je n'arrivais pas à décrocher. Il affirmait qu'il ne voulait pas d'une relation conventionnelle, rangée et pépère. Je ne rencontrais pas ses amis ni sa famille, il ne me proposait jamais aucun rendez-vous, n'acceptait de venir chez moi que quand il en avait besoin et prétextait mille raisons pour ne pas rester plus d'une nuit avec moi. Il disait que j'étais son joli sucre d'orge, mais qu'il n'était pas bon de manger trop de glucides, que plus de deux jours ensemble, c'était trop et qu'il ne fallait pas qu'on entre dans de grandes habitudes, elles tueraient ce que nous avions de plus beau. Je lui offrais des cadeaux d'anniversaire, il oubliait le mien. Je prévoyais des week-ends à la campagne, il annulait au dernier moment en prétextant trop de travail ou un problème familial. Je préparais un dîner en amoureux, un film et un apéro au champagne, il prenait une coupe, me culbutait sur le canapé et repartait presque aussitôt. Et moi, je m'accrochais à sa présence comme à une bouée de sauvetage, j'avais l'impression que sans lui, je serais aussi vide qu'une coquille abandonnée. Je me suis fixée sur cette idée et ça m'a empêchée de voir que j'étais en train de gâcher ma vie à l'attendre. Et puis un soir, il est venu chez moi et m'a annoncé qu'il allait se marier. J'ai cru que c'était une plaisanterie, mais pas du tout. Il avait subitement envie de se poser, mais pas avec moi. Cette autre, c'était la fille aînée du patron. Il m'a dit qu'il m'aimait et qu'il ne voulait pas qu'on se sépare, qu'il prétexterait des déplacements, que nous pourrions même nous retrouver plus souvent. Je n'ai pas vraiment compris sur le coup, je voyais encore une possibilité de le retenir et de le garder pour moi. Alors nos rendez-vous ont continué pendant quelques semaines, je me suis un peu plus enfoncée dans l'humiliation, jusqu'à ce que je percute enfin, que je réalise que je n'étais rien d'autre pour lui qu'un passe-temps, un bon moment, une pauvre fille qu'il était si facile de manipuler.

Et puis il y a eu ce courriel que j'ai reçu d'un chasseur de têtes. L'agence Mary Kane cherchait des agents immobiliers à Saint-Barthélemy, c'était plutôt bien payé. J'ai sauté sur l'occasion avec l'impression que si je ne fuyais pas immédiatement l'Alsace, la métropole, même, je retomberais dans la toile que Tony avait tissée autour de moi toutes ces années. J'ai passé les entretiens avec les recruteurs, mon profil leur a plu, j'ai démissionné, changé de numéro de téléphone et d'adresse mail, et je suis partie.

Est-ce que Tony a cherché à me joindre ? Je ne sais pas. Est-ce qu'il me manque parfois ? Plus maintenant, mais des soirs comme celui-ci, je me rappelle pourquoi j'ai tout plaqué, je réalise qu'il est définitivement sorti de ma vie et en éprouve un soulagement aussi grand qu'à l'idée de quitter cet appartement de malheur. Tout ça est derrière moi, désormais.

Je souris, tire les valises planquées sous mon lit et les ouvre en grand.

C'est parti !

8

L'ANNÉE DERNIÈRE À CETTE PÉRIODE, je m'en souviens très bien, j'étais à Strasbourg et nous avions subitement eu quinze centimètres de neige en pleine ville. Les routes étaient bloquées, et les voitures impossibles à sortir du parking souterrain. J'avais dû passer la nuit à l'hôtel tandis qu'une panne d'électricité hallucinante nous avait laissés sans chauffage. J'y ai beaucoup repensé ce matin en enfilant short et débardeur pour prendre mon petit déjeuner sur la terrasse du bungalow. On est le 6 décembre, pas un seul nuage dans le ciel, un vent très agréable et des températures frôlant les 26 °C.

J'ai emménagé chez la grand-mère d'Henry il y a six jours, mais mes affaires sont encore dans les valises. J'ai travaillé comme une brute toute la semaine. La fin d'année est une grosse période, tous les propriétaires viennent passer les fêtes de Noël sur l'île, il faut que tout soit prêt pour leur arrivée. Alors, j'ai l'impression d'avoir traversé Saint-Barth en long en large et en travers des dizaines de fois. De fait, Mary n'était pas très contente que je prenne mon vendredi pour m'installer, mais c'était ça ou elle me payait mes heures sup. Radine comme elle est, elle n'a pas hésité bien longtemps.

Il est 16 heures lorsque j'ai terminé de tout ranger. Le soleil ne sera pas couché avant une bonne heure, il fait encore chaud, je m'accorde un verre de soda et vais me poser avec un bouquin dans le hamac.

Vivre ici, c'est le pied, loin du bruit, des passants et des regards indiscrets. Je ne crois pas que Monica ait bien réalisé le miracle qu'elle m'a offert pour un loyer deux fois moins élevé que celui que je payais à Mary. Le bungalow n'est pas très grand, mais je ne donnerais ma place pour rien au monde.

La plupart du temps, dès qu'il est sorti de cours, Henry file au refuge pour surveiller l'éclosion de ses petites protégées. Quant à Monica, elle travaille comme dame de ménage pour une agence immobilière et finit toujours très tard. Nous n'avons fait que nous croiser depuis que j'ai emménagé, à tel point que j'ai presque l'impression de ne pas avoir de voisins. En réalité, c'est si calme et ressourçant que je suis en train de m'endormir dans le hamac, pour une sieste de fin d'après-midi. Malheureusement, la cloche de l'entrée retentit et comme Monica n'est pas là, je me résigne à me lever pour prévenir le visiteur qu'il faudra repasser. Quelle n'est pas ma surprise en reconnaissant Samuel Vuillemin, le professeur principal d'Henry. Cette fois, il ne donne pas l'impression de sortir tout droit d'une benne à ordures. Je peux même affirmer qu'il a un charme fou. Quand il m'aperçoit, il fait des yeux tout ronds.

— Oh, bonjour, monsieur Vuillemin !

— Mademoiselle Ernst, si je m'attendais. Vous habitez ici ?

Tout étonnée qu'il se souvienne de mon nom et le prononce sans l'écorcher, je m'entends glousser comme une midinette.

Pour me rattraper, je prends un air plus sérieux et offre une poignée de main.

— Oui, depuis quelques jours, c'est tout neuf. Je suppose que vous venez voir Henry ou sa grand-mère ? Ils ne sont là ni l'un ni l'autre.

— Ah..., dit-il apparemment embêté, j'espérais repartir avec ces documents. Ça vous ennuierait de les donner à Mme Aubin ? Il s'agit du dossier de bourse d'Henry pour l'année prochaine. Il ne me l'a pas rendu et je dois le faxer demain matin, à 8 heures au plus tard. C'est impératif. Passé ce délai, toutes les demandes seront refusées par l'académie.

Je m'en empare.

— Je comprends, ce sera fait sans faute. Ils peuvent vous le déposer quelque part ?

— Oui, j'habite à Gustavia, juste derrière la capitainerie.

Il sort un papier et un crayon de son cartable et note son adresse.

— Ils n'auront qu'à le glisser dans la boîte aux lettres.

— Très bien.

J'attends qu'il me remercie avant de s'en aller, mais quelques secondes s'écoulent dans un drôle de silence inopiné. Nous nous observons, un poil gênés. Je m'apprête à lui demander si je peux faire autre chose pour lui, mais il me devance.

— Je ne crois pas vous avoir déjà croisée sur l'île, vous y êtes depuis longtemps ?

— Eh bien... Ça fera dix mois fin décembre !

— Alsacienne, n'est-ce pas ?

Je ne peux m'empêcher de rire. Je voudrais cacher mon origine que j'en serais incapable.

— Ça s'entend, je suppose ?

Et là, il prend un accent bien de chez moi à couper au couteau.

— Mon premier poste était à Mulhouse, j'y suis resté quatre ans et j'ai mangé beaucoup de *baeckeoffes.*

— Bien joué ! Vous êtes vous-même à Saint-Barth depuis plusieurs années ?

— Sept ans. Je suis originaire de la région parisienne et ne partirais d'ici pour rien au monde !

Puis il regarde sa montre.

— Je dois y aller, peut-être aurons-nous l'occasion de nous recroiser ?

— Très certainement ! Saint-Barth est un grand village.

— C'est vrai ! Et si je peux me permettre… Outre trapper des chats qui m'en font voir de toutes les couleurs, je coorganise un mini festival de rock dans différents établissements de l'île pour récolter des fonds pour l'association Lycéens globetrotteurs. Ça commence dès ce soir et ça dure jusqu'au 23 décembre sur le quai du port de Gustavia. Juste à côté du marché de Noël, à 20 h 30, si l'envie vous en dit.

Il cherche dans sa besace et me tend un programme.

— L'entrée est libre, rejoignez-nous.

Je bloque sur ses yeux d'un bleu saisissant.

— Je n'hésiterai pas !

— Je vous en prie, et merci encore pour le dossier de bourse. Peut-être à très vite alors !

Je le regarde partir en souriant, soupire et regagne le bungalow.

Monica et Henry rentrent presque en même temps sur le coup des 17 heures. Je m'empresse de les rejoindre pour leur remettre les documents.

— Je ne comprends pas, dit Monica en se saisissant des papiers. Pourquoi est-ce ton professeur principal qui nous les a apportés ?

Henry hausse les épaules, concentré sur sa console de jeux.

— Il me les a déjà donnés et j'ai oublié, c'est tout...

— C'est tout ? Sans bourse, tu ne pourras pas aller au lycée, Henry, c'est aussi simple que ça. Tu sais combien coûte la pension à Pointe-à-Pitre ? Tu crois que c'est avec mon salaire de misère que je vais pouvoir payer ?

— Tu n'as qu'à m'envoyer chez mes autres grands-parents.

Je n'ai aucune idée de quoi il retourne, mais le ton employé par Henry est plein d'amertume. Quant au visage de Monica, il blanchit d'un coup.

— On en a déjà parlé, c'est non.

— Tu penses qu'ils sont moins bien que toi ? gronde Henry. Tu penses que tu es la seule à pouvoir t'occuper de moi ? J'en ai marre de ne pas avoir mon mot à dire ! Je veux aller chez eux, pas dans une pension débile pour orphelins !

Monica essaie de garder son calme.

— Ce n'est pas un orphelinat, mais un internat pour ceux qui vivent trop loin, tu le sais très bien, Henry. Et ne viens pas me casser les pieds avec des gens que tu n'as jamais vus, compris ?

— Si je ne les ai jamais vus, c'est ta faute ! éclate-t-il en se levant du canapé. Tu ne penses qu'à toi ! Si mes parents étaient encore là, ils feraient tout pour que je les connaisse.

— Tais-toi ! Tu ne sais pas de quoi tu parles !

— Si, je sais ! Et si tu me laisses pas aller chez eux, je n'irai pas au lycée. Je n'irai pas, tu m'entends ?

Henry fusille sa grand-mère du regard, traverse le petit salon et sort de la maison avec pertes et fracas. Monica fixe la porte pendant plusieurs secondes et s'affale sur une chaise. Si je m'attendais à ça...

— Ça va ? lui demandé-je en la voyant au bord des larmes.

Digne, elle se ressaisit et redresse les épaules.

— Nous sommes en conflit depuis longtemps au sujet de ses grands-parents paternels. C'est compliqué... Ils n'ont jamais digéré le mariage de leur fils avec Marion et ne se sont même pas manifestés quand Henry est né. Ils n'ont jamais rencontré Henry.

— Marion était votre fille ?

Elle hoche la tête.

— La famille d'Olivier habite au Gosier, mais est très influente à Pointe-à-Pitre. Les Laville sont de riches promoteurs immobiliers et voir leur fils unique épouser la fille d'un homme à tout faire et d'une femme de ménage ne leur a pas plu. Ils n'ont pas pu déshériter Olivier, mais quand il a choisi Marion plutôt que ses parents, ils l'ont renié et ont définitivement coupé les ponts.

— Je suis désolée...

Monica se lève et jette son torchon sur la table.

— Ne le soyez pas, c'est ainsi. Vous savez, ils ne sont même pas venus aux funérailles de leur fils, alors tant qu'il sera sous ma responsabilité, jamais je ne laisserai Henry rencontrer ces gens. Il est trop jeune pour l'entendre, mais ils ne sont pas dignes de lui.

Elle s'éloigne vers le coin cuisine et sort des casseroles d'un placard.

— J'avais prévu de lui faire un colombo pour le dîner, son plat préféré, mais je doute qu'il veuille manger ce soir.

— Monica, M. Vuillemin a besoin qu'on lui rende la demande de bourse avant demain, sinon ce sera trop tard. Vous avez quand même l'intention de la remplir ?

— Évidemment ! S'il n'obtient pas cette bourse, c'est sa scolarité qui s'arrête.

— Je ne me rends pas bien compte, mais rentrer chaque jour est infaisable, n'est-ce pas ?

Elle émet un petit rire cynique.

— Quand le gouvernement décidera que l'île mérite un lycée, ce sera possible. En attendant, avec quinze heures de bateau minimum rien qu'à l'aller pour rejoindre la Guadeloupe, ou une heure en avion à 350 euros, il n'y a que l'élite qui peut se permettre un tel luxe.

— Je comprends...

— Allez, je me mets en cuisine. Quand l'ambiance sera meilleure, je vous inviterai à manger un colombo à notre table.

Avec des gestes nerveux, elle commence à tout préparer.

— Monica ? Vous voulez que j'aille moi-même déposer ce document ?

— Vous feriez ça ? demande-t-elle, tout étonnée.

— Bien sûr. Je vous laisse le remplir tranquillement. Venez me chercher quand ce sera fait.

Les yeux de Monica sont brillants de fatigue et d'émotion.

— Merci, Rosie, vous êtes adorable.

Lorsque je sors, la nuit est déjà bien tombée, on ne voit plus grand-chose dans le jardin. Mais en atteignant le bout de l'allée qui mène au bungalow, j'aperçois la lueur d'un téléphone portable. Henry, adossé au tronc d'un frangipanier en fleur, pianote sur son smartphone.

— Hé... Je peux m'asseoir avec toi ?

Je devine qu'il hausse les épaules, sans avis particulier.

— J'avais un oncle qu'on m'interdisait de voir quand j'étais petite, il était alcoolique. Bien sûr, c'est différent de ta situation, mais j'en voulais beaucoup à mon père et à ma mère. Il avait toujours été gentil avec moi et je ne le croyais pas capable de me faire du mal.

— Tu vas essayer de me convaincre que j'ai tort en me disant que tu aurais dû écouter tes parents et que ton tonton n'était pas une bonne personne ?

— Pas du tout… J'allais te conseiller de laisser du temps au temps. Que pour le moment, tu es sous la responsabilité de ta grand-mère qui t'aime sincèrement, mais un jour, tu pourras décider par toi-même d'aller voir qui tu veux.

Henry s'empare d'un caillou et le jette loin devant lui.

— S'ils ne sont pas morts d'ici là.

Il s'abîme quelques secondes dans le silence puis reprend le fil de ses pensées.

— Comment pourraient-ils avoir envie de me connaître si on ne se rencontre pas ? Peut-être qu'ils m'aimeraient bien et qu'ils regrettent ce qui s'est passé avec mon père ? Peut-être que ce sont des gens bien ?

— Je ne sais pas quoi te répondre, Henry, mais je crois que te heurter à ta grand-mère n'est pas la meilleure solution pour changer les choses. Essaie de lui faire confiance et sois patient.

— Les adultes n'ont que ces mots-là à la bouche, bougonne-t-il.

Et combien je le comprends… Il n'y a pas plus rabat-joie qu'une grande personne.

— Je vais aller apporter ta demande de bourse à ton professeur, il l'attend ce soir. Tu veux m'accompagner ?

— Nan, j'ai des devoirs, et puis c'est pas la peine, j'irai pas au lycée de toute façon.

Je lui souris et lui frotte la tête avant de me lever.

— Bien sûr que si, tu iras. Et garde la foi, Henry, on ne sait jamais de quoi la vie sera faite. Ta grand-mère t'attend pour dîner, ne tarde pas.

9

SAMUEL VUILLEMIN HABITE UN JOLI BÂTIMENT tout décoré pour les fêtes de fin d'année. Il y a des guirlandes lumineuses partout et du houx accroché aux balcons. On est très loin de ce que j'ai connu en Alsace, toutefois c'est ravissant et ça nous met dans l'ambiance de Noël. Sans son soleil cuisant le jour et son ciel bleu, l'île ne donne jamais autant l'impression d'approcher du 25 décembre que la nuit.

J'entre dans l'allée sans aucun problème, mais me heurte aux boîtes aux lettres : son nom n'est inscrit nulle part. Allons bon... Je suis certaine d'être au bon numéro, aussi décidé-je de monter les trois étages à pied, je finirai bien par trouver sa porte.

Je tombe dessus au deuxième. J'ai le cœur qui bat, et pas parce que je suis essoufflée. C'est un peu idiot de me sentir aussi fébrile, mais c'est pourtant le cas. J'ai même l'impression d'avoir les mains moites. Je lisse la jolie robe à fleurs que j'ai enfilée avant de venir, je sors mon miroir de poche pour vérifier la tenue de mon rouge à lèvres, et j'appuie sur la sonnette.

Au moment où la porte s'ouvre, j'affiche un sourire éclatant qui retombe comme un soufflé. Ce n'est pas Samuel Vuillemin qui apparaît, mais un brun immense aux yeux noirs comme la nuit, aux cheveux mi-longs, et ne portant comme vêtement qu'une minuscule serviette de bain drapée autour des hanches.

Samuel Vuillemin est bourré de charme, je l'ai pensé à la minute même où je l'ai vu tout débraillé et couvert de griffures, mais là, je crois bien que c'est l'homme le plus sexy de l'Univers qui se tient devant moi. Et il a l'air aussi surpris que je le suis.

— Ah, c'est pas les pizzas !

— Euh… non… J'ai dû me tromper, je cherche le logement de Samuel Vuillemin.

— Mais vous y êtes, jolie mademoiselle !

Jolie mademoiselle ? Sérieux ?

— Ne restez pas sur le palier. Entrez, je l'appelle.

Je passe devant lui en essayant de ne pas glisser sur la flaque d'eau qu'il a laissée sur le pas de la porte et pénètre dans l'appartement. Si j'avais été dans une situation normale, j'aurais trouvé que c'était très beau, moderne, parfait comme dans une photo de magazine de déco, mais pour l'heure, je suis obnubilée par le gars qui, tignasse bouclée et mollets dégoulinants, se promène à moitié nu avec une aisance déconcertante.

— Chouchou, devine quoi ? Ce n'est pas le livreur de pizzas ! crie-t-il, très amusé.

Chouchou ?

Samuel Vuillemin apparaît. Lui aussi a les cheveux mouillés, sa chemise est ouverte et la ceinture de son jean pendouille le long d'une de ses jambes.

— Mademoiselle Ernst ?

— Pardon, je n'ai pas trouvé votre nom sur la boîte aux lettres. Je suis désolée, je ne voulais pas vous déranger, mais vous disiez que c'était urgent. Voici la demande de bourse, finis-je par dire en lui tendant le document. Elle est signée.

Il ferme son pantalon et s'approche.

— Ah, je suis bien content ! Grâce à vous elle sera faxée dès ce soir.

— On peut dire qu'il y a une nette amélioration chez UPS ! lance le grand brun en me détaillant d'un air moqueur. Les livreurs portent désormais du rouge à lèvres et une jolie robe pour déposer les paquets ? À moins que ça n'ait été juste pour toi, chouchou ?

Je me sens rosir de la tête aux pieds. Samuel Vuillemin vient à mon secours.

— Laissez-le parler, mademoiselle Ernst. Bastien a le savoir-vivre d'un babouin et il est jaloux, parce que les seules belles plantes qui s'intéressent à lui sont les orchidées blanches de l'île !

Le dénommé Bastien s'approche et lui passe un bras autour de l'épaule.

— Voyons, chaton, depuis quand tu es captivé par ce qui porte jupons ?

Boum ! Servez chaud ! La tête que je fais doit valoir son pesant de cacahuètes. Je viens de comprendre... Samuel Vuillemin est gay ! Je retiens un hennissement de mule hystérique. Et moi qui pensais lui en mettre plein les mirettes avec mon décolleté, quelle tarte !

Devant ma mine dépitée, l'apollon mouillé éclate de rire.

— Non, j'y crois pas... tu ne lui as pas dit que tu aimais les garçons !

Je ne sais pas s'il s'esclaffe autant pour le quiproquo que pour mon attitude de potiche qui vient de se faire rembarrer par son cavalier au bal des débutantes. Samuel Vuillemin le repousse et secoue la tête, exaspéré.

— Bastien, sérieux, t'as vraiment la subtilité d'un Cro-Magnon !

Mais ce dernier rit tellement qu'il en a les abdos qui tressautent. Étant donné la taille ridicule de son pagne, je crains qu'il ne tombe à tout moment et ne dévoile ce que je ne veux surtout pas regarder.

Samuel Vuillemin a pitié de moi.

— Allez, file t'habiller ! Tu vois bien que tu mets Mlle Ernst mal à l'aise.

L'Adonis des salles de bains quitte la pièce d'un pas nonchalant. J'ai le réflexe malheureux de lever les yeux quand il passe devant moi et... Oh, mon Dieu ! Ce sont ses fesses que je devine sous le minuscule bout de serviette-éponge ?

— Pardonnez-lui, mademoiselle Ernst, Bastien est l'homme le plus taquin et impoli que je connaisse. Puis-je vous proposer quelque chose à boire ? Asseyez-vous donc.

La situation est suffisamment gênante pour que je prenne mes ballerines à mon cou et les laisse entre eux, mais j'ai besoin de me ressaisir. Je m'écroule dans le canapé.

— Vous avez quoi de fort ?

Bravo, Rosie. Allumeuse et pochetronne, c'est ça, aggrave ton cas !

Samuel Vuillemin ne semble pas s'en formaliser.

— Eh bien, comme nous sommes à Saint-Barth, le rhum me paraît incontournable. J'en ai un très bon, vendu au Cellier du gouverneur, vous connaissez ? demande-t-il en sortant une bouteille et un verre d'un placard.

— Oui, les patrons sont des gens charmants.

— À la vôtre, mademoiselle Ernst !

Je suis médusée en découvrant la rasade pour cow-boy qu'il m'a servie. Mais au point où j'en suis de mon absence de dignité, je bois la moitié cul sec. Oh. Ooh. Oooooooh ! J'ai l'impression qu'une coulée de lave me ravage l'œsophage. Ça me brûle, j'ai la bouche en feu, les yeux qui pleurent et… Eh, mais c'est super bon, en fait ! Passé l'effet tord-boyaux, des notes de canne à sucre et de réglisse me titillent les papilles.

— Sacrée descente ! s'amuse Samuel.

— Non, ne croyez pas que j'ai l'habitude, ce n'est pas le cas du tout ! Et puis appelez-moi Rosalie. Ou même Rosie, au point où on est, après tout, je vous ai vu sortir de la douche.

Et je rigole comme une bécasse.

Quand je commence à ricaner ainsi, c'est que je ne suis pas loin d'être pompette. Doucement sur le rhum, ou je vais me retrouver ronde comme une queue de pelle en trois gorgées. Vite, je détourne la conversation.

— C'est formidable ce que vous faites pour Henry. Je ne connais pas beaucoup d'enseignants qui iraient relancer les élèves jusque chez eux pour s'occuper de leurs dossiers.

Il hausse les épaules et s'assoit dans un fauteuil en face du canapé.

— Je n'en ai pas tant que ça sur l'île, vous savez. Et puis Henry est un garçon très touchant.

— J'ai assisté à une dispute entre sa grand-mère et lui, tout à l'heure, concernant son logement à la Guadeloupe.

Il secoue la main.

— Je suis au courant, vous vous doutez bien. Monica Aubin veut le meilleur pour son petit-fils, mais pas à n'importe quel prix.

— Et vous, vous en pensez quoi ?

— Moi ? La seule chose que je vois est qu'Henry est un adolescent d'une rare intelligence et j'en serais malade qu'il rate cette opportunité d'assurer ses études à cause d'une sensibilité de chat écorché.

Je me surprends à me noyer dans son regard bleu lagon. Mince, ce gars est tellement mignon et gentil en plus.

Mais ressaisis-toi, ma vieille, Samuel Vuillemin n'est pas branché gros lolos.

La sonnette retentit dans l'appartement, m'arrachant à mes regrets de romance mort-née.

— Cette fois, je crois bien que ce sont les pizzas !

À travers la porte ouverte de la pièce où il se trouve, la voix goguenarde de Bastien, aka Monsieur-je-me-la-pète-avec-mes-épaules-ruisselantes, nous interpelle.

— Chouchou, si le livreur est mignon, demande-lui de se joindre à nous. Trois garçons, une fille… Ça en fait des possibilités !

— Bastien ! s'offusque mon vis-à-vis. N'as-tu donc aucune limite ?

— Aucune, chéri !

Je dois être tellement écarlate que je peux faire concurrence aux langoustes servies dans les restaurants du port. Pour me donner une contenance, j'avale le reste de mon verre.

Samuel Vuillemin revient avec deux cartons d'où s'échappent des odeurs délicieuses et qui me rappellent que je n'ai rien mangé depuis ce midi.

— Que faites-vous ce soir, Rosie ?

Je bats des cils malgré moi.

— Je vous invite à partager nos pizzas, puis à vous joindre à nous pour le concert de rock dont je vous ai parlé tout à l'heure.

— Ah oui, pour les Lycéens globetrotteurs…

— Il y a une très bonne ambiance, vous verrez ! L'entrée est libre, mais les bénéfices des consommations seront reversés à l'association. Ce sont pour des gosses comme Henry que nous faisons ça. Saint-Barthélemy est une île de riches, mais les Saint-Barths, eux, ne roulent pas sur l'or et envoyer un enfant à la Guadeloupe n'est pas à la portée de tous. Nous donnons un petit coup de pouce aux familles qui en ont besoin.

— C'est une très chouette initiative.

— Alors c'est oui ?

Je lui souris. Comment lui dire non ?

— C'est d'accord !

Samuel coupe d'énormes parts de pizza, ravi, quand arrive Bastien. Chemisette à fleurs, bermuda en toile, des mollets fins et musclés, une peau basanée et des pieds nus dans des chaussures bateau. J'ai en face de moi les deux plus beaux mecs de l'île, se regardant d'un œil tendre et complice, tandis que je joue les frustrées en me noyant dans le rhum. De dépit, je mords à belles dents dans la pizza.

Si seulement j'étais un homme…

***

Le concert a commencé depuis une bonne heure et l'ambiance bat déjà son plein quand nous arrivons sur le quai.

Samuel nous trouve une table libre juste devant le bar, puis il commande trois bières glacées.

Le volume sonore est au max, alors je dois forcer la voix pour me faire entendre.

— Il y a du monde ! Ça fait longtemps que vous l'organisez ?

— Ce n'est que la troisième année, explique mon prof, mais le concept a tout de suite pris. Il y a un groupe professionnel qui est le fil rouge de la soirée, mais chacun peut demander à monter sur scène pour les rejoindre et jouer un morceau. Le principe fonctionne du tonnerre ! Il arrive qu'on tombe sur de super musicos, et parfois sur de vraies casseroles.

— Samuel est le bon samaritain de nous deux, se moque un peu Bastien. Toujours à vouloir sauver la veuve et l'orphelin ! Vous êtes de quelle catégorie ?

— Aucune ! m'insurgé-je.

Il éclate de rire, alors que je ne vois pas ce qu'il y a de drôle.

Une bénévole dépose nos boissons sur la table, puis une clameur s'élève soudain. Ça siffle et ça trépigne dans le public.

— On dirait bien que quelqu'un vient de rejoindre le groupe, nous avertit Samuel. Ce sera quitte ou double !

Je me lève pour essayer de regarder par-dessus la foule agglutinée devant la scène, mais peine perdue. Du coup, je finis par monter sur ma chaise. Ma mâchoire se décroche de stupeur.

Nicolas Claus s'avance en saluant le public comme une rock star, et attention le look : il porte un gilet en cuir à même la peau, un pantacourt, des tongs, un bandana rouge avec des bonshommes de neige sur la tête et des lunettes de soleil. J'hallucine !

D'une main, il tient une paire de baguettes et de l'autre, il fait le signe du diable en tirant la langue. Puis il vient s'asseoir, adresse un clin d'œil au bassiste et attaque un morceau en frappant comme un sourd.

Non mais qu'est-ce que c'est que ce type ? Grand-père gâteaux, revitaliseur de sapins le jour et papy rocker le soir ?

En tout cas, il s'éclate comme une bête. Je ne suis pas musicienne pour deux sous, et j'aurais bien du mal à juger sa technique, mais il dégage une énergie de folie. Les quelques chevelus du public agitent la tête dans tous les sens, ça pogote gentiment, et je me rends compte que perchée sur ma chaise, je tape du pied en rythme.

— Heureusement qu'il n'y a pas beaucoup de vent ! me lance le Cro-Magnon de service en faisant allusion à ma jupe.

Cette remarque a le mérite de me faire redescendre aussitôt, au sens propre comme au sens figuré. Je me rassois, tire sur ma robe et agrippe ma cannette en le fusillant du regard.

— Vous êtes un peu con, en vrai ?

Cet abruti se marre ouvertement, dévoilant une rangée de dents parfaites, agrémentée de deux petites canines pointues et fascinantes.

Samuel, lui, lève les yeux au ciel, probablement habitué aux incivilités de son mec. Et pour être honnête, c'est bien pour lui que je ne dégoupille pas.

Une salve d'acclamations arrive à point nommé pour faire diversion. Nicolas Claus a fini son show.

— On applaudit encore une fois Nicolas ! annonce un bénévole depuis la scène. On fait une pause d'une vingtaine de minutes, et on se retrouve pour la suite du concert. Et n'oubliez pas, une urne pour les dons n'attend que votre générosité à l'entrée de la salle. On compte sur vous.

Puis Samuel se lève.

— Je vous prie de m'excuser quelques minutes, je dois aller parler aux bénévoles.

Une musique d'ambiance moins bruyante a remplacé le fracas de la scène, et autant le dire, ce tête-à-tête avec Bastien me met très mal à l'aise. D'abord parce que je ne sais pas quoi lui dire, puis parce qu'il me dévisage avec une curiosité des plus troublante.

— Alors comme ça, vous aviez des vues sur Samuel ? demande-t-il tout à trac.

C'est pas vrai…

— Mais pas du tout, enfin !

— Tss, tss, tss…

— Quoi ?

Il porte sa bière à la bouche et avale une longue gorgée.

— Il n'y aurait pas de mal. Samuel est non seulement super sexy, mais il dégage également une bonté d'âme qui ne laisse personne indifférent.

Exactement ce que je me disais tout à l'heure, mais je me garderais bien de lui avouer. La situation est déjà assez embarrassante comme ça.

— Et vous ? Vous faites quoi dans la vie à part dire des conneries ?

Il sourit.

— Oh, vraiment, le changement de sujet ? Eh bien, je suis botaniste. Je plante, je bine et fais des trous pour y mettre des petites graines…

Ce type est incorrigible… Je porte à mon tour la cannette à mes lèvres en tournant la tête, et manque recracher ma bière. Samuel Vuillemin est accoudé au bar. Un jeune homme s'est collé à lui et lui caresse langoureusement les reins, sans que ça semble le déranger, bien au contraire.

— Ça ne va pas, Rosie ? Vous avez avalé de travers ?

Je m'essuie la bouche et essaie de faire diversion.

— Si, pas de problème ! Et donc, vous plantez des petites graines ? Mais c'est hyper passionnant, ça !

Il fronce les sourcils, et malgré mes dérisoires tentatives pour capter son attention, il tourne la tête vers là où je regardais quelques secondes plus tôt. Alors que je m'attendais à ce que Bastien ne le prenne pas très bien, un large sourire éclaire son visage buriné.

— Sacré chouchou, il a toujours autant de succès !

Pas de scène de ménage en perspective, donc. Tant mieux, dans un sens, je déteste les esclandres. Mais je ne peux retenir une remarque.

— Ah ben, vous êtes cool, vous !

— Comment ça ?

— Euh… Vous n'êtes pas jaloux, quoi.

Il ne s'est pas départi de son sourire, un de ceux qui me donnent autant envie de lui fracasser ma cannette sur le crâne que de lui demander s'il ne ferait pas une petite exception pour une fille comme moi. Mais la fixité avec laquelle il me regarde vient de changer.

C'est moi ou j'ai cru y distinguer une lueur animale ?

Puis tout à coup, il éclate de rire.

— Vous pensiez que je couchais avec mon frère ?

Quoi ?

D'abord, je reste bouche bée. Puis je deviens incandescente.

— Vous êtes frères ?

— C'est ce que mes parents prétendent, même si nous ne nous ressemblons absolument pas. Surprise, hein ?

— Eh ben… je suis désolée, je pensais que…

— Que nous étions en couple ? Non, je confirme que nous ne sommes pas la version gay des Lannister ! Et comme je devine que vous allez me poser la question, je suis moi-même hétéro.

— Pas du tout, je n'aurais jamais fait ça !

Mon Dieu, mais que je me sens bête… En vérité, je suis tellement mal à l'aise que j'ai envie de partir tout de suite, mais ce serait presque plus ridicule que ma bévue.

— Rosie ?

— Oui ? dis-je en évitant son regard.

— C'est plutôt une bonne nouvelle pour vous, non ?

— Pour moi ?

Et je me mets à rire sans pouvoir m'arrêter. Bastien Vuillemin n'est pas un Cro-Magnon, c'est juste un gars rompu d'assurance et sans aucune notion de filtre.

— Qu'est-ce qui vous amuse ?

— Vous ! Je crois qu'en vingt ans de drague, je n'ai jamais croisé un énergumène tel que vous.

— Déçue ?

— Non, divertie !

Nouveau sourire canines.

— C'est fabuleux cette histoire, vous ne vous ressemblez vraiment pas. Samuel est aussi blond que vous êtes brun.

— On l'a trouvé dans une poubelle !

Je pouffe. Évidemment.

— Rosie, j'ai un truc à vous proposer.

— Voyons ça…

— Vous ne travaillez pas le week-end, n'est-ce pas ?

— Si, demain matin, pourquoi ?

— Je dois partir en mer pour faire des repérages sur les îlots voisins, je vous emmène !

Son offre est si inattendue que je ne sais pas quoi répondre, mais ça finit par arriver.

— On peut dire que vous n'avez peur de rien, vous ! Je vous connais à peine.

— Ce sera l'occasion, d'autant que vous venez d'apprendre que je suis hétéro et que je suis encore plus mignon que mon grand frère.

J'ai presque envie d'en rire, ce mec n'est pas croyable.

— Quelle heure ? m'entends-je demander.

— Départ à 14 heures. Donnons-nous rendez-vous devant la capitainerie.

Il sort un stylo de sa poche de chemise et écrit sur une serviette.

— Mon numéro de téléphone, au cas où. N'oubliez pas votre crème solaire indice élevé, ça tape fort à cette heure-là.

Je contemple le bout de papier qu'il vient de me fourrer dans la main.

— Je compte sur vous ? s'assure-t-il.

Je lève les yeux et ma cannette pour trinquer.

— Je ne raterais ça pour rien au monde !

10

LES AMÉRICAINS SONT SANS DOUTE LES CLIENTS qui posent le moins de problèmes. Ils arrivent, font le tour du propriétaire, vous offrent un verre à tous les coups, papotent et prennent des nouvelles, puis ils récupérèrent leurs clés et vous n'en entendez plus parler avant leur retour aux États-Unis. Pas d'exigences particulières, pas de caprice, pas de drame. Ce sont avec eux que je préfère travailler.

Je quitte la villa des Johnson vers 12 h 30, vais chercher mon tailleur au pressing et rejoins l'agence à 13 heures pour déposer mon dossier et faire un débriefing à Mary. Elle sera ravie d'apprendre que tout s'est déroulé sans accroc, ce qui devrait la rendre moins désagréable que d'habitude. Mais à la tête que fait Sarah quand j'arrive, je comprends hélas que notre responsable n'est pas à prendre avec des pincettes.

— Les Jernakov sont là, m'annonce-t-elle

— Ah ? Un problème ou ils partent plus tôt ?

Elle n'a pas le temps de me répondre, la porte du bureau de Mary s'ouvre à la volée, elle a les yeux noirs de colère.

— Suivez-moi, m'ordonne-t-elle sans préambule.

Déconcertée, j'obéis sans trop savoir à quelle sauce je vais être mangée.

Je découvre les Jernakov assis dans le petit salon que Mary a aménagé pour faire plus chic. Elle s'installe derrière sa table de ministre sans me proposer de prendre une chaise. Je reste debout et attends. Les Russes ont le visage hostile, et n'ont même pas daigné me regarder quand je suis entrée.

— Ce qui s'est passé est inadmissible, commence Mary.

— Nous avons eu une intrusion et c'est entièrement votre faute, l'interrompt M. Jernakov dans un anglais parfait que seul son accent trahit.

Je fais des yeux tout ronds.

— Je vous demande pardon ?

— Ne faites pas l'innocente ! s'énerve aussitôt Mary. Un adolescent s'est introduit dans la propriété et cherchait des œufs de tortue.

Mon sang ne fait qu'un tour.

— Henry ?

— Ah, vous voyez, elle le connaît !

Mme Jernakov est en train de me pointer du doigt. Je garde mon calme.

— Que s'est-il passé ?

Mary s'appuie contre sa chaise en cuir et croise les bras.

— Nous avons appris que ce n'était pas la première fois que ce jeune garçon pénétrait par effraction et qu'en plus, il avait votre autorisation.

— C'est faux. La première fois que j'ai parlé à Henry, c'est le jour où vous êtes arrivés, monsieur et madame Jernakov. Il avait en effet suivi les traces des tortues ayant pondu sur votre terrain et voulait s'assurer que le nid n'avait pas été pillé par des prédateurs. J'ai vérifié qu'il n'avait rien endommagé, et lui ait fait comprendre qu'il ne pouvait pas agir ainsi. Mais je n'aurais jamais permis à personne de pénétrer chez vous sans votre accord.

— Nous savons déjà tout ça ! me coupe Mary. Ce jeune garçon aurait dû être remis aux autorités ! En ne le faisant pas, vous lui avez donné la possibilité de recommencer !

— Mais il a quatorze ans !

— Dans mon pays, l'âge ne compte pas. Un délit est un délit.

Le regard glacial de Jernakov révèle un homme sans pitié. Il me fait froid dans le dos, mais hors de question de me montrer impressionnée.

— Nous sommes en France, monsieur Jernakov, et ici, on ne punit pas un enfant parce qu'il a voulu s'assurer que les œufs d'une espèce protégée n'étaient pas en danger.

— Comment osez-vous contester ? C'est une effraction réprimandée par la loi et nous entendons bien donner suite à cette affaire !

Mary est sérieuse ? Je la savais âpre au gain et prête à tout pour satisfaire ses richissimes clients, mais là on parle de poursuites à l'encontre d'un adolescent. C'est excessif. Je me tourne vers les Russes.

— Vous allez porter plainte ?

— Tout à fait, répond Vassili Jernakov. Ce jeune homme est actuellement à la gendarmerie pour s'expliquer. Nous ne tenons pas à ce qu'il recommence et nous vole.

— C'est ridicule ! Henry ne ferait pas de mal à une mouche, il voulait juste vérifier qu'il n'y avait plus d'œufs.

— Vous cautionnez les agissements de ce délinquant ?

— Non, Mary, il ne s'agit pas de les cautionner, j'essaie simplement de remettre les choses dans leur contexte. Ce n'est pas un délinquant.

J'adopte une voix conciliante en m'adressant à nos clients fortunés.

— Monsieur et madame Jernakov, je comprends que vous soyez désappointés, mais Henry n'avait sûrement pas l'intention de vous voler. Du reste, Louis et Serena ont bien dû vous dire qu'il ne manque rien chez vous.

Vassili Jernakov se lève sur son mètre quatre-vingt-dix, suivi de sa femme, engoncée dans un tailleur Chanel bien trop chic pour la vulgarité de son maquillage appliqué à la truelle.

— Nous ne leur faisons plus confiance, nous les avons renvoyés.

— Quoi ?

Le Russe irascible éjecte d'une pichenette une poussière imaginaire de sa veste.

— Ils ne nous ont jamais parlé de l'infraction de ce garçon quand ils l'ont découvert avec vous. Nos actes ont des conséquences, mademoiselle Ernst. Et vous êtes virée aussi.

Je me sens blanchir et me tourne vers Mary Kane.

— Parfaitement ! renchérit-elle. Monsieur et madame Jernakov, je vous assure que tout rentrera dans l'ordre. Je m'occupe désormais personnellement de vous. Un nouveau couple de gardiens vous sera présenté aujourd'hui même et je vous conseillerai une entreprise qui viendra renforcer la sécurité autour de votre terrain.

— J'espère bien, conclut froidement Vassili Jernakov, parce que si vous me faites perdre une nouvelle fois mon temps, c'est vous qui serez virée, madame Kane, suis-je bien clair ?

Et la voilà qui s'étale comme une crêpe.

— Ça n'arrivera pas. Vous savez que vous êtes nos clients les plus précieux, nous ferons ce qu'il faut pour que vous soyez entièrement satisfaits de nos services. Permettez-moi de vous raccompagner.

— C'est inutile. Au revoir.

Ils repartent fiers comme des paons, entraînant dans leur sillage l'arrogance et la vulgarité de leur montagne de fric.

Je me tourne vers Mary Kane, ulcérée.

— Vous me renvoyez ?

Elle retombe sur sa chaise, ferme les paupières et se pince l'arête du nez

— Hélas, les candidatures ne courent pas les rues. Non, je ne vous renvoie pas, mais j'exige que vous vous fassiez toute petite afin que les Jernakov n'apprennent pas que vous travaillez toujours pour moi. Et je vous préviens, ajoute-t-elle d'un ton menaçant, à la prochaine incartade, je ne serai pas aussi clémente, Rosalie.

— Très bien, conclus-je sèchement. Et pour Henry ?

Elle soupire.

— Vous savez très bien que la plainte ne donnera aucune suite.

Impossible de retenir le dégoût que cette femme m'inspire.

— Vous sembliez pourtant déterminée à apporter votre soutien aux Jernakov. Tout ceci n'est en fait que du cinéma pour vous faire valoir, n'est-ce pas ?

Mary se redresse sur sa chaise et me fusille des yeux.

— Que peut bien savoir une petite provinciale telle que vous, Rosalie ? Moi, je suis parisienne, habituée à fréquenter l'élite, mais vous ? Vous n'avez aucun potentiel et êtes incapable de rentrer dans le moindre moule un tant soit peu raffiné.

Je fais tout mon possible pour ne pas dégoupiller, ce serait irréversible.

— Dans ce cas, pourquoi m'avoir engagée, Mary ?

— Vous avez le physique adéquat.

Une douche froide ne m'aurait pas fait autant d'effet.

— Mon physique ?

— Oui. Les hommes vous regardent et ici, les riches aiment les blondes dans votre genre.

— Ce que vous dites est scandaleux !

— Mais réaliste. Vous êtes un appât idéal, je suis étonnée que vous le découvriez seulement, je vous pensais plus intelligente que ça. Maintenant, si vous voulez bien me laisser, j'ai du travail, ajoute-t-elle avec un geste dédaigneux de la main.

Je sors de son bureau sans prendre la peine de refermer la porte et quitte l'agence au pas de charge.

Une godiche, hein ? Que Mary Kane aille se faire foutre !

Je bouillonne littéralement. Je suis ulcérée. Insultée. Révoltée.

Je pourrais le lui dire tout de suite qu'on en finisse, mais trouver un job ici est bien plus compliqué qu'en métropole. Si je m'en vais maintenant sans avoir assuré mes arrières, je peux rentrer en Alsace et faire une croix sur mon besoin de me construire une existence qui n'est pas celle de tout le monde. Mes parents me manquent chaque jour, tout ce que j'ai toujours connu aussi, mais c'est ici que je veux vivre encore quelques années et je ne vais pas laisser une opportuniste hystérique et mal baisée me mettre des bâtons dans les roues.

Je bifurque dans une rue et rejoins le commissariat. Il est intolérable qu'Henry y soit retenu, je dois tirer cette affaire au clair.

Lorsque j'arrive, Monica attend à l'accueil. Je m'approche, elle est pâle comme la mort.

— Monica…

— Rosie, qu'est-ce que vous faites là ?

— Je viens d'apprendre pour Henry, c'est l'un de mes clients qui l'a fait embarquer.

Elle donne l'impression que le ciel lui est tombé sur la tête.

— Je ne peux pas croire qu'Henry se soit mis dans une telle mélasse. Il est retourné dans la propriété alors que je le lui avais interdit. Je l'avais prévenu que ça lui créerait des problèmes, je l'avais prévenu…

Je lui pose une main apaisante sur le bras.

— Je suis sûre que la situation est bien moins grave qu'elle n'y paraît. Henry n'avait pas l'intention de voler quoi que ce soit, il voulait juste s'assurer qu'il n'y avait plus d'œufs de tortue.

— Mais c'est quoi son problème avec ces bestioles ? Le monde ne va pas s'arrêter de tourner parce qu'un ou deux œufs ont été chipés par des frégates !

Je lui souris, ne sachant quoi lui répondre. Henry est un garçon sensible et il a à cœur de protéger les plus faibles. Ce n'est pas condamnable, bien au contraire.

— Pourquoi êtes-vous venue ? me demande-t-elle.

— Parce que j'étais là quand il est allé sur le terrain des Jernakov la première fois, et que je tiens à expliquer à la brigade que ses intentions n'étaient pas mauvaises. Et je suis certaine que Serena et Louis, les gardiens, accepteront de témoigner aussi au besoin.

Monica a les larmes aux yeux et je crois que c'est la première fois que je lis autant d'émotions sur son visage, elle qui est si maîtresse d'elle-même.

— Merci, dit-elle en me prenant les mains.

— Madame Aubin ?

À la voix du gendarme, elle se lève comme si elle était sur ressorts.

— Veuillez nous suivre, s'il vous plaît, votre petit-fils vous attend.

— Monsieur l'agent, quelqu'un est là pour témoigner en sa faveur, j'aimerais que Mlle Ernst vienne avec moi pour vous expliquer la situation, c'est la personne qui travaille dans l'agence immobilière qui s'occupe de la propriété et…

Le gendarme lève la main pour l'interrompre et lui sourit.

— Henry n'aura pas besoin de son témoignage, madame. Il n'a rien volé, n'a rien abîmé, il est juste passé derrière une clôture pour vérifier qu'il n'y avait plus d'œufs de tortue. Nous avons téléphoné au refuge qui nous a confirmé qu'Henry leur avait déposé le contenu du nid. Nous avons expliqué aux propriétaires qu'ils perdraient leur temps avec une procédure, et les avons convaincus d'abandonner leur idée de déposer plainte. En revanche, nous comptons sur vous pour qu'Henry comprenne qu'il ne doit pas recommencer et qu'à l'avenir, il serait préférable d'appeler le refuge qui s'occupe de ce genre de chose.

— Oui, bien sûr, monsieur l'agent… Merci mille fois.

Il lui sourit encore et l'invite à le suivre. Monica se tourne vers moi et me fait un geste de la main.

— À ce soir, lui dis-je en articulant sans bruit.

Je quitte la gendarmerie en soufflant de soulagement moi aussi. Henry et Monica n'ont pas besoin de ça. Le contexte est bien assez conflictuel entre eux pour en rajouter.

Lessivée par cette situation, je m'apprête à rentrer chez moi quand mon regard se perd sur la mer où un bateau vogue sous un soleil éclatant.

— Merde !

11

QUELLE CRUCHE ! Je regarde ma montre, il est 14 heures passées et j'ai rendez-vous avec Bastien Vuillemin dans... il y a six minutes ! Plus le temps de rentrer chez moi pour me changer, je décide de le rejoindre sur le port pour m'excuser et remettre l'excursion qu'il me proposait à une autre fois.

J'arrive devant la capitainerie et repère aussitôt le bateau de l'Association pour la sauvegarde de la flore de Saint-Barthélemy. À son bord, Bastien Vuillemin est en train d'enrouler un cordage. Il porte la tenue du parfait marin moderne : bermuda en jean, polo et baskets en toile. Quand il me voit débarquer avec mon tailleur et mes talons hauts, je devine la surprise qu'il tente pourtant de cacher.

— Hé ! J'ai cru que vous ne viendriez pas finalement.

— Désolée, j'ai eu un petit imprévu. Nous allons devoir remettre ça, m'excusé-je en lui montrant mes vêtements.

Il rigole.

— S'il n'y a que ça qui vous ennuie, vous trouverez tout ce qu'il faut sur le bateau. Tee-shirt, sweat, short et chaussures ! Il doit y avoir votre taille, mes collègues féminines ont l'habitude de laisser des fringues de rechange dans les caisses. Rien de grave, au moins ? Vous êtes toujours libre ?

Son sourire pourrait être qualifié de séducteur par la plupart des gens, mais en réalité, il est surtout d'une spontanéité et d'une sincérité éclatantes. Et ces canines, ces canines, mon Dieu !

— Eh bien, oui, mais…

— Allez, montez !

Oh et puis zut, pourquoi résister ? Au diable Mary la Carne et ses menaces de tyran. J'ôte mes escarpins et grimpe à bord.

— C'est vous qui naviguez ?

— Pas confiance ?

— Si, enfin… j'espère ! Où m'emmenez-vous ?

Il retire la rampe et ferme l'accès par une chaîne.

— L'île Fourchue. Vous y êtes déjà allée ?

— Jamais ! On la voit depuis la baie de Colombier, mais je ne suis pas une aventurière.

Il me regarde avec amusement.

— Comment l'imaginez-vous ?

— Je ne l'imagine pas !

— Vous aimez les chèvres ?

Ça tombe comme un cheveu sur la soupe, je ne sais pas quoi répondre.

— Euh, je crois oui…

— Alors tant mieux ! Allez vous changer et quand vous serez prête, cap sur l'île Fourchue !

L'îlot est à environ cinq milles marins de Gustavia, soit une petite heure de navigation avant d'accoster. Je suis assise à l'arrière du bateau, vêtue d'un tee-shirt et d'un short trop grands pour moi, mais au moins, les baskets sont à la bonne pointure. Pas un nuage dans le ciel, ça cogne fort. Bastien m'a donné de la crème solaire, je m'en suis badigeonnée. Il n'y a pas à dire, j'ai tout d'une plaisancière, mais j'ai beau évoluer dans une véritable carte postale, mes pensées me ramènent invariablement vers les Russes et Mary Kane. Je me sens coupable vis-à-vis de Louis et Serena, et j'espère que pour eux aussi les Jernakov changeront d'avis…

Difficile de masquer ma contrariété. Bastien a bien du mérite de mener la conversation comme si de rien n'était.

— Vous verrez, l'île Fourchue est uniquement habitée par des chèvres sauvages. Elles y ont été introduites il y a des années. Les Saint-Barths ont toujours cuisiné et dégusté de la viande de cabri, mais aujourd'hui, la législation française n'autorise pas leur chasse, elles sont considérées comme des animaux domestiques. C'est pourquoi, aussi mignonnes soient-elles, elles sont en réalité une véritable catastrophe écologique pour l'île. Elles ont un rythme de reproduction frénétique et broutent tout ce qu'elles trouvent sans distinction. La végétation ne pousse plus, et rien ne retient l'érosion. Dès qu'il pleut, la terre s'écoule jusqu'à la mer et détruit les récifs coralliens.

— Incroyable…

— Mon rôle sur l'archipel est de vérifier que rien n'empêche la flore de prospérer dans les îles. Or, chaque fois que je me rends ici, la réalité parle d'elle-même. J'ai mal au cœur, mais les biquettes ne pourront pas rester. Les autorités sont déjà en train de chercher des solutions.

— Je comprends.

— J'espère quand même pouvoir vous montrer quelques espèces endémiques de plantes. Vous les trouverez étonnantes.

— Hum… Vous faites un métier passionnant.

— Oui, c'est une vocation qui m'est venue un jour où j'ai emprunté un livre de botanique dans la bibliothèque de la prison où je purgeais ma peine.

— Intéressant.

— J'ai été condamné pour avoir tué ma voisine et cuisiné ses fesses en bourguignon. Le juge a alourdi ma peine pour avoir utilisé un saint-émilion au lieu d'un pinot pour la sauce.

Je bloque. Mais… mais il est fou ? Je me redresse, ôte mes lunettes d'un geste nerveux, et réalise qu'il a arrêté le moteur. Notre bateau se balance mollement au gré des vagues, et mon pilote me regarde avec une intensité qui me fait déglutir.

— Vous plaisantez, n'est-ce pas ?

Il éclate de rire.

— Si vous voyiez votre tête, Rosie ! Rassurez-vous, je ne suis pas cannibale. Mais comme depuis tout à l'heure, vous n'écoutez absolument pas ce que je vous raconte, je me suis demandé comment attirer votre attention.

Je remets mes lunettes pour cacher ma gêne.

— Je vous présente mes excuses, je suis une piètre invitée… Je vous promets qu'en temps normal, je trouverais ce que vous dites vraiment captivant, mais là, c'est juste que…

Une boule me monte dans la gorge, aussi brutale qu'imprévue.

Il se penche sur une glacière, en ôte le couvercle et un pschiiit plus tard, il me tend une cannette de soda.

— Vous me racontez ?

J'avale doucement.

— Je ne vais pas vous ennuyer avec mes soucis…

Il fronce les sourcils.

— Vous savez conduire un bateau ?

— Euh non, pourquoi ?

— Parce que si vous ne vous libérez pas immédiatement de ce qui vous tracasse, je jure que je plonge et regagne la côte à la nage, et vous abandonne ici. Ne me regardez pas ainsi, je suis un excellent nageur.

J'ignore si sa menace est du lard ou du cochon, mais son sourire est si engageant, que je me laisse aller et lui raconte ma terrible fin de matinée. Puis j'ajoute l'ultime révélation humiliante que je n'aurais été recrutée que pour jouer les bimbos pour vieux beaux friqués.

Bastien se désaltère, avant de répondre.

— Et vous n'êtes pas d'accord avec ça ?

— Avec quoi ?

— Le fait que vous êtes mignonne.

Je cligne des paupières.

— Là n'est pas la question !

— Peut-être, mais c'est quand même une réalité.

Ce gars possède un aplomb de dingue, toutefois, il n'y a aucune allusion graveleuse dans ses propos, je n'ai pas la moindre raison de le prendre de travers. Du reste, le retour des petites canines m'ôte toute velléité de protestation outragée.

Bastien regagne la cabine et en ressort avec des jumelles.

— Je me suis arrêté parce que cette zone est l'un des endroits privilégiés des dauphins ou baleines à bosse. Tenez, regardez dans cette direction.

J'attrape machinalement ses lorgnettes, mais ne peux retenir mon étonnement.

— Vous êtes un drôle de personnage, vous savez. Vous m'avez fait du chantage pour que je vous raconte mes soucis, et une fois que je vous ai tout expliqué, vous me dites de regarder des dauphins ou des baleines à bosse ?

Il sourit.

— Votre patronne est une connasse sans cœur, prête à faire condamner un adolescent amoureux de la nature pour satisfaire les besoins despotiques de milliardaires russes impitoyables. Accessoirement, vous avez le sentiment humiliant d'avoir été embauchée pour votre plastique, et pas du tout pour vos compétences professionnelles. Et donc, ma réponse est : regardez dans cette direction, c'est un spot réputé pour les cétacés.

Ce type dégage une assurance et une autorité tellement évidentes que je ravale ma fierté, me colle les jumelles sur les yeux et les braque au petit bonheur la chance.

Pour ce que j'en ai à cirer, moi, des dauphins et des…

— Oh, mon Dieu, là-bas !

Je l'ai vue comme si j'étais juste à côté d'elle. Une magnifique baleine qui a jailli hors de l'eau et est retombée avec une grâce infinie, dans une gerbe d'écume. C'est incroyable, on aurait dit qu'elle est restée suspendue en l'air avant de replonger. J'ai eu le temps d'apercevoir son ventre blanc et ses immenses nageoires.

— C'est une femelle, annonce Bastien.

Sans que je m'en sois rendu compte, il s'est glissé à mes côtés, avec ses propres jumelles.

— À quoi le voyez-vous ?

— À vue de nez, elle fait bien quinze mètres de long. Chez les baleines, les femelles sont plus grandes que les mâles. Et regardez, avec un peu de chance… Là !

La baleine est ressortie, avec, près d'elle, un plus petit spécimen.

— C'est un jeune. Il reste avec sa mère jusqu'à sa deuxième année. Voyez comme ils s'amusent !

J'en ai la gorge nouée d'émotion. C'est un spectacle à la fois si majestueux et si simple. D'une telle pureté. Ce n'est pas en Alsace que j'assisterais à ça ! Je n'en reviens pas.

— Nous sommes trop loin pour les entendre, mais si vous voulez, je vous ferai écouter des enregistrements de leurs chants, il est très différent de ceux de leurs cousines.

J'acquiesce, encore bouleversée par ce cadeau de la nature.

— Alors que fait-on ? On va jusqu'à l'île ou je vous abandonne en pleine mer ?

J'esquisse enfin le premier sourire sincère depuis que je suis montée dans ce bateau.

— En route pour l'île Fourchue ! Et, Bastien ?

— Oui ?

— Merci…

Nous revenons à Gustavia un peu avant le coucher du soleil, « *We wish you a merry Christmas* » s'élève sur les quais. Le marché de Noël vient d'ouvrir ses portes. Je fais la grimace.

— Tu as un souci ? demande Bastien.

Nous avons adopté le tutoiement et c'est drôlement mieux.

— Nan… C'est juste que je ne m'y fais pas, le cadre ne colle pas à ce que j'ai toujours connu. Chez moi, il fait froid en cette période de l'année, on distribue du vin chaud et des marrons dans les rues. Ici, tout le monde est en short et tellement loin de la magie de Noël. Je n'aurais pas cru que ce genre de tradition me manquerait autant.

— Tu n'as qu'à ouvrir ton stand, tu ferais un carton, dit-il un brin moqueur.

— Et pourquoi pas ?

Bastien me sourit.

— En attendant que tu te transformes en tenancière, je t'offre un verre au *Bar de l'oubli*, tu dois être vannée.

Je le suis, on a littéralement escaladé la roche. Il n'y a aucun sentier sur l'île Fourchue, le terrain est aride et accidenté, d'un brun rouge friable parsemé de trous et de fissures. Il ne faut pas avoir le vertige, mais au sommet, le point de vue est à couper le souffle, on voit jusqu'à l'île de Saint-Martin. Et puis, Bastien ne m'a pas menti, il y a des chèvres partout ! Toutes occupées à brouter, elles nous ont à peine remarqués.

Nous marchons jusqu'à la rue de France et sommes tout surpris de trouver Samuel assis en terrasse, et lui de nous découvrir ensemble.

— Olé ! Tu as engagé Mlle Ernst comme bénévole ? dit-il en réalisant que je porte le sweat de l'association. Prenez place !

Nous nous installons et commandons aussitôt à boire, je meurs de soif.

— Où vous a-t-il emmenée ? me demande Samuel.

— L'île Fourchue, c'est prodigieux !

— Vous avez nagé ?

— État des lieux, répond Bastien, un peu dépité. C'est une catastrophe, il n'y aura bientôt plus rien, les chèvres devront se bouffer entre elles.

— Vous avez pu les caresser ?

Je lui souris.

— Non, elles restaient à distance, mais j'ai pris des photos !

— Y a moyen que vous arrêtiez de vous vouvoyer ? ronchonne Bastien. J'ai l'impression d'être avec deux vieux coincés.

Samuel lâche un petit rire.

— Il faut toujours qu'il décide pour tout le monde, mais OK, va pour le tu !

— Rosie a eu une idée pour rapporter des sous à ton asso, elle se propose de servir du vin chaud à un stand, annonce Bastien tout à trac.

— Quoi ? Mais pas du tout !

Samuel semble pourtant ravi.

— Ça marcherait du tonnerre de Dieu. Tu te sentirais de le faire ?

Je le dévisage, il a l'air sérieux.

— Je ne sais pas... Sur une ou deux journées, peut-être. Ça vous... t'aiderait vraiment ?

Samuel passe une main dans ses cheveux blonds.

— Tout est bon à prendre. C'est une île de luxe, mais il y a des besoins. Avec 500 euros, on peut faire trois allers-retours en bateau Guadeloupe/Saint-Barth.

— Il doit déjà y avoir un stand qui en propose, non ?

— Ouais, celui de ce poivrot de Denis, se moque Bastien. Je crois que chaque année il en boit plus qu'il n'en vend !

— Vous savez quoi ? Allons faire un tour au marché et voyons si c'est jouable, suggère Samuel.

Je suis morte de fatigue, mais je n'ai pas envie de lui dire non. Ce que fait Samuel pour les gosses de Saint-Barth est vraiment chouette.

Nous liquidons nos verres et rejoignons les quais déjà remplis de monde. C'est très joyeux et l'événement est si inhabituel qu'il est très apprécié.

Où que se passe Noël, la magie opère toujours et les enfants sont ceux qui se réjouissent le plus. Pas de tralala ni de grandes décorations, mais ils sont émerveillés et touchent à tout. Pas de chalets comme en Alsace, mais l'immense sapin de Noël que Nicolas Claus a installé et qui scintille de mille feux, ainsi qu'une trentaine de tonnelles, des commerçants, des artisans, des créateurs de bijoux, des stands de jouets en bois, de babioles diverses, de crêpes, de gaufres, de barbe à papa et pommes d'amour, et deux de vin chaud, mais aucun de *bredeles*. Impensable !

— Personne ne propose de gâteaux de Noël, fais-je remarquer, et Noël sans étoiles à la cannelle, c'est quand même triste, non ?

Samuel et Bastien se regardent et hochent la tête comme pour ne pas me contrarier.

— Alors vendu, mais j'aurai besoin d'une petite semaine pour les confectionner.

— Et moi pour te trouver une place, dit Samuel. D'ici samedi prochain c'est jouable, notre asso a aussi un stand.

— Mais c'est qu'ils sont impressionnants ! se moque Bastien. Je ne vais pas vous laisser faire tout seuls, je goûterai les biscuits avant commercialisation, c'est le moins que je puisse faire !

Samuel secoue la tête.

— Quel tire-au-flanc, celui-là ! Quand il était gamin, c'était toujours le dernier à mettre la main à la pâte !

— Je préférais le cambouis, grogne Bastien, mais juste pour donner tort à mon ingrat de frère, je t'aiderai à faire tes gâteaux, Rosie.

Samuel siffle et ne semble pas en revenir.

Je le prends au mot et fouille dans mon sac à main pour trouver un papier et y noter mon numéro de téléphone.

— On s'appelle et on en discute ! Là, je dois y aller, je suis claquée. Merci pour l'excursion, Bastien, c'était fabuleux. Et doucement sur le vin chaud ! leur lancé-je avant de m'éloigner.

Juste avant de bifurquer, j'entends un petit garçon qui supplie sa maman de l'emmener à la parade le lendemain, et celle-ci lui répondre : Si tu es sage.

Me revient alors à l'esprit quelque chose que mon père disait toujours lorsque j'étais gosse : « À Noël, amusons-nous, profitons-en, car Noël ce n'est qu'une fois par an. » Et ma mère renchérissait : « Quand on a bonne conscience, Noël est en permanence. »

Je tourne la tête et regarde le soleil brûlant des Caraïbes se coucher à l'horizon.

Oui, en permanence et n'importe où.

12

LES EFFORTS DE LA VEILLE m'ont mis les muscles en vrac, j'ai dormi comme un bébé, rêvé de mer limpide, de baleines bondissantes, de biquettes, et de terre rouge asséchée.

Convaincue qu'il est encore une heure très convenable pour un réveil, j'étouffe un juron en réalisant qu'il est en fait bientôt midi. Je manque m'étaler en sautant hors de mon lit, et file dans la salle de bains.

En rentrant du marché de Noël hier, j'ai croisé Monica et Henry. Après plusieurs jours de tension, l'épisode des Jernakov a eu le mérite de les rabibocher, alors Monica a absolument tenu à m'inviter à déjeuner pour me remercier. Elle a été très touchée que je sois intervenue en faveur de son petit-fils.

Henry est la prunelle de ses yeux, c'est évident. On s'en rend encore plus compte lorsqu'on rentre chez elle : il y a des photos d'Henry partout, bébé, enfant, adolescent, entouré de ses parents. Je me doute bien que depuis qu'elle n'a plus son mari et sa fille, Henry est tout ce qui lui reste. Si Monica s'est tenue le plus dignement possible, hier à la gendarmerie, je sais combien elle a eu peur qu'il ait des ennuis, peur de le perdre également, et je m'en serais infiniment voulu si ça avait été le cas.

Je passe un long moment sous la douche, je n'avais pas eu les mollets aussi durs et endoloris depuis un bail !

Je m'attache les cheveux en queue-de-cheval, enfile un paréo et des sandales, puis je rejoins Monica et Henry. Il est 12 h 30.

Je n'ai aucune idée de ce que ça sent lorsque j'entre par la porte arrière, mais j'ai tellement faim que j'ai du mal à faire taire mon estomac.

— Ah, vous voilà ! m'accueille Monica en s'essuyant les mains dans son tablier. Bien dormi ?

Inutile de lui demander ce qui lui fait dire que je viens de me réveiller, les traces de mon oreiller ne se sont pas encore dissipées.

— Bonjour, Monica. Je suis confuse, j'arrive tard et les mains vides. Comment puis-je vous aider ?

Elle me sourit.

— Vous asseoir, vous êtes pile à l'heure ! Le repas est bientôt prêt. Henry, tu sers quelque chose à boire à Rosie ? J'ai du ti'punch maison, si ça vous tente.

— Ouh là non ! J'ai le ventre vide, et si j'attaque au rhum, je vais rouler sous la table. Un soda, ou même un verre d'eau, ce sera parfait.

Henry nous verse trois jus de goyave bien frais, et Monica abandonne ses fourneaux le temps de trinquer avec nous.

— À Rosie Ernst, sans qui mon renégat de petit-fils serait derrière les barreaux à l'heure qu'il est.

— Je n'ai rien fait du tout, c'est l'honnêteté d'Henry qui a payé, et les gendarmes ont joué les conciliateurs.

Monica fronce les sourcils en regardant Henry.

— On est bien d'accord que tu n'y retourneras pas ?

Henry hausse les épaules.

— Non, et puis de toute façon, le nid était vide.

— Et si on trinquait à l'esprit de Noël ? Chez moi, c'est quelque chose qui nous enveloppe dès la mi-novembre !

Monica fait la moue, mais lève quand même son verre.

— C'est bien aujourd'hui, la parade sur le port, n'est-ce pas ? demandé-je.

— À 15 heures ! répond un Henry très informé. J'aimerais bien qu'on y aille.

Nouvelle grimace plus appuyée de Monica.

— Oh, allez, mamie ! C'est Noël.

— Je n'apprécie pas particulièrement ces moments, Henry, tu le sais.

Il baisse la tête, mon cœur se serre et je réalise.

L'approche des fêtes sans son mari ni sa fille doit être encore plus difficile pour Monica, ravivant les souvenirs défunts d'une famille unie et heureuse.

— Je vais faire des biscuits que je vais vendre sur le stand des Lycéens globetrotteurs pour récolter des fonds, ce serait une bonne chose que j'y aille et rencontre un peu de monde. Si vous êtes d'accord, Henry peut m'accompagner.

— Sérieux ? demande Henry.

— Bien sûr ! Mais c'est ta grand-mère qui voit.

— Tu vas dire oui, hein ?

Monica se lève pour aller éteindre le feu sous ses casseroles.

— Je ne vais pas refuser, Henry, tu sais bien.

Il la rejoint pour lui faire une bise sur la joue et la prend soudain dans ses bras.

— Viens avec nous. Allez, pour une fois… C'est un truc qu'on doit faire en famille, à quoi ça sert que j'y aille sans toi ? Je n'ai plus que toi, mamie. S'il te plaît…

J'en ai les larmes qui montent. C'est vrai, Henry n'a plus ses parents, et la seule famille qu'il connaisse, c'est ce petit bout de femme énergique et un peu caractérielle. Je me surprends à croiser les doigts aussi fort que lui.

Monica se tourne pour le regarder et lui caresse la joue.

— D'accord… mais pas longtemps ! S'il y a des chants de Noël, je me sauve, l'avertit-elle en posant sur la table une assiette large comme une roue de camion.

— *Yes !* s'écrie Henry.

J'adresse un clin d'œil victorieux à l'adolescent, dont le sourire me réchauffe le cœur. Puis mon attention se focalise sur le contenu du plat. Mon Dieu, je vais défaillir.

— J'ai préparé des recettes traditionnelles créoles, explique Monica, toujours affairée devant sa gazinière. Vous avez des acras et de la christophine de morue, du boudin antillais, du crabe farci, de la purée de patate douce, de l'avocat et du giraumon.

J'ai l'impression d'être avec ma mère ! Elle aussi est capable de vous faire découvrir moult spécialités en une seule fois, et gare à celui qui ne finit pas sa gamelle ! Mais outre le temps qu'elle a dû y passer, Monica Aubin ne roule certainement pas sur l'or, et qu'elle ait fait autant d'efforts me touche sincèrement.

— Ça a l'air succulent, Monica, mais c'est beaucoup trop… J'espère que vous avez de la place dans votre réfrigérateur pour conserver les restes, nous ne pourrons jamais venir au bout de cette assiette.

Elle se retourne alors avec deux autres plats du même acabit dans les mains.

— Comment ça ? Mais il s'agit de la vôtre, ma petite, et voici les nôtres. Et je vous préviens, si vous voulez que je vous accompagne à la parade, vous avez intérêt à ne rien laisser.

Lorsqu'on arrive sur le port pour assister au défilé de Noël, je ne suis pas sûre de savoir comment réagir devant cet étonnant spectacle.

Le soleil tape, il doit faire pas loin de 27 °C, la foule et les musiciens sont en tee-shirt, bermuda, sandales, lunettes noires et chapeau de paille. Cela dit, avec une telle température, difficile d'imaginer des moonboots, des parkas ou des manchons. Bien sûr, les participants sont vêtus de rouge, mais les quelques bonnets de père Noël ou serre-têtes bois de rennes ici ou là ne réussissent pas à me plonger dans l'ambiance que j'ai toujours connue.

Pas non plus de clochettes ou de chants *a cappella*, les musiciens sont surtout des cuivres ou des manieurs de percussions créoles. Derrière moi, un touriste éclate de rire quand il reconnaît « *All I Want for Christmas is You* » interprété façon calypso caribéen. Je l'entends même dire que s'il aperçoit Francky Vincent déguisé en Mariah Carey, il jure de retourner illico se planquer dans sa voiture.

C'est vrai que c'est étonnant, tout ça, et ça ne ressemble en rien à ce qui se fait sur le continent, mais doit-on obligatoirement se gaver de marrons glacés, de vin chaud et risquer des engelures pour partager l'esprit de Noël ? Bien sûr que non, ici, tout le monde semble apprécier et l'ambiance est si festive que je défierais n'importe qui de ne pas se laisser envahir par l'euphorie. Enfin… peut-être pas tout le monde.

Monica arbore un visage fermé et une moue dédaigneuse. Inutile de lui demander ce qu'elle en pense, ça se voit comme le nez au milieu de la figure : elle trouve le spectacle ridicule et ne sait toujours pas ce qu'elle fait là. Mais Henry, lui, a l'air aux anges, comme les badauds qui se pressent pour regarder défiler les artistes. Rien que pour ça, ça valait le coup de venir. Je ne peux m'empêcher de sortir mon téléphone pour prendre des photos, il faut vraiment que mes parents voient ça !

— Mademoiselle Ernst !

Une main se pose sur mon bras. Je me retourne pour faire face à Serena et Louis, les ex-employés des Jernakov. Mon sourire retombe d'un coup.

— Louis, Serena, bonjour… Je suis sincèrement désolée de ce qui vous est arrivé. Puis-je faire quelque chose pour vous aider ? Quoi que ce soit ? Donner votre nom à d'autres agences ou…

Je me tais, je ne leur ai même pas laissé l'occasion d'en placer une.

Louis affiche alors un sourire réconfortant.

— Ne vous inquiétez pas, mademoiselle Ernst, M. et Mme Jernakov sont finalement revenus sur leur décision, et nous gardons notre poste.

D'un coup, le poids que j'avais sur l'estomac s'envole.

— Oh, comme je suis contente de l'apprendre, si vous saviez ! Qu'est-ce qui les a fait changer d'avis ?

— Ils ont peut-être bien un cœur !

— Dis plutôt qu'ils ont une telle réputation sur l'île que personne ne veut travailler pour eux, nuance Serena. Mais oui, tout se termine bien.

Monica n'a rien perdu de notre échange. Elle arrache Henry au spectacle et ne peut s'empêcher de lui dispenser une nouvelle leçon de morale.

— Tu as entendu, Henry ? Tu vois à quoi tes bêtises auraient pu mener ? Non seulement les gendarmes t'ont convoqué, mais à cause de toi, ces personnes auraient pu être renvoyées. Tu comprends que chacune de nos actions a des conséquences, n'est-ce pas ?

Y compris celle de me rappeler que je n'ai gardé mon poste à l'agence que grâce à mon décolleté et à mes longues jambes.

— Tu devrais présenter tes excuses, Henry, ajoute Monica d'un ton sévère.

— Désolé, murmure-t-il, le front baissé.

— Ne t'en fais pas, mon garçon, le rassure Louis. Tu n'as rien fait de mal, et au moins, grâce à toi, une couvée aura ses chances d'arriver à terme.

— D'ailleurs, c'en est où ? demandé-je à Henry.

Son visage s'éclaire comme par magie.

— Dans trois jours, on commence à surveiller toutes les heures, dit Henry. Fanny a installé une caméra qui filme la journée, et il y a une alarme aussi. Elle m'a promis qu'on irait les lâcher ensemble. Tu voudras venir ?

— Mais oui ! Je ne raterais ça pour rien au monde !

Nous sommes interrompus par une clameur enthousiaste. Au bout de la rue, triomphant dans sa décapotable rouge rutilante transformée en traîneau, Nicolas Claus fait son apparition. Et autant le reste de la parade ne rappelait en rien les fêtes de fin d'année, autant Nicolas, avec son manteau et sa grosse barbe blanche, est d'une ressemblance incroyable avec le père Noël imaginé par tous les enfants du monde. Dodu et rubicond à souhait avec le soleil, il salue la foule avec bonhomie et un naturel bluffant.

Mais qui d'autre aurait pu entrer si facilement dans la peau du personnage ? Je ne sais pas pourquoi, mais j'ai comme l'impression qu'il a joué ce rôle toute sa vie.

Au volant du cabriolet-traîneau rempli de faux cadeaux, Catherine Claus est déguisée en mère Noël avec une jolie robe fourreau rouge bordée de fourrure blanche. À l'arrière, habillés d'un costume vert de lutin, Jador, Jacotte et Jacopo distribuent des friandises à la foule. Ça, pour le coup, c'est magique !

J'observe Henry du coin de l'œil. Il a beau avoir quatorze ans et parfois la maturité d'un adulte, il n'en reste pas moins émerveillé par l'arrivée triomphale des Claus.

Leur voiture avance à pas de fourmi, tant les familles se pressent autour du cortège. Mais la rue n'étant pas très longue, le convoi est tout proche de notre petit groupe.

Nicolas Claus nous aperçoit, se penche vers sa femme qui arrête le véhicule et coupe le moteur, puis il descend, accompagné de ses trois farfadets.

— Les lutins, annonce-t-il de sa voix chaude, ne soyez pas avares en friandises, que tout le monde en ait à foison. Pendant ce temps, j'ai quelques mots à dire à Rosie.

Il fend la foule et se campe face à nous. Puis il brandit un index ganté.

— Rosie, je crois que vous n'avez pas été une gentille fille. Je ne sais pas si vous aurez droit à votre cadeau cette année.

Hum… à part me coller la honte devant tout le monde, à quoi il joue ? Les gens nous regardent amusés, et certains ont bien entendu sorti leurs téléphones pour filmer. Je dois avoir l'air fin, tiens !

— Ne m'aviez-vous pas promis, l'autre jour, que nous irions voir les chèvres ?

— Euh… oui, c'est vrai.

— Vous en avez croisé des centaines hier, et vous n'avez même pas pensé à m'appeler !

J'en reste sans voix. Comment sait-il ça ?

— Vrai ou faux ? insiste-t-il en fronçant les sourcils.

— Vrai ! Mais étant donné où elles se trouvent, je ne pourrai pas vous y emmener comme ça.

— Faute avouée à moitié pardonnée ! Du coup, vous aurez peut-être droit à votre cadeau. Mais auparavant…

Il se tourne vers Henry, dont les yeux sont grands comme des soucoupes.

— Tu dois être le jeune Henry Aubin, n'est-ce pas ? J'ai beaucoup entendu parler de toi ! Il paraît que tu aimes tellement les animaux que tu es prêt à beaucoup de choses pour les protéger.

Décidément, je savais que Saint-Barth était un gros village, mais les nouvelles se propagent vraiment à toute vitesse. De son côté, Henry acquiesce en silence.

— Pour te récompenser de ta bravoure, tu as le droit de formuler un vœu, que je me ferai un plaisir d'exaucer.

La situation devient quand même un peu gênante, les gens nous observent comme on regarderait une pièce de théâtre. Même les musiciens ont cessé de jouer.

— Eh bien, Henry, quel est ton souhait ?

Il se tourne vers sa grand-mère, dont la bouche pincée exprime toute la désapprobation du monde face à ce qu'elle considère comme une mascarade.

Henry hésite, puis formule d'une voix timide :

— J'aimerais un jour pouvoir fêter Noël sous la neige, monsieur.

Soupir de Monica.

— Eh ben, c'est pas demain la veille que ça arrivera ! Parce que jusqu'à preuve du contraire, les tortues ne fêtent pas Noël sous la neige.

Cette fois, Nicolas Claus se tait et observe Henry et Monica.

— Mademoiselle Ernst, Henry, les lutins vont bientôt être à court de sucreries, vous pourriez m'aider ? Madame Aubin, nous n'en avons que pour quelques minutes.

Sans attendre sa réponse, il attrape Henry par la main, me saisit de l'autre, et nous emmène vers sa voiture, dont il ouvre le coffre.

Ce dernier est rempli de cotillons, confettis, *candy canes* et tout un tas de bonbons, dans lesquels les triplés viennent piocher.

Profitant que le hayon est relevé, Nicolas Claus croise les bras.

— Henry, tu peux me dire ton véritable vœu, mon garçon. Ta grand-mère ne peut nous entendre.

Henry marque sa surprise et se tourne vers moi, mais que puis-je dire ou faire ? Je lui adresse un sourire rassurant.

— Vas-y, ça ne coûte rien, tu sais.

— Rosalie a raison ! renchérit Nicolas Claus. D'ailleurs, pour te montrer que ça n'engage à rien, elle va elle-même formuler son propre souhait.

Quoi ? Mais je ne veux pas être mêlée à ça moi ! Seulement, le regard plein d'innocence que me lance Henry est tel que je me force à jouer la comédie.

— Eh bien, puisqu'il le faut... J'aimerais rester sur cette île magnifique, mais changer d'employeur. À moins que vous puissiez rendre Mary Kane muette ?

— Ah non, ça, je ne peux pas ! Mais c'est noté pour le premier vœu, adjugé ! À ton tour, Henry.

L'adolescent se hisse sur la pointe des pieds et, en se masquant la bouche pour être sûr de ne pas être entendu, il murmure à l'oreille du père Noël.

Ce dernier ne répond rien, mais ébouriffe la tête d'Henry.

— Bien, j'avais promis à ta grand-mère que nous n'en aurions que pour quelques minutes, et la foule s'impatiente. Allons, en route, mauvaise troupe, nous avons encore des kilos de bonbons à distribuer. Et que votre volonté soit fête ! Ho, ho, ho !

Catherine Claus nous adresse un signe, remet le contact et la voiture-traîneau reprend sa lente progression.

Nous restons interdits à les regarder s'éloigner, quand je réalise qu'Henry a glissé sa main dans la mienne.

— Je sais que ça ne se dit pas, mais avant de retrouver ta mamie, tu veux me confier ce que tu as demandé à Nic... au père Noël ?

Alors, d'une voix tremblante qui me remue le cœur, Henry me répond.

— J'aimerais rencontrer ma famille paternelle.

13

Recette des étoiles à la cannelle
Pour environ cinquante pièces

100 g de blancs d'œufs frais (environ 3 blancs)
1 pincée de sel
250 g de sucre glace
1 ½ c. à soupe de cannelle en poudre
½ c. à soupe de kirsch
350 g d'amandes moulues

Dans un saladier, battre les œufs en neige très ferme avec la pincée de sel.

Ajouter le sucre glace, mélanger et réserver 1 dl pour le glaçage au blanc d'œuf.

Ajouter la cannelle, le kirsch et les amandes moulues.

Assembler en boule et abaisser entre deux feuilles de film alimentaire.

Découper les étoiles à l'emporte-pièce et les enduire chacune de glaçage au blanc d'œuf.

Disposer sur une plaque à gâteau recouverte de papier à pâtisserie.

Laisser sécher à température ambiante 5 à 6 heures ou pendant toute la nuit.

Cuire 3 à 5 min à chaleur tournante dans un four préchauffé à 250 °C.

Stocker dans une boîte en métal.

*

Recette des bruns de Bâle
Pour environ cinquante pièces

150 g de sucre
1 pincée de sel
250 g d'amandes moulues
¼ de c. à café de cannelle
1 pincée de clous de girofle en poudre
2 c. à soupe de cacao amer en poudre
2 c. à soupe de farine
70 g de blancs d'œufs frais (environ 2 blancs)
100 g de chocolat amer surfin concassé
2 c. à café de kirsch

Dans un saladier, mélanger le sucre, le sel, les amandes en poudre, le clou de girofle, le cacao en poudre et la farine.

Ajouter les blancs d'œufs, mélanger et réserver.

Dans un petit bol, faire fondre au bain-marie le chocolat amer.

Ajouter à la pâte et rassembler.

Abaisser entre deux feuilles de film alimentaire et découper à l'emporte-pièce.

Déposer sur une plaque de cuisson couverte de papier cuisson et laisser sécher à température ambiante 5 à 6 heures ou toute la nuit.

Cuire 4 à 6 min à chaleur tournante dans un four préchauffé à 250 °C.

Après la cuisson, plonger les bruns de Bâle dans le sucre.

Stocker dans une boîte en métal.

J'avais oublié à quel point confectionner des *bredeles* était apaisant. Ma cuisine est toute petite, mon four électrique minuscule, mais regarder les boîtes de gâteaux s'empiler me rappelle un peu les Noëls en famille. Ma mère et ma grand-mère en préparaient toujours en quantités astronomiques. Elles en distribuaient à la famille, au facteur, aux voisins, si bien qu'à la fin de la saison, nous ne pouvions plus voir une seule étoile à la cannelle ni un seul brun de Bâle en photo. Précisément les deux recettes que j'ai choisies pour le stand des Lycéens globetrotteurs.

Cinq kilos, c'est mon objectif, et au moins, ceux-ci ne me resteront pas sur les hanches !

Je me suis arrangée pour finir chaque soir à 16 h 30, et je me moque comme d'une guigne que Mary n'apprécie pas ce petit changement d'emploi du temps, j'ai passé le stade de la culpabilité.

Comme Saint-Barth regorge de touristes richissimes, trouver les ingrédients à des milliers de kilomètres de distance n'a pas été un problème, tant certaines boutiques ont compris l'intérêt de vendre des matières premières provenant des quatre coins de la planète, mais ça m'a coûté un bras !

Pour m'accompagner dans cette nouvelle fournée, je lance Otis Redding sur mon enceinte, attrape le sucre glace, et *hopla* ! Mes mains effectuent les gestes en pilote automatique, je les ai répétés mille fois avec les femmes de ma famille.

Vingt minutes plus tard, je suis en train de découper des formes dans ma pâte en m'égosillant sur *Mr. Pitiful*, si bien que je n'entends pas la porte s'ouvrir.

— Finalement, entre le chant des baleines à bosse et le tien, je ne sais pas lequel est le plus… fascinant.

Je pousse un cri de souris apeurée et en laisse tomber mon emporte-pièce.

Bastien se tient dans l'embrasure, nonchalamment appuyé au chambranle.

— Mais tu es fou, râlé-je en ramassant mon ustensile, j'aurais pu me trancher un orteil ! Tu es là depuis combien de temps ?

Je baisse le volume sur l'enceinte tandis qu'il contemple mon découpoir d'un œil moqueur.

— Chérie, l'exagération est marseillaise, pas alsacienne, en théorie. Je t'ai appelée depuis le jardin, mais tu ne m'entendais pas. Je comprends mieux pourquoi maintenant. Quel joli filet de voix !

Il pourrait avoir trente-deux canines à ce moment précis, je le fusille quand même du regard, mortifiée qu'il m'ait vue me donner en spectacle.

— Le motif de ta venue ? demandé-je en nettoyant mon ustensile avant de me remettre à mes découpes.

— Tu as déjà oublié ? Je m'étais porté volontaire pour goûter tes bretelles.

Je ne peux m'empêcher de sourire, j'adore quand il joue à l'imbécile.

— Des *bredeles*, espèce d'inculte. Des bretelles, je te jure… Tiens, sers-toi.

Je pousse deux boîtes sur la table. Il en observe le contenu avec un froncement de sourcils.

— C'est quoi exactement ?

— Étoiles à la cannelle et bruns de Bâle.

— C'est une contrepèterie ?

— Pardon ?

— Étoiles et bruns de Bâle, c'est presque une contrepèterie. Si tu changes les syllabes, ça peut faire…

— Chut, je ne veux pas savoir !

Je lui colle d'autorité un biscuit dans la bouche pour le faire taire.

Il mâche consciencieusement, et j'attends son verdict.

— Excellent !

— Vraiment ?

— On sent bien la cannelle, mais il y a autre chose, n'est-ce pas ?

— Amandes en poudre, sucre glace et blancs d'œufs.

— C'est tout ?

— Oui, c'est le principe des *bredeles*. Ça se prépare toujours en grandes quantités. Donc il ne faut pas les charger en ingrédients, c'est la base. Tiens, goûte celui-ci.

Je lui tends un brun de Bâle qu'il enfourne d'un coup. Quel glouton ! Il roule des yeux extatiques.

— Mmm, j'adore ! Ça ressemble beaucoup à l'autre.

— Moins de cannelle, et du cacao en plus.

— Ça déchire ! Il existe beaucoup de recettes comme ça ?

— Au beurre, à l'anis, aux noisettes, à la confiture, aux épices…

— Il y en a au gingembre ? me coupe-t-il.

— Les *leckerlis*, pourquoi ?

— Tu connais son effet aphrodisiaque ? répond-il en croquant dans une nouvelle étoile. C'est… intéressant.

— Bastien Vuillemin, je vous en prie, je ne mange pas de ce pain là !

Il m'adresse un clin d'œil en se léchant les doigts, l'air de rien.

— Tu as raison, nul besoin de stimulateur dans cette cuisine…

Je ne suis pourtant pas du genre midinette en émoi, mais la présence de ce type me fait perdre mon assurance.

— Plutôt que de proférer des obscénités, aide-moi à finir cette fournée.

Il grimace.

— Arf… Mon image d'homme parfait va en prendre un coup.

— Tu sais te servir d'un emporte-pièce, quand même ?

— Ta guillotine à doigts de pied ?

— Celle-ci ! Tu découpes les formes, tu les mets sur la plaque, et tu les badigeonnes avec ça.

Je lui indique le bol où repose le mélange blanc d'œuf et sucre, ça fera une meringue délicieuse.

— OK, OK… Tu as quelque chose pour éviter que je me tache ?

— C'est que monsieur est délicat ! Dans le tiroir, là.

Il fouille à l'intérieur du meuble à torchons et se ceint d'un magnifique tablier à fleurs aux bords froufroutants. Je pouffe devant ce playboy en tenue de soubrette. Il me mitraille des yeux, c'est à hurler de rire.

— Je te préviens, si tu mentionnes cette tenue à qui que ce soit, je dirai à tout le monde que tu chantes comme une batterie de casseroles !

— Il faudra trouver autre chose, monsieur le bellâtre, la planète entière le sait. Allez, aux fourneaux !

Bon, les premiers essais ne sont pas vraiment concluants. Soit Bastien n'appuie pas assez fermement sur l'emporte-pièce, soit il a tendance à le tourner au moment de la découpe, ce qui fait que ses étoiles ont davantage l'air de Barbapapa sous acide ou d'énormes crottes de nez de trolls. En plus, il manifeste une impatience assez rare. Grâce à lui, j'apprends toute une litanie d'insultes inédites. Mais une fois qu'il a pris le coup de main, notre duo trouve ses marques, à tel point que nous sommes sur le point de doubler la production prévue.

— C'est mon frangin qui va être content !

— Je ne pensais pas aller aussi vite, monsieur Vuillemin, vous faites des miracles. Tu peux préparer un nouveau bol de glaçage, s'il te plaît ?

— Quelles proportions ?

Je lui explique et voilà qu'il œuvre comme un chef.

— Ne t'extasie pas, je crois que je suis tombé sur un œuf pourri sans m'en rendre compte. Pouah, quelle horreur !

— Ah bon ?

— Tiens, sens. On dirait une paire de chaussettes de sport oubliées dans un fossé en plein été.

Je me penche au-dessus du bol et ééééééééévidemment, il le relève d'un coup et je me retrouve le nez dégoulinant de glaçage.

Bastien se bidonne pendant que je hausse les épaules et m'empare d'un torchon pour me débarbouiller.

— Ha. Ha. Ha. Très drôle, vraiment. La vieille blague toute moisie du siècle dernier.

— Allez, fais pas la tête ! Tiens, tu en as encore un peu sur la joue.

Il tend la main pour m'essuyer, et sans réfléchir, je lui attrape le poignet.

On reste immobiles quelques secondes, juste le temps qu'un consentement mutuel passe dans nos yeux.

— Mademoiselle Ernst ?

— Tais-toi, tu parles trop…

Et je l'attire à moi.

Notre baiser n'est ni timide ni sauvage. Il est naturel, logique, sans retenue ni excès. Un baiser attendu, avec un goût de cannelle.

Quand nos bouches se séparent, Bastien et moi nous observons avec un regard complice.

— C'est peut-être un peu précipité ? dis-je.

— Ou trop rapide.

— Oui, c'est ça, trop rapide.

Nouveau silence, je me lèche le coin des lèvres.

— On peut recommencer ?

Cette fois c'est lui qui m'attire à lui. Notre baiser n'est plus vraiment le même, plus pressant, plus… brûlant. Puis nous nous écartons.

— Il n'y a plus de pâte, murmure Bastien.

Son regard est troublé, le mien ne vaut pas mieux.

— Je ne vais pas les cuire tout de suite, je dois d'abord laisser sécher la meringue quelques heures, jusqu'à demain matin peut-être.

Je ne sais pas si je viens de lui proposer de rester jusque-là ou pas. Avec lui, je perds totalement la notion des choses.

Bastien repousse une mèche sur mon front et me sourit.

— Je vais t'abandonner… Mais je reviendrai pour une nouvelle leçon de pâtisserie. Tu me montreras comment confectionner des bretelles au gingembre, ajoute-t-il, l'allusion impossible à rater.

Je glousse comme une bécasse. Je ne sais pas ce qui, de sa barbe de plusieurs jours, son assurance ou son sens de l'humour me séduit le plus.

— À très vite, bichonnet.

Il tourne les talons et s'apprête à sortir du bungalow quand mon cri le retient au dernier moment.

— Bastien, attends !

Il se retourne lentement, sûr de sa virilité.

— Oui, Rosie ?

— Tu as oublié d'enlever ton tablier…

Après que Bastien a levé le camp, je nettoie mon plan de travail et mes ustensiles en fredonnant des airs niais.

Je n'ai aucun souci avec ce baiser échangé ni avec les perspectives qu'il contient. Il arrivera ce qui doit arriver. Ça faisait longtemps pour moi et je n'ai pas l'intention de faire comme si ça ne me faisait ni chaud ni froid. J'ai envie de lui, c'est tout. Bastien m'offre une parenthèse que je ne veux pas refermer tout de suite. Après tout, ne suis-je pas venue jusqu'ici pour profiter de la vie ?

Un coup d'œil à l'horloge du four. Dix-neuf heures passées. En attendant que la pâte sèche, je décide d'apporter quelques *bredeles* à Monica et à Henry.

Je remplis une assiette, traverse le jardin, frappe au carreau de la véranda et entre, tout heureuse de leur faire goûter à mon tour mes spécialités.

Le salon est plongé dans la pénombre, et je découvre Monica assise dans la cuisine, la tête entre les mains.

— Monica, ça ne va pas ?

J'allume, elle lève les yeux et me dévoile ses joues baignées de larmes.

— Je… Elle a osé…

— De quoi parlez-vous ?

— Elle n'a jamais voulu le voir et elle surgit tout à coup. Regardez…, dit-elle en poussant une feuille vers moi.

Je m'approche, pose mes biscuits sur la table et parcours les quelques lignes. Il s'agit d'une lettre d'un avocat de Pointe-à-Pitre.

Chère madame,

Sans réponse à ses derniers courriers, je suis mandaté par Mme Pascaline Laville pour faire valoir ses droits en tant que grand-parent légal du jeune Henry Laville, résidant à votre domicile et dont vous avez la garde officielle.

Je vous rappelle que conformément à la loi n° 70-459 du 4 juin 1970 relative à l'autorité parentale, en tant que grand-mère paternelle, ma cliente dispose d'un droit de visite et/ou d'hébergement sur son petit-fils Henry Laville, ainsi que d'un droit de correspondance.

À ce titre, nous souhaitons établir avec vous un planning de rencontres, favorisant l'intérêt psychologique et émotionnel de l'enfant.

Sans réponse de votre part, ou si aucun accord ne peut être conclu à l'amiable, le conflit sera porté devant le Juge aux Affaires familiales et c'est ce dernier qui appréciera de l'intérêt de l'enfant.

Dans ce cadre, le Juge pourra vous orienter, vous et Mme Laville, vers un médiateur familial ou bien diligenter une enquête sociale.

Dans l'espoir d'un consensus, je vous prie d'agréer, chère madame, mes respectueuses salutations.

Maître Théodore Dodin
Avocat au barreau de la Guadeloupe, Saint-Martin
et Saint-Barthélemy,
Spécialiste du droit des familles.

— Henry est ici ?

Elle secoue la tête.

— Il est chez un camarade pour réviser leur exposé de demain, je vais le chercher à 20 heures.

Je tire une chaise et m'assois à côté de Monica.

— Vous avez reçu des lettres de Mme Laville, c'est ça ?

Elle abat brusquement la main sur la table et me fait sursauter.

— Oui, et je n'y ai pas répondu ! Je ne dois rien à cette femme qui n'a jamais montré le bout de son nez en quatorze ans et même avant ! Parce que son cher mari est mort, elle réalise soudain qu'elle est seule et qu'elle a un petit-fils ?

Je fronce les sourcils.

— Le grand-père d'Henry est décédé ?

— Il y a trois semaines oui, un infarctus.

OK…

— Henry n'est pas au courant, n'est-ce pas ?

Monica me fait signe que non.

Je voudrais lui dire que lui mentir n'est probablement pas la solution, mais la situation est délicate. Je connais à peine Monica, et si elle m'en a vaguement parlé il y a quelques jours, je n'ai aucune idée de ce qu'elle a vécu à la naissance d'Henry et à la mort de sa fille et de son beau-fils. Tout ce que je sais, c'est que si Henry apprend que sa grand-mère lui a caché la vérité, la rupture sera brutale, et Pascaline Laville n'aura pas beaucoup de mal à faire valoir ses droits et à donner envie à son petit-fils de la rejoindre. Le départ d'Henry briserait Monica.

— Monica…

— Je devine ce que vous allez dire, m'interrompt-elle, mais Henry a une telle envie de connaître sa famille paternelle que cette situation le rendrait forcément plus obsessionnel encore. Il foncerait bille en tête. Ce sont des gens méchants, Rosalie, ils n'ont pas de cœur.

Pourtant, ce courrier officiel tend à prouver le contraire, mais je préfère ne rien dire. Monica souffre beaucoup.

— Vous avez essayé de parler à Mme Laville, de savoir ce qui la motive, ce qui s'est passé ?

Monica se lève d'un coup, incapable de gérer sa colère.

— C'est une femme abominable, je vous dis ! Elle n'a jamais tenté de revoir son fils, son propre fils, vous imaginez ? Elle n'était pas là à son enterrement ! Combien de fois Olivier a-t-il laissé des messages à sa mère, combien de lettres sans réponse lui a-t-il envoyées ? Pendant des années je l'ai vu souffrir du manque de sa maman, pleurer, je l'ai serré dans mes bras, consolé, essayé de le convaincre qu'il n'était pas un mauvais garçon, qu'il n'avait fait aucun mal si ce n'est aimer une femme qui n'avait pas la même position sociale que lui. Ma fille, Rosalie, ma Marion adorée que je n'ai plus la chance d'embrasser et elle veut me prendre mon petit-fils ? Qu'elle aille se faire voir, elle, sa soi-disant repentance, son pognon et son avocat de malheur !

Monica s'écroule d'un coup sur sa chaise et éclate en sanglots. J'ai le cœur en mille morceaux.

Je me lève pour lui verser de l'eau et tirer une feuille de Sopalin.

— Tenez, Monica, buvez un peu.

— Merci…

Elle s'essuie les yeux et rajuste sa coiffure.

— Je dois aller chercher Henry, il ne faut pas qu'il me voie comme ça.

— Qu'allez-vous faire ? demandé-je en mettant dans ma voix toute la douceur du monde.

Monica liquide le contenu de son verre et renifle une dernière fois.

— Je ne sais pas, elle me met au pied du mur. La loi est contre moi.

— Puis-je me permettre un conseil pour ce qu'il vaut ?

Elle hoche la tête.

— Parlez à Henry. Préparez-le et pesez le pour et le contre avec lui. C'est un garçon plein de maturité. Ne lui cachez pas la vérité et faites-lui confiance, il vous aime, c'est auprès de vous qu'il a grandi, il ne l'oubliera pas.

Monica me regarde avec un sourire triste.

— Vous êtes plus sage que moi, Rosalie. Je vais y réfléchir, mais je pense qu'il est trop tard pour limiter les dégats.

Je me lève et lui pose une main sur l'épaule.

— Je suis sûre que vous prendrez la bonne décision. Je vous ai laissé des biscuits de Noël sur la table, ma mère a coutume de dire que les gâteaux faits avec amour ont le pouvoir des anges. Si vous avez besoin de moi, je ne suis pas loin.

Juste avant que je quitte la maison, Monica m'interpelle.

— Vous croyez aux hasards, Rosalie ?

Je m'immobilise, la main sur le chambranle.

— Parfois…

— Elle aurait eu trente-neuf ans aujourd'hui, je n'ai pas eu le courage d'aller fleurir sa tombe. C'est curieux que cette lettre soit arrivée le même jour.

Je ne sais pas quoi lui dire. Monica souffre pour plein de raisons si faciles à comprendre, rien ne pourra jamais apaiser son cœur.

Je lui souris. Que pourrais-je faire d'autre ?

14

— Tout est parfait, dis-je à Mme Vincent, l'une des gouvernantes les plus adorables que je connaisse. Les Laurière arriveront dans la nuit, mais s'il y a le moindre souci, n'hésitez pas à me contacter, mon téléphone restera allumé.

— Oh, nous ne nous inquiétons pas, avec eux, il n'y aura jamais de problème. Les Laurière sont un peu comme notre famille, vous savez. Ça fait vingt-deux ans qu'on travaille pour eux et on ne les a jamais vus en panique.

— Eh bien, je vous laisse. Et n'oubliez pas ! ajouté-je en montrant mon portable.

Je grimpe dans la Mini, ravie d'avoir pu finir mon samedi aussi tôt. Les préparatifs pour la vente de biscuits ne sont pas tout à fait bouclés, un après-midi ne sera pas de trop.

Je m'arrête à la station-service avant de rentrer chez moi et envoie un message à Mary Kane pour lui dire que tout s'est bien passé. Elle me répond par un simple OK qui en dit long sur l'état de notre relation. Elle n'a aucune considération pour qui je suis et pour mon travail, et moi zéro confiance en elle. J'ai formulé un vœu pendant le show de Nicolas Claus il y a quelques jours, et si tout n'était que mise en scène, je le pensais vraiment. Je fais de la résistance, mais je sais que je ne pourrai pas rester *ad vitam aeternam* sous le joug de Mary Kane. Parce que c'est bien comme ça que je me sens, prisonnière du salaire qu'elle me verse. Il est temps que je fasse quelque chose pour me sortir de là avant de le vivre comme un échec cuisant.

Je viens juste de faire le plein quand la sonnerie de mon portable hurle. Je décroche et réponds à Henry. Il est surexcité.

— Rosie, elles sont nées, les œufs ont éclos ! C'est M. Vuillemin qui m'a prévenu. On y va, dis, on y va ? J'ai préparé un sac à dos avec mon appareil photo et aussi des biscuits et de l'eau. On a rendez-vous à 11 h 30 sur la plage de Saint-Jean avec Fanny et tous les autres. Il paraît même qu'il y aura un journaliste, ça va être génial ! Mais si tu peux pas j'y vais en stop, mais il faut que je parte maintenant pour être à l'heure et…

— Holà, doucement, la tornade ! lui dis-je en riant. Je passe te prendre, donne-moi un petit quart d'heure, le temps d'arriver.

— Ouais !

Je raccroche en souriant, sa bonne humeur fait plaisir à entendre. Je me dépêche de démarrer et roule vers la libération des tortues.

Nous sommes pile à l'heure, pas très loin d'où se trouve la villa des Jernakov. Henry sort de la voiture en courant pour rejoindre tout le monde. Il n'a pas menti, un correspondant du *Journal de Saint-Barth* est là, ainsi que la télé locale, Carib'in TV. Ils sont tous prêts à couvrir l'événement. Quelques touristes se retrouvent ici par hasard et ont vite compris que quelque chose d'important était en cours, ils se sont amassés autour du périmètre de sécurité.

— Ouh ! C'est que c'est un grand moment ! plaisanté-je en faisant signe à Samuel Vuillemin pour qu'il nous laisse passer.

— Ah ouais ! On ne voit quand même pas ça tous les jours.

— On est juste à côté de la villa où on les a trouvées, ça avait son importance ?

— Bonjour, Rosie ! intervient Fanny. C'est très important oui, une espèce ne perdure pas aussi longtemps par hasard. Une tortue choisit l'endroit idéal, celui qui laissera le plus de chances à sa progéniture de s'en sortir. Généralement, la plage sur laquelle elle est née. Les délocaliser, c'est prendre un risque inutile.

— Leurs ancêtres remontent au Mésozoïque, m'informe Henry. Au départ, elles étaient toutes terrestres. Et maintenant, les espèces marines ont bien 100 millions d'années !

— Elles ne datent pas d'hier ! dis-je en riant.

— Oui, et elles appartiennent toutes à la famille des *Chelonioidea*.

Je le regarde avec un sourire attendri et jette un œil dans la large boîte où s'impatientent les bébés. Elles ne doivent pas mesurer plus de 5 cm, c'est trop mignon !

— Elles sont tout excitées, m'amusé-je, et si petites.

— Quand elles seront grandes, elles nageront à 35 km/h, leur carapace fera 1,10 mètre et elles pèseront jusqu'à 150 kg !

C'est qu'il n'est pas peu fier de connaître tout ça, mon Henry, et il peut !

— Tout le monde est prêt ? demande Fanny qui sent bien que si elle ne l'arrête pas, Henry n'en finira pas de ses explications.

Bénévoles et journalistes acquiescent, et autour d'eux un silence incroyable se fait. Plus personne ne parle, on entendrait une mouche voler.

— Viens par là. Tu as découvert le nid, alors à toi l'honneur.

Henry frétille à côté de Fanny, et pas besoin d'avoir un stéthoscope pour deviner que son cœur bat la chamade.

Suivie par un volontaire qui porte le précieux trésor, elle met une casquette de l'association sur la tête d'Henry et l'entraîne à quelques mètres du bord de l'eau. Les journalistes n'en perdent pas une miette.

Henry et Fanny s'agenouillent.

— Vas-y, lui dit-elle.

Henry ouvre la boîte par l'avant et aussitôt, mues par un instinct de survie impérieux, toutes les tortues se précipitent vers la sortie et nagent littéralement sur le sable avec leurs petites palmes pour rejoindre la mer. Elles se ruent, trébuchent, font des roulés-boulés et repartent, inconscientes du long et périlleux voyage qu'elles viennent seulement d'entreprendre. C'est incroyable de voir ça !

— Qui sait, l'une d'elles reviendra peut-être l'année prochaine, dis-je à Henry quand toutes ses protégées ont disparu dans l'eau.

— Une tortue sur mille survit, alors c'est pas sûr, m'apprend Fanny. Il faudra qu'elles échappent aux crabes, aux poissons, et même à leurs congénères adultes.

— Ben moi, je ne veux pas y penser ! clame Henry. Ce sont des championnes, mes tortues, elles n'ont pas vécu tout ça pour rien !

Samuel lui sourit, lui retire sa casquette et lui ébouriffe le crâne.

— C'est toi qui as raison, mon gars. Vive les tortues de Saint-Barth !

C'est encore remplie d'émotions qu'en début d'après-midi, je m'attelle à l'emballage des *bredeles* pour le marché de Noël de ce soir. Papier transparent, spray à paillettes et rubans de toutes les couleurs encombrent ma petite table de cuisine qui ressemble à l'établi d'une fleuriste.

Ça ne doit pas être que bon, ça doit aussi être agréable pour les yeux. Alors je fais le maximum pour réaliser des sachets individuels qui, je l'espère, séduiront les visiteurs. J'y mets du temps et de l'application, la cause est belle, j'ai envie que ça marche. Il ne doit rien rester, car accessoirement, je ne tiens pas à manger des biscuits pendant dix jours, ma ligne n'y survivrait pas !

J'en suis à mon troisième carton de paquets de gâteaux quand je perçois des éclats de voix provenant de chez Monica. Je m'alarme, car elle et son petit-fils sont d'habitude très discrets.

Je pose un pied dans le jardin qui sépare le bungalow de la maison, et malheureusement, mes craintes se confirment : Monica et Henry ont une violente dispute. On entend tout.

— Pourquoi tu ne m'as pas dit qu'il était mort ? Tu n'avais pas le droit de me le cacher, c'était mon grand-père ! C'est dégueulasse ce que tu as fait, je te déteste !

Mon cœur se glace. Il fallait s'y attendre…

— Tu sais très bien que j'ai fait ça pour te protéger, Henry ! S'ils avaient voulu te voir plus tôt, ils l'auraient fait. Ne me reproche pas leur absence, s'il te plaît.

— Ah ouais ? Eh ben maintenant, pour mon grand-père, c'est trop tard ! Il est mort et je ne le connaîtrai jamais, et c'est ta faute !

— Henry, attends…

Un bruit de cavalcade, suivi d'une porte qui claque, puis plus rien. Le calme qui s'abat sur la propriété est encore plus inquiétant que le fracas qui l'a précédé. Au lieu de passer par la buanderie, comme chaque fois, je m'approche de la baie vitrée et frappe au carreau avant d'entrer dans la pièce, avec la désagréable sensation de revivre la scène d'il y a deux jours. Monica est de nouveau attablée, mais elle ne pleure pas cette fois. On dirait qu'elle n'en a plus la force. Elle a le teint grisâtre et les traits tirés.

— Monica ?

Elle lève la tête pour me regarder.

— Il a trouvé les lettres. Toutes.

Oh non…

Monica a en permanence du café au chaud. Je vais lui en servir une grande tasse, que je lui mets entre les mains. Ce contact la sort de sa prostration, elle pose sur moi des yeux remplis d'une insondable détresse.

— Je n'ai pas eu le temps de lui en parler. Je voulais y réfléchir, trouver le meilleur moment pour lui expliquer. Je suis partie faire quelques courses et quand je suis rentrée, il m'attendait avec tous les courriers…

Du menton, elle désigne une liasse de feuilles froissées étalées sur la table.

— Son chargeur de téléphone ne fonctionne plus, il est allé chercher le mien dans ma chambre et en ouvrant le tiroir, il est tombé sur les lettres. J'aurais dû les cacher mieux que ça…

— Oh, Monica, je suis désolée…

— Pas autant que moi… Il est tellement en colère. Qu'est-ce que je dois faire, Rosalie ? J'ai tout raté…

Je ne sais pas quoi lui dire… Je la connais peu, mais depuis le début, j'ai l'image d'une femme forte et déterminée que peu de choses viennent ébranler. J'ai le cœur qui saigne devant la faiblesse qui la terrasse. Je la vois vaciller comme une flamme prête à s'éteindre, et bien qu'elle me demande de l'aide, je me sens tristement impuissante.

— Vous savez où il est parti ?

— Non... Je l'ai vu prendre son vélo et s'enfuir en roulant à toute vitesse. Les routes sont dangereuses ici... Oh, mon Dieu, qu'est-ce que j'ai fait ?

Je lui pose une main sur l'épaule.

— Ce que vous pensiez être le mieux pour lui, ne vous flagellez pas. Et qu'il y ait eu ou non des erreurs dans vos choix, Henry devrait comprendre que vous ne souhaitiez que son bien. Gustavia n'est pas très grand, voulez-vous que nous le recherchions ensemble ? Il ne peut pas être loin.

— Merci...

— Nous allons prendre ma voiture, vous n'êtes de toute façon pas en état de conduire. Vous allez voir, nous allons vite le retrouver, et vous aurez l'explication que vous devez avoir avec Henry. Ayez confiance, vous vous aimez, c'est tout ce qui compte.

— Vous êtes si gentille...

Gentille peut-être, mais sans doute un peu trop optimiste. Nous avons roulé pendant près de deux heures, avons exploré les endroits habituels où Henry se plaît à jouer ou à observer les animaux, sommes retournées plusieurs fois à la maison, en vain.

Dans la voiture, l'inquiétude de Monica est palpable. Il est bientôt 17 heures, et le soleil est en train de se coucher. À plusieurs reprises, nous avons essayé de joindre Henry sur son portable, mais nous sommes systématiquement tombés sur sa messagerie. Sur le siège passager, Monica se tord les mains.

— Vous pensez qu'on devrait aller à la gendarmerie ?

Je ne sais que répondre. Les agents connaissent Henry, et j'ai pu juger de leur gentillesse dans l'affaire de la propriété des Jernakov. Mais vont-ils dépêcher une patrouille pour aider à le retrouver alors qu'on n'est encore qu'en fin d'après-midi, qu'Henry a quatorze ans et n'a quitté la maison que depuis deux heures ?

Mes mains se crispent sur le volant.

Je suis censée être sur le marché pour vendre les gâteaux dans une heure, mais je ne laisserai pas Monica seule, dans son état ni sans savoir si Henry est en sécurité.

Nous nous garons devant la jolie case bleue de Monica et poussons un cri d'exclamation en même temps.

— Il est là !

Le visage fermé, le vélo couché au sol, Henry est adossé à la porte d'entrée. À ses côtés se tient Bastien.

J'ai à peine le temps de tirer le frein à main que Monica jaillit de la voiture.

— Henry, est-ce que tu vas bien ?

L'adolescent ne répond pas et détourne le regard.

— Que s'est-il passé ? demandé-je à Bastien.

— J'ai trouvé ce jeune homme en rade sur les quais, le pneu crevé. Je l'ai ramené.

— Merci…, murmuré-je.

— Comme Henry avait l'air… contrarié, et peu enclin à parler, j'ai jugé plus prudent d'attendre votre retour avec lui. Rien de grave ?

De l'index, je lui fais discrètement comprendre que je lui expliquerai plus tard. Il accuse réception et n'insiste pas.

— Merci beaucoup, monsieur, intervient Monica, c'est vraiment très gentil de votre part. Est-ce que je peux vous offrir quelque chose à boire pour le dérangement ?

— Oh non, je vous en prie ! Je vais profiter d'être là pour aider Rosie à porter ses bretelles sur le marché.

Si je ne peux m'empêcher de sourire, Monica ne réagit même pas à l'incongruité de mon chevalier servant. Elle est déjà en train de subir le contrecoup du stress. Je l'observe, si menue, si frêle, puis regarde Henry. Son hostilité est palpable, prête à rejaillir, il ne fait aucun doute qu'il a envie d'en découdre. J'ai l'intime conviction qu'il ne faut pas les laisser seuls, ce soir. Ils vont devoir discuter, mais les plaies sont encore trop à vif. Je prends les choses en main sans trop réfléchir.

— Tiens, Henry, et si tu m'accompagnais sur mon stand ?

Il me regarde enfin dans les yeux.

— Pour quoi faire ?

— Comment ça, pour quoi faire ? Tu n'as jamais entendu parler de mes *bredeles*, bonhomme ? Demande à Bastien, il paraît que je fais les meilleurs gâteaux de l'Univers. On va les vendre sur le marché de Noël.

— Amen !

Bastien joint les mains de façon extatique. Nous ne leur arrachons pas encore de sourire, mais au moins, nous essayons d'évacuer la tension.

— Du coup, comme je vais être assaillie de clients affamés, j'ai besoin d'aide. Alors je te réquisitionne. Si ta grand-mère est d'accord, bien entendu.

Il abandonne son vélo là où il est et se dirige aussitôt vers ma voiture.

— Elle n'a rien à dire, c'est moi qui décide, maintenant.

Comme Monica s'apprête à protester, je lui fais signe de ne rien répondre. Qu'elle lui laisse croire, pour le moment, qu'il a le dernier mot, il sera toujours temps de jouer les conciliatrices quand les esprits se seront refroidis.

Et puis de toute façon, personne ne résiste à mes étoiles à la cannelle. Même les plus grognons !

15

— VOILÀ, monsieur, merci pour l'association et bonne dégustation !

Samuel avait raison, personne ne résiste à mes étoiles à la cannelle ni à la magie de Noël. C'est énorme !

Tandis que la foule se presse sur le quai de Gustavia, des dizaines d'enfants se massent autour du père Noël. Nicolas Claus est installé dans un fauteuil au pied du sapin, sur un plateau décoré de boules et de guirlandes scintillantes. Déguisés en lutins, Jacopo, Jador et Jacotte se faufilent parmi les gens et invitent les plus jeunes à monter sur l'estrade pour formuler un vœu et repartir avec un sachet de friandises que leur offre Catherine Claus. Les visiteurs sourient et dévalisent les stands ; je n'aurais pas cru une telle ambiance possible au beau milieu des Caraïbes, il ne manque que la neige !

Du reste, je fronce les sourcils. Alors qu'il aurait déjà dû perdre beaucoup d'épines, le sapin n'a jamais été plus grand et touffu que ce soir…

— Dis donc, je vais t'embaucher plus souvent, tu as presque tout vendu ! me félicite Samuel.

— Paie un billet d'avion à ma mère et elle t'en fera tant que les habitants de Saint-Barth ne seront pas assez nombreux pour les manger !

Puis je me penche vers Henry qui a les joues aussi gonflées que celles d'un écureuil.

— Et c'est pas toi qui t'en plaindrais, pas vrai ?

— Ch'est trop bon !

Je lui ébouriffe les cheveux, contente de voir qu'il a réussi à se décrisper un peu.

— Maman, c'est le garçon aux tortues ! crie une fillette en secouant le bras de sa mère. Je peux avoir un autographe ?

Henry avale de travers.

— Je t'ai vu à la télé ! C'est vrai que tu as sauvé tous ces bébés tortues ? Moi aussi je les adore. Plus tard je veux être tortulogue !

— Ça n'existe pas, lui dit sa mère en souriant.

Amusé, Henry se prend au jeu et gribouille son nom sur le bout de papier que lui tend la gosse.

— Un biscuit ? lui propose Bastien. Ce sont d'authentiques bretelles alsaciennes.

La femme fronce les sourcils.

— Des bretelles ? Chez moi on appelle ça des *bredalas.*

— Oh, vous êtes du Haut-Rhin ? les coupé-je. Je viens de Strasbourg.

— Mulhouse, me confirme-t-elle.

Bastien nous regarde bizarrement.

— Je peux savoir comment on différencie les Alsaciens entre eux ?

La dame lâche un petit rire ravissant.

— À Strasbourg on mange des *bredeles,* et à Mulhouse des *bredalas.*

— Subtil ! Mais je parie que chez vous ils ne sont pas aussi bons que ceux de Rosie, les *bredalas* !

Elle lui sourit et sort un billet de vingt euros de son sac.

— Je vous dirai ça ! Je vous en prends un paquet.

— Je suis trop fort ! se félicite Bastien pendant que la dame s'en va sans récupérer sa monnaie.

Samuel applaudit.

— J'aurais pas mieux fait !

Mais Bastien est doué. Il porte un bonnet de Noël vert avec des LED clignotantes, on ne voit que lui. Il apostrophe le chaland, offre des *bredeles* aux passants et va jusqu'à proposer des rendez-vous galants aux mamies accompagnées de leurs petits-enfants. Il assure à lui tout seul l'ambiance sur le stand, et remplit les caisses de l'association au passage.

Mais c'est à moi que Bastien met des étoiles dans les yeux. Il communique une énergie qui me fait réaliser combien il est important d'avoir quelqu'un comme lui dans la vie.

— Heureuse ? me demande-t-il quand il voit que je souris aux anges.

— Très !

Henry est apaisé, Samuel a récolté beaucoup de nouvelles adhésions et mon stock de biscuits fond à vue d'œil. Si ça continue à ce rythme, nous les aurons tous vendus avant 22 heures.

— Mais je suis claquée !

— T'as qu'à aller t'asseoir sur les genoux du père Noël. Il paraît qu'il réalise des vœux.

— J'y ai déjà eu droit il y a quelques jours. Tu n'as qu'à y aller toi !

Il me fait un clin d'œil.

— Inutile, mon souhait a été exaucé. Je voulais embrasser la plus belle fille de l'île, me chuchote-t-il à l'oreille.

Oh !

Puis il se tourne vers Henry.

— Et toi, mon petit, tu veux aller faire un bisou à papa Noël ?

Notre adolescent zoologue se contente de hausser les épaules.

— J'ai passé l'âge.

— C'est juste une stratégie ! Toi, tu vas faire un vœu, et moi, je récupère les bonbecs de la mère Noël ! Fifty-fifty.

— J'en ai déjà fait un dimanche dernier, répond Henry en se renfrognant. Et puis toi, tu n'arrêtes pas de manger depuis tout à l'heure ! Si ça continue, tu vas prendre du bide. Et puis c'est des conneries ces trucs, les vœux ça ne se réalise jamais. La preuve, je voulais rencontrer mon grand-père et il vient de mourir.

Ça jette un froid glacial. Bastien, Samuel et moi nous regardons sans trop savoir quoi dire. C'est Bastien qui réagit le premier.

— Prendre du bide ? Attends, mate ça, bonhomme !

Il relève sa chemise, offrant à notre vue un ventre plat aux abdos parfaitement dessinés.

— Tiens, touche un peu ! Mais fais attention, hein, si tu te casses un doigt parce que c'est trop dur, je n'y suis pour rien !

Henry lève les yeux au ciel, tandis que Samuel secoue la tête, consterné par ce qu'est capable de dire son frère.

— Eh bien, je constate qu'il y a de l'ambiance.

Nous nous retournons sur Mary Kane. Le regard hautain, l'air pincé… Nous allons avoir droit à une remarque, c'est certain.

— Quelle surprise ! m'exclamé-je en m'efforçant de sourire.

— Vous pensiez peut-être que je ne savais pas m'amuser et prendre du bon temps ? répond-elle d'une voix cinglante.

S'amuser ? Mouais… Mary est sanglée dans un tailleur Gucci dernier cri et porte des Louboutin. Je la reconnais bien là. Alors que tout le monde profite de la douceur de la soirée, à la cool, décontracté, en short et tee-shirt, il faut qu'elle affiche une tenue de femme d'affaires. J'ai presque envie de rire tant je trouve ça ridicule. Qu'est-ce qu'elle espère ? Croiser quelques-uns de nos richissimes clients à un stand de chamboule-tout ?

— Bonjour, madame Kane, la salue Bastien. Nous avons beaucoup entendu parler de votre si prestigieuse agence.

Mary prend un air supérieur épouvantable.

— Normal, c'est la meilleure.

Bastien reste aussi flegmatique que possible.

— Puisque vous êtes là, nous aimerions profiter de l'occasion pour vous présenter l'association Lycéens globetrotteurs. Votre établissement pourrait se montrer intéressé par un partenariat qui mettrait en avant ses valeurs humaines ?

La bouche pincée, Mary le toise comme s'il était un insecte, j'en ai des frissons d'indignation.

Samuel prend le relais, tout sourire. Moi, je serre les dents. Il ne sait pas à qui il s'attaque.

— Bonsoir, madame, je suis Samuel Vuillemin, professeur de français et président de l'association. Permettez-moi de vous présenter nos objectifs.

Mary Kane lui adresse à peine un regard. Dans son cerveau, je suppose que « professeur » a allumé la petite lampe « Revenus insuffisants – Classe moyenne – Client impossible ». Pourtant, Samuel, qui est loin d'être idiot, entame son explication. Mary l'interrompt avec un manque de considération qui me pétrifie de honte. Elle pointe du doigt le saladier de dégustation de biscuits.

— C'est quoi, ça ?

Je jette un regard confus à Samuel, qui me fait signe de ne pas m'en faire.

— Ce sont des *bredeles*. Des biscuits de Noël de tradition alsacienne. Nous les vendons pour aider à financer les actions de Lycéens globetrotteurs. Vous savez, cette association que mon ami a essayé de vous présenter à l'instant. Vous voulez en goûter un ?

Du bout de ses ongles manucurés, elle touille dédaigneusement à la surface du plat. Et, bien évidemment, n'en pioche aucun.

Penser à brûler les biscuits qu'elle a touchés au lance-flammes, de peur que sa rosserie ne soit contagieuse.

— Des gâteaux de chez vous, c'est ça ? Donc je suppose que vous les avez confectionnés vous-même ?

À ses yeux, je ne suis peut-être qu'une jolie potiche sans cervelle, mais je vois clairement où elle veut en venir, et je ne fais rien pour l'éviter. Mieux, je m'y engouffre avec une satisfaction malsaine.

— Tout à fait.

— Ça a dû vous prendre du temps ?

— Vous n'imaginez même pas.

— C'est sans doute la raison pour laquelle vous avez quitté l'agence plus tôt ces derniers jours.

— Exact, si on y ajoute aussi les heures supplémentaires non payées et non récupérées du mois dernier.

— Et je suppose que c'est avec vos petits gâteaux insipides que vous espérez trouver de nouveaux clients ?

Je reste calme. Tout ce qu'elle veut, c'est me faire sortir de mes gonds.

— De nouveaux clients, non, mais contribuer à une bonne action, oui. Vous devriez essayer à l'occasion, Mary, vous verrez, ça apaise l'âme et c'est excellent pour le karma.

Sur le stand, la tension est à son comble, et plus personne n'ose bouger. Mary rajuste la bride de son sac à main Vuiton.

— Très intéressant. Du reste, nous reparlerons de cette notion de karma dès lundi dans mon bureau, Rosalie. J'ai moi-même ma théorie à ce sujet. Messieurs…

Elle tourne les talons, me laissant crispée de rage et de honte.

— Je suis désolée…

— Non, mais c'est qui, c'te bouffonne ? finit par demander Henry, résumant parfaitement la situation.

— Ma boss…

— Elle est pas cool.

— Pas du tout, non.

Henry me fait un petit sourire navré, puis se frotte le ventre.

— J'ai faim !

Samuel regarde l'heure à sa montre.

— Vingt heures trente, hot-dogs pour tout le monde ?

Je hoche la tête sans trop de conviction. La visite de Mary m'a plombé l'estomac.

Samuel et Henry partent ensemble. Je les suis des yeux puis me tourne vers Bastien.

Non mais dites-moi que je rêve ! Ce goinfre s'est assis, a coincé le saladier de gâteaux entre ses cuisses et y pioche allègrement. Est-ce qu'il y a un moment où ce ventre sur pattes cesse de s'empiffrer ?

— Je t'arrête tout de suite ! clame-t-il avant que je ne fasse une remarque. Ton dragon de patronne a touché de ses doigts infects les bretelles du dessus. Du coup, je me sacrifie pour les manger, afin qu'elle ne contamine personne.

Un geste, une phrase, et je souris. Cet homme est magique.

Il repose le saladier sur le comptoir et se frotte les mains.

— Loin de moi l'idée de me mêler de ce qui ne me regarde pas, mais tu attends quoi pour démissionner ?

Je soupire.

— J'aimerais que ce soit aussi simple.

— Ça l'est. Tu épluches les petites annonces et tu oses. On recherche des gens comme toi sur l'île.

— Si seulement…

Bastien fronce les sourcils.

— Ta boss t'a avoué sans détour qu'elle ne te gardait que pour jouer les hôtesses de luxe. Elle te traite comme de la merde et te méprise devant tout le monde, pourquoi rester ?

— C'est plus compliqué que ça en a l'air, Bastien.

Il lève les mains, comme pour me signifier qu'il n'insistera pas.

Ce que je ne peux pas lui dire, c'est que j'ai trop peu d'avance financière pour prendre des risques. J'ai quitté l'hôtel où je travaillais sur un coup de tête et n'ai récupéré aucune indemnité. L'agence Mary Kane est peut-être le pire endroit de l'île, mais mon salaire est correct et mon contrat sécurisant.

— C'est gentil de me soutenir, le remercié-je quand même.

De la main, Bastien me montre le port de Gustavia et la mer.

— Tu la vois cette étendue de possibilités ? Le monde, son abondance et ses rencontres ? Ça en donne le vertige. Tu es comme nous tous, tu as peur de l'échec, mais tu sais ce qui en serait un ? De ne pas empoigner la vie à bras-le-corps. Il vaut mieux mourir riche de ce qu'on a été que pauvre de ce qu'on n'a pas vécu.

Je ne peux m'empêcher de sourire.

— C'est de toi, ça ?

— Non, d'un auteur français que j'aime beaucoup, mais il a tellement raison. Penses-y, Rosie. Penses-y fort. C'est maintenant que tu écris le scénario de ta vie. Pas demain.

Et il reprend une étoile à la cannelle.

Je le regarde, médusée. La première fois que je l'ai vu, je ne lui ai trouvé aucun air de philosophe et encore moins de grand sage. Il m'a davantage fait penser à Bourvil qu'à Nietzsche. Il est surprenant.

Nous nous sourions, nous nous comprenons.

— Re ! intervient un touriste américain venu nous acheter des biscuits un peu plus tôt. Il vous reste combien de paquets ?

Dix sur la table et, oh… déjà plus rien dans les boîtes, à part les trois que je réserve aux petits-enfants de Nicolas Claus.

— Tout est là ! lui dis-je.

— Alors je les prends tous, mes gosses les ont adorés.

Il sort un billet de cinq cents euros et le pose devant moi en souriant de toutes ses dents.

— Gardez tout.

Je mets deux ou trois secondes avant de comprendre.

— Garder l'argent ?

— Ah ben oui ! s'amuse-t-il avec un accent texan à couper au couteau. La monnaie, c'est pour vous, et les biscuits sont pour moi !

Il les cale tous contre sa poitrine, abaisse le bord de son Stetson pour me saluer et s'en va. Je le regarde partir, ébahie.

— Et il appelle ça de la monnaie ! Bien joué ! dit Bastien.

— Ça alors…

— Tu n'as plus qu'à en refaire, bichonnet.

— Ah non, ça suffit ! L'année prochaine je m'arrange pour attirer ma mère ici !

— N'empêche que t'as vendu cinq cents balles trois paquets de gâteaux.

Je ris avec Bastien, puis quand Samuel est de retour avec les sandwichs, il n'en croit pas non plus ses yeux.

Nous laissons le saladier de biscuits sur la table pour les enfants et mangeons gaiement notre repas. L'épisode Mary Kane est déjà loin. L'appétit m'est revenu !

16

Quand il s'arrête de pleuvoir à Saint-Barth, la végétation prend des airs de forêt tropicale. Les gouttes s'écoulent lentement sur les larges feuilles de bananier, les lataniers paraissent recouverts d'huile et les fleurs de bougainvilliers sont encore plus éclatantes. Tout revit et s'épanouit avec l'eau. Le jardin de Monica n'a jamais été aussi beau et odorant.

Je me ressers une tasse de café, ferme les paupières et soupire de bien-être sur ma chaise longue. J'ai connu des dimanches matin pires que celui-ci.

— Bonjour ! me lance Monica.

J'ouvre les yeux et la découvre, une panière à linge sous le bras.

— Bonjour !

— Mes draps ne sécheront jamais sous cette chaleur moite. Et on va se reprendre un grain d'ici la fin de journée, c'est certain !

Toujours en pyjama, je quitte la terrasse et la rejoins pour l'aider à les suspendre au fil.

— Henry dort encore ?

Elle hoche la tête.

— Je vous ai entendus rentrer hier soir, mais j'ai préféré ne pas me manifester. Il est toujours très en colère, je suppose ?

— Nous n'en avons pas parlé.

— Il a besoin de digérer tout ça.

Je souris à Monica sans savoir quoi lui dire. Cette situation me dépasse un peu.

— Qu'avez-vous prévu pour les fêtes de Noël ? me demande-t-elle.

Je fais la moue malgré moi.

— J'ai dit une bêtise ?

— Non, non ! C'est juste que d'habitude je suis avec mes parents et… c'est la première fois que je ne fêterai pas Noël avec eux.

— Nous ne mettons plus les petits plats dans les grands depuis quelques années, mais vous pouvez vous joindre à nous le 25, à midi, je serai ravie de vous faire goûter à d'autres spécialités de l'île.

— C'est vraiment gentil à vous, Monica, mais… si vous me recevez, permettez à mon tour que je prépare quelque chose bien de chez moi ! Un *baeckeoffe.* Il y en a à chaque repas de Noël dans ma famille.

Monica sourit et c'est bon de voir son visage se détendre un peu.

— C'est d'accord, et je m'occupe du reste ! Oh, Henry est réveillé.

Je tourne la tête et l'aperçois qui passe devant la fenêtre de la cuisine. Il fait comme si nous n'étions pas là.

— Je ne sais pas gérer cette situation…, dit-elle.

J'ai envie de lui dire qu'un consensus me semble ce qu'il y a de plus correct, et qu'elle devrait peut-être se mettre en relation avec la grand-mère paternelle d'Henry, chercher à comprendre pourquoi elle a attendu que son mari disparaisse pour se manifester, et qui sait, peut-être changer d'avis ? Mais je reste silencieuse. J'ai peur d'être maladroite.

— Je vais contacter l'avocat, annonce-t-elle alors. Je ne suis pas prête, mais je vais le faire. Pour Henry.

— Vous allez lui en parler ?

Elle secoue la tête.

— Je vais d'abord joindre Me Dodin pour m'assurer que je ne fais pas une erreur. J'ai besoin de garanties.

— Je comprends. Vous ferez ce qu'il y a de mieux, j'en suis certaine.

Nous étendons le dernier drap puis je retourne sur ma terrasse pour consulter le guide touristique que Monica a laissé dans le bungalow. Il ne fait pas trop chaud pour aller se promener, c'est l'occasion ou jamais.

Pendant que j'épluche le bouquin, la voix de Monica me parvient, elle parle à Henry, mais celui-ci ne lui répond pas. Puis la porte d'entrée claque. Henry vient de sortir, j'ai juste le temps de le voir passer en courant. J'imagine à quel point Monica doit être déstabilisée de ne pas avoir le contrôle de la situation, mais elle va devoir prendre son mal en patience.

Je délaisse ma chaise longue et vais prendre une douche, enfile une tenue confortable, une paire de baskets et prépare un sac à dos avec de l'eau et quelques biscuits. Je déposerai ma voiture à Saint-Jean et marcherai jusqu'à l'Anse de Lorient.

Je traverse le jardin et vois Monica de l'autre côté de la case en train d'arroser les fleurs, alors qu'il vient de pleuvoir. La pauvre femme ne sait plus où elle en est. Je lui fais un signe de la main et grimpe dans la Mini.

Le ciel a été clément, mais pas les températures, qui sont étouffantes. Je n'ai parcouru que 2,5 km entre Saint-Jean et Lorient, mais j'arrive aussi essoufflée que si j'avais couru un marathon. Je m'arrête devant la petite église qui fait face à la baie et liquide la moitié de ma bouteille d'eau.

J'ai quand même été un peu optimiste. J'ai pris cette route des dizaines de fois en voiture, mais à pied, c'est pas la même sauce ! Saint-Barth est une île rocheuse et montagneuse, si bien que les dénivelés sont souvent moins inoffensifs qu'ils n'y paraissent.

J'entre dans l'édifice pour trouver un peu de fraîcheur et découvre une ossature en bois de toute beauté. Elle ressemble un peu à une coque de bateau. Mais comme une messe est en train de se tenir, je ne reste pas et décide d'aller visiter le petit cimetière qu'elle surplombe, à deux pas de la plage.

Je n'y suis jamais allée, alors qu'il est connu pour accueillir la tombe de Johnny Hallyday. On m'avait prévenue qu'elle était toujours fleurie, et c'est vrai. En voyant cette large stèle, deux fois plus grande que les autres, j'hésite à être un peu cynique, mais puisque personne n'a accès à mes pensées : on dirait un gros gâteau d'anniversaire, c'est affreux. Il y a souvent des visites, des gens qui font un détour à Saint-Barth juste pour se recueillir sur la tombe de leur idole, et j'ai l'impression que chaque fan a apporté sa petite offrande. Des bougies, un galet gravé, une plaque, une gerbe en forme de guitare, de cœur… De toute ma vie, je n'ai jamais vu une sépulture aussi chargée.

Je finis par sortir pour rejoindre l'autre cimetière qui est tout au bord de l'eau, un peu plus loin. Les tombes sont toutes blanches, subtilement fleuries, ornées de croix d'albâtre, et sont comme surveillées par d'immenses palmiers surplombant la mer. Bordé de lataniers qui forment un écrin, il est très petit. J'en fais vite le tour et m'immobilise lorsque j'arrive au bout en reconnaissant Henry agenouillé devant une stèle. Il est en train de nettoyer la dalle. Je songe d'abord à rebrousser chemin, mais je m'approche finalement.

— Salut…

Il se retourne et montre un visage aux yeux tout humides.

— Ça va aller ?

— C'est la tombe de mes parents. Elle était toute sale et le galet que j'ai mis a disparu.

— Je peux ?

Henry hoche la tête, alors je m'assois à côté de lui.

— À quoi il ressemble ton galet ? Il a une forme spéciale ?

— Il est tout blanc, je l'avais trouvé sur la plage et l'avais déposé ici. Il était doux comme la peau de ma maman.

Je bloque ma respiration un instant, j'ai envie de pleurer moi aussi.

— Tu veux bien me parler d'eux ?

— Elle était belle, ma mère, mais je ressemble plus à mon père. Il était guadeloupéen, tu savais ?

Je hoche la tête.

— Sauf que lui il était fort et pas moi.

— Pourquoi tu dis ça ?

— Je ne suis pas capable de me retenir, je pleure comme un bébé chaque fois que je viens ici. Ça fait quatre ans et ils me manquent toujours autant.

— Et c'est normal, tu ne vas pas te flageller pour ça.

Henry s'abîme dans le silence de longues secondes avant de reprendre.

— Ma grand-mère Laville, c'est tout ce qui me raccroche à mon père, tu sais.

— Je crois que je comprends ce que tu ressens, Henry, et je suis sûre que ta grand-mère, Monica, l'a compris aussi.

— Ça m'étonnerait, elle les a toujours détestés ! Même quand mes parents étaient encore vivants, je l'entendais dire du mal d'eux. Elle ne les connaît pas, alors pourquoi elle fait ça, hein ?

— Elle les connaît, Henry, et son expérience avec eux n'est pas la meilleure qui soit.

— T'en sais rien du tout ! aboie-t-il.

Conciliante, je lui souris.

— Tu as raison, je ne sais que ce qu'elle m'a raconté.

— Mais moi je m'en fous de tout ça de toute façon ! Je veux la rencontrer, c'est tout, et si elle ne me laisse pas faire, j'irai quand même !

— À la nage ?

— Et puis j'en ai marre de cette île, on est prisonniers et y a rien à faire !

Henry se lève et part en direction de la sortie.

— Hé, attends !

— Fiche-moi la paix !

— Henry, écoute-moi.

Je le rattrape en quelques foulées et marche à côté de lui.

— Je ne devrais pas te le dire, mais ta mamie va contacter l'avocat.

— Et pour lui dire quoi ? Qu'il aille se faire foutre ?

Cette fois je le prends par l'épaule pour qu'il s'arrête.

— Ta grand-mère n'est pas ton ennemie, Henry. Essaie de lui faire confiance, même si elle t'a déçu.

— Et pourquoi je ferais ça ?

— Parce que ça fait quatre ans qu'elle s'occupe de toi et qu'elle ne veut que ton bien. Elle aussi a besoin de digérer ce que tu lui demandes et de s'assurer que personne ne te fera souffrir. Tu affirmes qu'elle ne connaît rien de tes grands-parents paternels, mais toi non plus. Et cet avocat est là pour trouver un consensus. Essaie d'être encore un peu patient.

Son regard est fuyant, comme celui d'un gosse qui ne veut pas entendre ce qu'on lui dit parce qu'il sait qu'on a raison.

— Qu'est-ce que tu en penses ? Oh, je te parle, m'amusé-je. Tu ne vas quand même pas faire comme si je n'étais pas là, si ?

— Ils sont tous comme toi les Alsaciens ?

— C'est-à-dire ? Blonds aux yeux bleus ?

Il me fait signe que non.

— Non, têtus.

— Je suis têtue, moi ? C'est la meilleure ! Allez, viens, je sais que tu n'es plus un petit garçon, mais je t'offre une glace, moi j'en meurs d'envie. Tu es partant ?

Son ébauche de sourire veut dire oui. Nous reprenons la route.

— Comment c'est les Noëls en Alsace ? demande-t-il en chemin. Vous vous amusez ?

— Oh oui ! Je n'ai pas de frères et sœurs, mais j'ai beaucoup d'oncles, de tantes et de cousins. On est une grande famille et on se réunit le 24 autour d'un repas qui pourrait nourrir un village entier. On mange, on boit un peu, on se raconte des blagues et on ouvre les cadeaux ! Et puis parfois, mes tantes veulent aller à la messe de minuit. On rentre, on joue aux cartes et on se couche à pas d'heure.

— Ma grand-mère aussi aimait bien. On venait toujours ici, à Lorient. Il y avait des bougies allumées partout, c'était joli.

— Vous n'y allez plus ?

— Elle n'aime plus Noël depuis que mes parents sont morts. Elle fait un repas le 25 pour nous deux et c'est tout. Je suis grand maintenant, mais c'était cool quand j'étais petit. Sur le bateau, il y avait un minuscule sapin de Noël. C'était pas grand, alors ils avaient du mal à cacher les cadeaux, je les trouvais toujours avant. Et le 25, ma mère venait me réveiller avec un chocolat chaud aux Lucky Charms. Et puis le midi, on allait à Corossol, c'était super décoré, il y avait même des guirlandes lumineuses dehors. Les voisins disaient que la maison de ma grand-mère ressemblait plus à un chalet qu'à une case. Il ne manquait plus qu'un renne dans le jardin.

Henry regarde droit devant lui, il a encore les yeux tout rouges. Chaque Noël sans ses parents doit être une torture pour lui, comme pour Monica.

— Tu as connu ton grand-père maternel ?

— Je ne me souviens pas de lui, j'avais un an quand il est mort. Il était malade. Lui aussi était métissé comme moi, tu savais ?

— Non.

— Il était à moitié martiniquais.

— Tu es donc un pur produit des Antilles !

— Un tiers Saint-Barth, un tiers Guadeloupéen, un tiers Martiniquais, disait ma mère. Tu es au courant que la famille de mon père est très riche ? Mon grand-père Laville était promoteur immobilier. Ma grand-mère m'a toujours dit qu'il n'a pas supporté que son fils ne fasse pas d'études et parte à Saint-Barth pour s'installer avec ma mère.

— Ils faisaient quoi tes parents ?

— Ma mère travaillait dans une boulangerie et mon père était serveur dans un restaurant. Ils me manquent, tu sais.

Je vois bien qu'il replonge dans la mélancolie, alors je m'arrête une nouvelle fois en le retenant par l'épaule.

— Ça te ferait plaisir un vrai Noël ? Un sapin, des guirlandes, une crèche et tout le tralala ?

— Avec des *bredeles* ? demande-t-il en souriant.

— Mais c'est que toi aussi tu es un ventre sur pattes ! Avec tout ce que tu veux, Henry.

— Tu feras même tomber la neige ?

J'éclate de rire.

— Et en plus il croit au père Noël ! Je vais organiser ça, mais n'en parle pas tout de suite à ta grand-mère, d'accord ? Il ne faudrait pas l'effrayer.

Le visage d'Henry se referme.

— Je n'ai aucune envie de lui adresser la parole.

— Il faudra bien pourtant, c'est la personne la plus importante de ta vie.

Il détourne encore le regard.

— Il y a un marchand de glaces ici, on y va ?

Il fait son possible pour ignorer ce que je dis, mais j'espère au fond de moi que mes mots ne sont pas vains.

— Allez, viens.

17

LE LENDEMAIN, Bastien m'a appelée au bureau à 11 h 30 pour qu'on se retrouve à midi dans une gargote sur le port. C'est à quelques minutes à pied seulement de l'agence. Je n'y étais jamais entrée, mais je tombe immédiatement sous le charme de l'endroit pourtant bien chargé question déco. La thématique fait penser à la cale d'un bateau pirate. Les tables sont remplacées par des tonneaux, des filets sont pendus aux murs lambrissés, au-dessus de sacs en toile de jute sur lesquels sont pochées des têtes de mort, et une multitude de perroquets en peluche sont accrochés partout. C'est kitsch à souhait, j'adore.

Bastien m'attend en lisant le journal. Il est vêtu, comme à l'accoutumée, d'une chemisette à fleurs, d'un bermuda et… mon Dieu, de tongs tressées !

— Désolée, soufflé-je en m'asseyant. C'est la course et je n'ai…

— Qu'une petite heure pour manger, oui, tu me l'as déjà dit.

Il m'adresse un clin d'œil et lève la main en direction du patron derrière son comptoir. Celui-ci se dirige vers les cuisines et revient aussitôt avec deux assiettes fumantes.

— Comme je savais que tu étais pressée, je me suis permis de commander. Je t'ai pris comme pour moi : court-bouillon de daurade. Ça te convient ? Sinon on peut…

— C'est parfait ! le coupé-je en humant les vapeurs qui se dégagent de mon plat. Merci beaucoup ! Je meurs de faim.

Je déplie une serviette en papier que j'étale sur mes genoux. J'ai le chic pour me faire des taches chaque fois que je vais au restaurant en galante compagnie. Et puis il ne manquerait plus que je sente la morue de retour à l'agence.

— Tiens ! dit-il en me tendant son journal.

— C'est quoi ?

— Lis.

Intriguée, je repose ma cuillère, et vois qu'il a entouré trois annonces d'emploi.

— Bastien !

— Ben quoi !

— T'es pas croyable, je n'ai même pas eu le temps d'y réfléchir.

— Oui, ben moi, réfléchir vite, c'est mon truc. Regarde, c'est intéressant.

Trois offres de recrutement, toutes dans des agences immobilières à la Guadeloupe. Des postes similaires à celui que j'occupe actuellement : pas de mise en vente ou de recherche de locataires, mais une relation directe avec des propriétaires d'habitations de luxe, plus la gestion de leurs biens en leur absence.

Mon cœur palpite un peu plus vite quand je découvre la fourchette des salaires. Plus que ce que je gagne chez

Mary Kane, sans compter la petite mention « voiture de fonction et treizième mois ».

— Tu en penses quoi ?

— Eh bien, ça me semble intéressant, bien sûr, mais c'est… loin.

— Appelle-les, la plupart des agences de ce type ont des succursales à Saint-Barth.

— Certes, mais ça voudrait dire me libérer au moins trois jours le temps de faire le trajet jusqu'en Guadeloupe et ça, ça risque d'être le plus compliqué de l'étape.

Bastien lève les yeux au ciel.

— Je ne vois pas le problème. Tu as une occasion en or de trouver autre chose et tu hésites. Écoute, bichonnet, le destin t'a envoyé un sublime messager, viril et craquant, en la personne de ton serviteur, c'est un signe, il n'y a plus qu'à ! Ne joue pas les trouillardes, tu dégoteras bien une excuse à donner à ta boss.

Je ne peux m'empêcher de soupirer. Avec Bastien, tout a l'air si simple.

— Tu as sans doute raison, je dois pouvoir m'organiser.

— Ça, c'est quelque chose que je suis content d'entendre ! Appelle-les déjà, et tu verras bien ce qu'ils proposent.

— Oui, chef !

Il m'adresse son sourire en coin ravageur et finit son assiette en deux temps trois mouvements.

— Un dessert avec ton café ?

— Vu que c'est toi qui paies, je ne vais pas refuser !

Je regagne l'agence en mode automatique, perdue dans le champ des possibles. Bastien est frais, spontané, incitateur à la grande aventure, mais il a tort de me prendre pour une poule mouillée. Abandonner l'Alsace, mon travail, ma vie amoureuse déglinguée et ma famille pour venir m'installer ici a été un choix courageux, qui a entraîné son lot de larmes et de remises en question. Je sais ce que donner un virage à son existence veut dire, et j'en ai fini des décisions sur des coups de tête. Alors oui, au moment de quitter le restaurant, j'ai pris le journal avec moi. Mais je ne vais pas faire n'importe quoi.

— Rosie, tu as rendez-vous avec Mary dans cinq minutes, me rappelle Sarah, alors que je m'assieds juste.

Comme si j'allais l'oublier ! Une famille de richissimes industriels chinois va débarquer à Saint-Barth dans quelques jours avec l'idée d'acquérir ce qui se fait de mieux en termes de luxe, calme et sécurité. Il n'y a encore aucun propriétaire chinois sur l'île, du coup, Mary Kane est dans tous ses états. Les milliardaires ne se présentent pas tous les mois, et l'accueil offert par l'agence est pensé dans les moindres détails. On ne peut enlever son professionnalisme à Mary. En revanche, son exigence est telle qu'elle nous mène une vie impossible à mesure que l'échéance approche.

Je me rends directement dans son bureau, dont la porte est ouverte.

— Je peux entrer ?

— Oui, oui, allez-y.

Comme toutes les personnes habituées à ce que tout soit fait selon leurs désirs, Mary est très facile à déchiffrer lorsqu'elle est contrariée. Avec Sarah, nous avons su identifier deux variations à la raison du *Mary's Face* : quand elle est fâchée à cause du boulot, ou qu'elle a un souci gastrique.

— Tout va bien ? Un problème avec les Chinois ?

— Non, aucun. C'est juste que j'ai l'occasion de faire racheter des parts de la société par un homme d'affaires américain très intéressé par les activités de l'agence, et il me demande de déposer les originaux des trois derniers bilans à son hôtel, mercredi à 11 heures. Il ne fait aucune confiance aux services postaux, figurez-vous !

Un rachat de parts ? J'en tombe des nues. Elle comptait nous en parler tôt ou tard ou nous mettre au pied du mur ? Je tâche de ne pas montrer mon agacement et reste de marbre.

— Et quel est le problème ?

— L'hôtel est à Pointe-à-Pitre.

— Oh !

— Comme vous le dites ! Avec l'arrivée des Chinois, je me serais bien passée de ce petit contretemps. D'autant que mon futur associé possède une villa à Saint-Barth, qu'il doit y fêter Noël en famille et qu'il pourrait très bien attendre jusque-là. En vérité, je le soupçonne de me faire déplacer juste pour me tester.

Ça tourne à deux cents à l'heure dans ma tête. Je ne peux pas ne pas sauter sur pareille occasion. Des prétextes comme celui-ci pour me rendre ni vu ni connu en Guadeloupe, je n'en aurai pas d'autres. J'aurais aimé prendre le temps de réfléchir, mais tant pis.

— Vous voulez que j'y aille ? m'entends-je demander.

Mary me regarde, tout étonnée.

— Vous êtes sérieuse ?

— Pourquoi ne le serais-je pas ? lui dis-je en souriant.

— Nos rapports ne sont pas au beau fixe en ce moment, et on ne parle pas d'une course à retirer au drive du coin. C'est un voyage de trois jours au bas mot.

Qu'est-ce que je lui réponds ? Qu'au moment où je suis entrée dans son bureau, je ne savais pas encore que j'allais postuler pour un nouvel emploi ? Que ma proposition a jailli avec une spontanéité franche ? Que je n'en peux plus de ses tailleurs hors de prix, de son visage crispé et de ses caprices de tyran ?

— Peut-être suis-je davantage qu'une jolie plante, et que je me sens concernée par l'avenir de l'agence ? suggéré-je en renforçant mon sourire catégorie Oscar de la meilleure actrice. Vous devez être en forme pour finaliser la venue des Chinois. C'est une trop grosse affaire pour risquer de la perdre, à plus forte raison si on vous propose une collaboration.

Elle continue à me jauger, pèse le pour et le contre.

— Vous savez que nous devons faire attention au budget, n'est-ce pas ? Je ne peux que payer un trajet en bateau.

Ben tiens ! Elle se serait offert le vol en première classe si elle avait dû y aller elle-même, mais qu'importe.

— Bien entendu, ça ne me dérange pas. Comment s'appelle votre client ?

— Roger Hawkins, ce sera indiqué sur le dossier que vous n'aurez qu'à déposer à l'accueil. Vous pourriez partir demain ?

— Pas de problème, je m'occupe d'acheter les billets avec le compte de l'agence.

— Ça va de soi, dit-elle du bout des lèvres. Puisque tout est réglé, passons au projet chinois. Appelez le couple en gardiennage dans la propriété qui intéresse les Zhōu, et demandez-leur de venir ici, j'aimerais m'entretenir avec eux.

De retour au bungalow, en fin de journée, j'avale un grand verre d'eau fraîche, ouvre le journal de Bastien sur mon bureau, et allume mon ordinateur pour googler le nom des agences immobilières. Deux sur trois ont déjà recruté, c'est indiqué sur leur site. Aussi décidé-je de contacter la seule qui reste.

— Caraïbes Immo, bonjour, Rachel Colin à votre service.

— Bonjour, Rosalie Ernst. Je vous appelle au sujet de l'annonce concernant le poste de manager.

— Je vous écoute.

— Je travaille actuellement pour l'agence Mary Kane à Saint-Barthélemy et souhaiterais pouvoir vous rencontrer et vous proposer ma candidature.

Agence Mary Kane, c'était le mot magique. Il ne lui a pas fallu plus de cinq minutes pour me donner rendez-vous mercredi de cette semaine, 13 heures, et me dire que c'était justement pour Saint-Barth qu'ils cherchaient quelqu'un de mon profil. Je lui ai fait parvenir mon CV par email et c'est tout. Ça n'aurait pas pu être plus simple.

La première chose que je fais, c'est bien sûr téléphoner à Bastien.

— Tu te rappelles ce que tu as évoqué ce midi ? Ce messager viril, craquant, et insupportablement grande gueule que le destin m'aurait soi-disant envoyé ?

— Je crois voir de qui tu parles, oui.

— Figure-toi qu'en dépit de son arrogance, il aurait peut-être fait mouche. J'ai rendez-vous mercredi prochain avec Caraïbes Immo !

— J'en étais sûr ! Mais je te préviens, si ça marche, c'est toi qui paies le champagne.

— T'emballe pas, on doit quand même être un paquet sur la liste. Bon, je ne traîne pas, il faut que je réserve en urgence les billets de bateau pour demain, je dois y être mercredi. Je n'ai même pas eu à me battre avec Mary. Officiellement, je vais en Guadeloupe pour remettre un dossier au futur associé de l'agence.

— Bateau donc ?

— C'est ce qui coûte le moins cher.

— Je t'y emmène.

Je repense au hors-bord avec lequel nous avons visité l'île aux chèvres et éclate de rire.

— On ne va pas se taper le voyage sur ta coquille de noix, enfin !

— Celui de l'asso ? Non, avec le mien.

— Tu as un bateau, toi ?

— Yes, madame, c'est même là où j'habite, et je me propose de te conduire jusqu'à destination de ta nouvelle vie.

Il est évident que la perspective d'un tête-à-tête en pleine mer avec Bastien est autrement plus alléchante qu'une traversée sur un paquebot bondé de touristes et fleurant bon l'essence et l'huile de moteur, mais...

— Bastien, je suis vraiment touchée, mais je te prends un peu au dépourvu, et il y en a au moins pour trois jours, je ne peux pas te demander ça...

— C'est bien moi qui t'ai trouvé cette petite annonce, on est d'accord ?

— Oui, mais...

— Dans ce cas, c'est tout vu ! On ne casse pas le mojo, on ne provoque pas l'infortune, on ne sépare pas un binôme gagnant. Si tu veux avoir ce job, tu me laisses t'y conduire. C'est non négociable.

Ce mec, alors... Comment peut-on ne serait-ce qu'essayer de lui résister ?

— Et les frais ?

— Il ne manquerait plus que tu ne participes pas, tiens ! Ta quote-part sera de confectionner les sandwichs quand on sera à bord.

— Les sandwichs ?

— Oui, tu sais, c'est un plat qui consiste à mettre des aliments divers entre deux tranches de pain. Tu en as entendu parler ?

— Mais tu es vraiment trop con !

— Trop con et très gourmand. Rendez-vous chez toi demain matin, à 6 heures. Et ne lésine pas sur les œufs durs !

Et il raccroche.

Ça va piquer au réveil, mais qu'importe : en deux coups de fil, j'ai réussi à avoir des étoiles plein les yeux et des petits anges qui jouent de la lyre dans la tête.

Je traverse le jardin pour prévenir Monica. Je la trouve en compagnie d'Henry, chacun vaquant à ses occupations, dans un silence de plomb. Le temps de la cicatrisation va être très long...

— Bonjour tout le monde ! Je suis venue vous avertir que je pars trois ou quatre jours à Pointe-à-Pitre demain matin 6 heures !

Elle relève la tête du fait-tout au-dessus duquel elle était penchée. Henry, lui, ne semble pas du tout concerné par la conversation.

— Vous savez que vous êtes libre de faire ce que vous voulez de vos journées, Rosie. Vous y allez pour raisons professionnelles ?

— Oui c'est ça.

— Si je peux donner mon avis, c'est de l'esclavage moderne, ça. J'espère au moins qu'il paie bien, votre job, parce que devoir supporter une double traversée en aussi peu de temps, c'est éreintant.

— Bastien Vuillemin m'a proposé de m'y conduire en bateau. Il vient me chercher demain matin.

Je réponds avec une telle fraîcheur et un tel enthousiasme que Monica s'arrête et me dévisage par dessus ses lunettes. Est-ce le début d'un sourire taquin que je lui aperçois ?

— Vous partez à deux, c'est bien, ça ? Mais prenez vos précautions, hein ! Seule sur un bateau, une mer bleue, le soleil, avec un bel homme comme lui, c'est un coup à revenir à trois, ça…

Revenir à trois ? Qu'est-ce qu'elle veut dire par…

Oh, Monica !

18

Le *Cococâline* est un superbe voilier bleu marine de quatorze mètres, avec trois cabines, un salon, une kitchenette, deux mini salles de bains et trois panneaux solaires gigantesques. Je suis impressionnée, l'intérieur est plus grand que mon bungalow, il y a tout ce qu'il faut.

Nous sommes partis aux aurores et je ne regrette pas de m'être levée aussi tôt. Pendant que Bastien s'active à la voile, je peux jouir d'un lever du jour exceptionnel puisque nous voguons sous le vent, côté atlantique. Selon Bastien, si ça souffle toujours bien, la traversée prendra environ dix-huit heures. Nous devrions arriver vers minuit, dans le village de Deshaies, à Basse-Terre, sur la côte nord-ouest de la Guadeloupe. En attendant, adieu réseau et communication avec l'extérieur !

— Cap à 160° ! crie-t-il depuis le pont quand nous laissons Saint-Barth derrière nous. N'oublie pas la crème solaire, les nuages du petit matin sont traîtres.

Je le vois qui profite du pilotage automatique pour aller au pied du mât et ne comprends rien du tout à ce qu'il fait. Mais ça fonctionne, le bateau est équilibré et semble littéralement glisser sur la mer aussi calme qu'une flaque d'huile.

Je m'installe à l'arrière, là où sont disponibles deux banquettes et, emmitouflée dans un sweat trop grand pour moi, je bois le café que Bastien vient de faire couler. Je n'ai jamais navigué sur un voilier de ma vie, mais je vais très vite y prendre goût, c'est certain.

— T'as pas boulotté tous les croissants, j'espère ? dit-il en s'asseyant en face de moi.

Un genre de longue table pliante nous sépare, le sac de viennoiseries que j'ai achetées avant de monter à bord est encore plein.

Je fais mine de réfléchir.

— Voyons, j'en ai pris douze, ce qui signifie que tu pourras presque en manger une toutes les heures. Presque ! C'est dramatique, tu vas dépérir !

Bastien m'offre un sourire d'une blancheur hallucinante.

— Prie pour que je ne devienne pas cannibale.

C'est à peine une plaisanterie, et entre nous, j'en viens à espérer que ça n'en soit pas une du tout.

— Tu navigues toujours en pilote automatique ?

— Non, uniquement quand la mer est calme. Tu es malade en bateau ?

— Pas à ma connaissance. Comment es-tu arrivé à Saint-Barth ?

Il bascule en arrière, lève les jambes et les dépose sur la tablette.

— C'est une histoire comme il en existe beaucoup. Samuel avait été muté quelques mois plus tôt quand j'ai décidé de le rejoindre pour l'été. J'ai rencontré une fille, je suis tombé amoureux et après mon doctorat, j'ai tout fait pour revenir sur l'île.

— Un doctorat, rien que ça ?

— Ouais, en agronomie. Mon père disait qu'il n'y avait pas de débouchés et qu'il vaudrait mieux que je devienne prof de physique-chimie.

— Mais ça n'a aucun rapport !

— De loin, si ! Bref, je me suis installé à Saint-Barth et au bout de trois mois, Jessica m'a plaqué pour un Amerloque et est partie vivre aux États-Unis.

— Oh, mince...

Il sourit en grand.

— C'était il y a une éternité. Jess et moi on n'était pas vraiment faits l'un pour l'autre, on n'avait pas grand-chose en commun, et franchement, je ne regrette pas un seul instant d'être revenu.

— Tu ne te vois pas vivre ailleurs qu'aux Caraïbes ?

— Pourquoi ? C'est pas grand, mais suffisamment riche en biodiversité pour que je m'éclate. J'ai commencé à faire des petits boulots à droite à gauche, je m'arrêtais de bosser pour profiter de l'île, et quand je n'avais plus de thunes, je reprenais un job. J'habitais avec mon frère, au début, c'était facile.

— Et l'asso ?

— J'ai été embauché il y a cinq ans, j'ai doucement grimpé les échelons, j'ai acheté un voilier et nous voilà ici.

— Un beau bateau... Il consiste en quoi ton travail ?

Il éclate de rire.

— Toi, t'as vraiment rien écouté quand je t'ai emmenée à l'île Fourchuc !

Je grimace, un peu gênée.

— J'avoue...

— Sur le terrain, je dresse des inventaires de plantes, de fleurs et d'arbres. Puis j'établis des cartographies botaniques, j'effectue des prélèvements, je les étudie, les mets en culture, organise des herbiers et fais un recensement. La flore a été bien secouée par le cyclone Irma, il a fallu replanter, alors pour être sûr de respecter l'île au maximum et de remettre des végétaux endémiques à leur place, je vérifie, décris, classe, rédige, fais pousser. Je suis un jardinier de laboratoire, en somme. Et toi ?

— J'étais directrice commerciale dans un grand hôtel à Strasbourg. Pas aussi luxueux que les propriétés qu'on retrouve à Saint-Barth, mais il y avait quand même une clientèle très privilégiée.

— Pourquoi t'es partie ?

Je soupire en plissant le nez.

— Une histoire qui ressemble presque à la tienne. Un responsable financier avec qui je bossais, une relation qui n'en était pas vraiment une, j'étais amoureuse, pas lui. Il m'a annoncé qu'il allait se marier avec la fille du patron. J'ai tout plaqué et je suis venue à Saint-Barth.

— *No zob in job!* clame-t-il. C'est la règle.

— J'aurais dû t'avoir comme coach à l'époque, ça m'aurait évité bien des problèmes.

— Tu devrais t'en réjouir plutôt ! Grâce à ce type… comment il s'appelait ?

— Tony…

— Ouais, grâce à Tony, aujourd'hui tu te retrouves dans les Caraïbes, sur un bateau, avec le mec le plus sexy de l'Univers ! On dit merci qui ?

À mon tour de me mettre à rire.

— Merci, Tony !

Bastien croque dans son croissant, et les minuscules miettes qui restent accrochées à sa barbe devenue un peu fournie me donnent presque envie de les lui retirer et de me blottir contre lui.

— Tu as toujours eu les cheveux longs ?

Surpris, il s'arrête de mâcher.

— Ah ah ! Non, attends.

Il se lève, descend dans la cale et remonte avec son portefeuille.

— Pousse-toi, dit-il en s'asseyant à côté de moi.

Il déplie le cuir et me montre un photomaton sur lequel il devait avoir à peine vingt ans et une boule à zéro à faire peur.

— Mon Dieu, mais quelle idée !

— J'avais chopé des poux !

— Des poux ?

— Non, tu as raison, c'étaient des morpions, j'avais mis la tête où il ne fallait pas.

J'écarquille les yeux.

— C'est une blague, hein ?

— Tu es fabuleuse ! Tu crois tout ce qu'on te dit, pas vrai ?

— J'avoue... Mon père prétend que mon cas est désespéré.

— Et toi, tu as une photo de toi plus jeune ?

Je ne fais pas ma timide et vais chercher mon sac dans la cale. J'ouvre mon portefeuille pour en tirer mon permis de conduire et lui montre la tête que j'avais à dix-neuf ans. Je m'étais teint les cheveux en roux et étais bien trop maquillée.

Bastien la regarde attentivement, puis revient à mes yeux et repousse une mèche derrière mon oreille.

— Tu es encore plus jolie maintenant.

Je me sens rougir comme une adolescente et ça fait du bien.

— Allez ! dit-il en se levant. J'ai besoin d'aller vérifier deux ou trois points de navigation sur la VHF. Le voyage sera long, tu peux te reposer en cabine ou rester sur le pont si tu veux, mais gare au soleil ! Le taud protège bien, mais pas complètement.

Je n'ai aucune idée de ce qu'est un taud, mais j'acquiesce et ferme les yeux.

On est bien ici.

Durant la traversée, nous passons devant Redonda, un îlot faisant partie de l'arc antillais. J'ai pu l'observer avec des jumelles. Cette petite terre rocheuse aux falaises escarpées est recouverte d'une végétation luxuriante et Bastien m'explique qu'elle accueille de nombreuses espèces parmi lesquelles des lézards ou des geckos qui n'existent nulle part ailleurs. Mais le plus beau reste à venir. L'île britannique de Montserrat, qui abrite un volcan encore en activité.

Alors que nous avons presque navigué une dizaine d'heures, Bastien s'approche des côtes plus que nécessaire afin que je voie l'immense traînée de lave brune et durcie qui se jette dans l'eau, tandis qu'une fumée très fine sort du cratère.

— Montserrat subit une éruption depuis 1995, m'informe-t-il.

— C'est vrai ?

— Oui, le volcan nous envoie ses pétarades, on a parfois de la fumée.

— Mais personne ne vit ici, rassure-moi ?

— Si, la capitale, Plymouth a même été ravagée en 1997, mais les habitants ne sont pas partis pour autant. Ils s'adaptent. La moitié de l'île a presque entièrement été déclarée zone interdite.

Le soleil est déjà bien descendu et ne va pas tarder à se coucher, mais on y voit encore très bien. Je prends les jumelles et regarde d'un peu plus près. C'est si vert, si brut, cette île est remarquablement belle, si préservée qu'on a du mal à croire qu'un volcan l'ait dévastée…

Ce paradis mutilé semble offrir une flore généreuse et exceptionnelle.

— Ton téléphone, me dit Bastien.

Absorbée dans le paysage, je ne comprends pas tout de suite.

— Ton portable sonne.

— Oh !

Je me jette dans la cale pour aller le récupérer, c'est trop tard, ça a raccroché. En consultant le journal d'appels, je vois que Monica a essayé de me joindre plusieurs fois. C'est étonnant. Comme on est près des côtes et que j'ai un peu de réseau, je compose son numéro sans écouter ses messages. Elle répond tout de suite.

— Bonjour Monica, c'est Rosie, il y a un problème ?

— C'est Henry, commence-t-elle avec une voix d'outre-tombe, il n'était pas dans son lit quand je suis allée le réveiller ce matin. J'ai cru qu'il était sorti, mais à midi il n'était toujours pas revenu, à 15 heures non plus et son sac à dos a disparu. Il est parti.

— Parti ? Mais… il est forcément quelque part, l'île est toute petite. Il vous a laissé un message, une info ?

— Rien… j'ai prévenu les autorités. J'espérais qu'il vous aurait dit quelque chose que vous auriez peut-être trouvé bizarre, n'importe quoi qui nous aide à le retrouver.

Je m'installe dans le carré qui sert de salle à manger, les jambes coupées.

— Non, je suis désolée, Monica, et je me sens bien impuissante d'où je suis… Vous avez essayé de contacter Fanny ? Peut-être qu'il est allé au refuge.

Mais je n'ai pas de réponse.

— Allô ? Monica ? Allô ?

— Quelque chose ne va pas ? me demande Bastien du haut des escaliers qui mènent à la cale.

— Il n'y a plus de réseau…

— Pas étonnant, on est quand même un peu loin… Qu'est-ce qui se passe ?

— Henry a fugué.

— Merde…

Et sans que je puisse me contrôler, je me mets à pleurer comme une Madeleine.

— Hé…, dit Bastien en descendant pour s'asseoir à côté de moi. Je suis sûr qu'on va le retrouver.

Je m'effondre contre son épaule et sanglote de plus belle, inconsolable.

— Allez, allez, dit-il en me caressant les cheveux.

— Pourquoi est-ce que j'ai l'impression que c'est ma faute ?

Il me repousse avec tendresse et m'essuie les joues en souriant.

— Peut-être parce que tu imagines pouvoir sauver le monde à toi toute seule ? T'es trop mignonne.

— Mignonne ?

— Non… en vrai, plus que ça.

Il se penche et dépose sa bouche contre la mienne, tout doucement, une aile de papillon.

Et puis la minute d'après, je ne sais pas comment, nous nous retrouvons debout au milieu de la cale, moi à me démener pour retirer sa marinière et lui mon sweat.

— Ta cabine…, murmuré-je contre ses lèvres.

Sans cesser de m'embrasser, Bastien me fait reculer jusqu'à ce que mes jambes touchent le lit. Nous basculons sur le matelas sans avoir aucun doute sur l'issue de la situation.

Je suis en soutien-gorge, il est torse nu, quand nous entendons un énorme boum qui me fait crier.

— Qu'est-ce que c'est ? paniqué-je.

Bastien se redresse, les sourcils froncés.

— On a heurté quelque chose ?

— Je ne pense pas, dit-il en se levant.

Il se dirige tout droit vers la cabine de gauche et l'ouvre en grand.

Je le rejoins, et quand je vois le bazar qu'il y a dedans, je ne m'étonne même pas.

— C'est un truc qui a glissé avec les vagues ?

Sans rien dire, Bastien y pénètre et retire tout ce qu'il y a sur le matelas, du linge, des gilets de sauvetage, deux bouées en fer à cheval, des cartons, puis quand il a tout enlevé, les vêtements pendus dans le fond se mettent à bouger tout seul.

— Des rats ?

— Des gros alors, répond Bastien en ramenant tous les cintres vers nous. C'est bon, gamin, tu peux sortir, on sait que tu es là.

Je n'ai pas le temps de réaliser le sens de sa phrase que je vois apparaître une tête bouclée de derrière le lit.

— C'est pas vrai ! Henry ?

19

ENCORE EN SOUTIEN-GORGE, j'ai juste le temps de sauter sur une serviette de bain qui traîne sur la table. En face de nous, Henry la joue profil bas et ose à peine nous regarder.

— Une explication, jeune homme ? commence Bastien.

— Je suis désolé, monsieur…

— Henry, on se fiche bien de tes excuses, nous voulons savoir ce qui t'a pris. Ta grand-mère est morte d'inquiétude. Tu as profité que j'aille chercher Rosie ce matin pour te faufiler dans le bateau ?

Il hoche la tête, penaud.

— Tu es sacrément malin.

— Je me suis caché sur le port en pleine nuit pour pas qu'on me voie…

— OK… et t'es pas venu à la nage jusqu'au voilier, je suppose ?

— Non, monsieur, quelqu'un m'a déposé en annexe.

Je soupire en gonflant les joues.

— Tu te rends compte de ce que tu as fait et de l'état dans lequel est ta grand-mère ? interviens-je. Elle a prévenu la gendarmerie et nous n'aurons aucun moyen de la joindre avant plusieurs heures. Qu'est-ce qui t'est passé par la tête ?

Toujours agenouillé derrière le lit, Henry se renfrogne.

— C'est pour aller voir ta grand-mère paternelle ? demande Bastien qui est parfaitement au courant de l'affaire.

— Oui, monsieur…

— Quelle connerie ! Et arrête de me donner du monsieur, mon prénom c'est Bastien. Et puis sors de là. J'y crois pas, ça fait dix heures qu'il est recroquevillé dans une boîte à sardines sans boire ni manger !

Il l'aide à s'extraire de sa cachette. Henry passe par-dessus le lit et se tient debout devant nous, tout fébrile. Je vais chercher un grand verre d'eau et le lui tends.

— Tu me déçois, Henry. Je te pensais plus responsable que ça.

— Ma grand-mère ne m'aurait jamais laissé partir…

— Peu importe qu'elle ait été d'accord ou non, Monica est ton seul parent, et c'est elle qui décide, pas toi ! As-tu seulement une idée du nombre de messages qu'elle m'a laissés ? Bon sang, tu es tout ce qui lui reste de sa famille, tu ne peux pas lui infliger ça !

Je vais m'asseoir sur la banquette du carré et me presse l'arête du nez.

— Qu'est-ce qu'on fait ? demandé-je à Bastien.

— Hum, commence-t-il en se frottant le menton. L'endroit est célèbre pour ses hauts faits de piraterie. Et à l'époque, on avait l'habitude d'expédier les mutins ou les clandestins par le fond, où ils servaient de quatre-heures aux requins.

Sa tentative pour désamorcer la situation par l'humour est peut-être efficace chez Henry, qui baisse la tête pour cacher un sourire, mais j'avoue que pour une fois, ça ne marche pas sur moi.

— Bastien, s'il te plaît… La situation est trop grave. On peut prévenir quelqu'un ?

Il retrouve son sérieux.

— Un SOS ? Non. Je préconise qu'on aille jusqu'à Deshaies, comme prévu, et que tu préviennes Monica dès que tu as récupéré du réseau.

Je hoche la tête.

Il s'adresse alors à Henry sur le ton le plus sérieux que je lui ai encore jamais entendu.

— Que les choses soient claires, mon garçon. Je ne vais pas passer l'éponge aussi facilement sur ce coup-là. Si je peux comprendre tes motivations, il faut que tu réalises que ce que tu as fait aurait pu avoir des conséquences dramatiques. Ni ta grand-mère, ni les garde-côtes, ni mon frère ou ton collège ne savent que tu es monté avec nous. Imagine qu'il nous arrive quelque chose en pleine mer. Personne ne saura jamais où tu es passé. Jamais. Donc nous aurons une discussion, entre hommes, une fois arrivés.

— Oui, Bastien…

— Ah, et Henry, reprend-il d'un air plus détendu, une dernière chose : tu passeras après moi dans le choix des sandwichs. Non mais !

Il est minuit passé quand nous mouillons enfin au large de Deshaies. Pendant que Bastien, aidé par Henry, coupe les moteurs et jette l'ancre, je m'isole sur le pont pour rappeler Monica.

Elle décroche immédiatement, la voix nouée par l'angoisse.

— Rosie ?

— Bonsoir Monica, pardonnez-moi de vous appeler aussi tard, je...

— Je n'ai toujours aucune nouvelle, m'interrompt-elle, la voix tremblante, je commence vraiment à craindre le pire.

— Monica, Henry est avec nous, il va bien.

Monica avale un moment de stupeur.

— Avec vous ?

— Oui, nous l'avons découvert caché dans la cale, il y a quelques heures. Malheureusement, je n'avais pas de réseau et je n'ai pu vous prévenir plus tôt. Mais soyez rassurée, il va bien.

Je l'entends réprimer un sanglot. Soulagement ou tristesse, je ne sais pas, mais elle me fend le cœur.

— Il veut aller voir l'autre, c'est ça ?

— Je le crains, oui.

— Mon Dieu... Heureusement qu'il est parti avec vous. Qui sait dans quelles conditions il aurait pu fuguer, autrement.

— Je comprends votre angoisse, mais vous pouvez être rassurée. Nous reviendrons avec lui dans deux jours.

— Merci, Seigneur... Rosie, puis-je vous demander une faveur ?

— Bien sûr...

— Quoi qu'il arrive, empêchez Henry d'aller voir sa grand-mère.

Épuisée par ce long voyage, je réprime un mouvement d'humeur.

— Monica, vous êtes consciente que vous ne pourrez pas éternellement vous opposer à ce que veut Henry ? Vous pensez vraiment que l'empêcher de voir sa famille, alors qu'il n'en a jamais été aussi près, ne va pas mettre de l'huile sur le feu ?

Monica met plusieurs secondes à me répondre.

— Ne croyez pas que je sois obtuse à ce point, Rosie. Ça m'a pris du temps, mais j'ai fini par comprendre que m'opposer à Henry nous mènerait dans une impasse qui pourrait s'avérer tragique, la preuve… Il pourra donc voir sa grand-mère paternelle. Mais ce sera en ma présence, c'est ma seule condition.

Je renonce à lui demander pourquoi. Outre que ce sont leurs affaires et pas les miennes, la fatigue qui pointait déferle désormais sur moi avec la violence d'un tsunami.

— C'est d'accord, Monica. J'y veillerai.

— Merci pour tout, Rosie. Je suis sincèrement désolée de vous avoir mise dans cette situation, j'espère que ça ne vous perturbera pas dans ce que vous aviez prévu sur place.

— Non, rassurez-vous.

— Vous pouvez me passer mon petit-fils ?

— Bien sûr… Bonne nuit, Monica, je vous rappelle demain soir.

***

J'ai dormi à poings fermés, bercée par un léger roulis, et je suis réveillée par les rayons du soleil qui me caressent le visage. Je m'étire en grognant comme un chat et ouvre les paupières avant de m'agenouiller sur le lit pour regarder à travers le hublot. Je suis du mauvais côté du port, alors je me lève pour me rendre sur le pont. Il est tout juste 7 h 30.

En arrivant de nuit, je n'avais pas eu l'occasion de contempler le village, mais là, sous la lumière du jour,

Deshaies a des allures d'éden niché au milieu de collines verdoyantes. Le spectacle de ces maisons de pêcheurs, que surplombe une pittoresque église en bois blanc, est fabuleux.

Bastien, puis Henry, me rejoignent.

— Magnifique, hein ?

J'acquiesce en silence.

— C'est dommage qu'on n'ait pas le temps, murmure Bastien. À moins de trois kilomètres se trouve la plus belle plage de Basse-Terre : la Grande Anse. Sable doré et cocotiers, une vraie carte postale où j'aimerais t'emmener un jour.

Il regarde sa montre.

— Malheureusement, ça sera pour une autre fois. Tu me rappelles ton planning ?

— Je dois être à Pointe-à-Pitre à 11 heures pour remettre les papiers à l'hôtel, puis à 13 heures à l'agence immobilière pour l'entretien.

— Bon, il est presque 8 heures, ne perdons pas de temps. Un petit déjeuner et on y va. Henry, tu me donnes un coup de main ?

Nous mangeons sur le pouce, et tandis que les deux mâles mettent l'annexe à la mer, je m'affaire dans la cabine de poche pour m'offrir un semblant de toilette et de maquillage. Je crois que je n'ai jamais eu les cheveux aussi blonds et ondulés depuis que je suis à Saint-Barth. Soleil et iode, *that's the secret!*

Une fois le quai rejoint, Bastien consulte son téléphone. L'agence Europcar n'est qu'à un jet de coquillage, elle ouvre à 9 heures, le temps pour nous de profiter un peu du paysage. C'est si différent de Saint-Barth.

Je remplis les papiers pour le prêt d'une voiture, j'en fais le tour et récupère les clés.

— Tu veux que je conduise ? propose Bastien.

— Ah ouais, bonjour le cliché macho. Tu as peur que je nous jette dans le ravin au premier virage ?

— Pas du tout ! Je me suis juste dit que tu avais peut-être des choses à dire à un certain passager surprise... Sans compter que je connais mieux l'endroit que toi !

Je regarde Henry, qui rentre la tête dans les épaules.

— OK, homme ! Toi conduire et femme bavarder !

Nous démarrons en douceur, direction Grande-Terre et Pointe-à-Pitre, puis après quelques kilomètres, je me tourne vers Henry.

— J'ai eu des instructions de la part de Monica.

Son visage se ferme aussitôt. Il s'attend à des mesures punitives.

— Elle m'a demandé de veiller à ce que tu n'ailles pas voir ta grand-mère tout seul.

Je lève la main pour couper court à ses protestations.

— J'ai dit « tout seul », Henry. Ce qui signifie que tu vas pouvoir la rencontrer, mais pas dans ces conditions. Pas en ayant désobéi à Monica ni en t'étant mis en danger en fuguant. J'ai discuté avec elle et tu sais, elle a compris que ça ne servait à rien de lutter contre tes envies. Elle est d'accord pour que tu rencontres ta grand-mère paternelle, mais elle veut être présente ce jour-là.

Henry hausse un sourcil.

— Quoi ? Mais je suis ici et elle est à Saint-Barth !

— Je sais, et c'est pourquoi il va falloir que tu patientes encore.

Il se rencogne dans son siège, les bras croisés sur la poitrine.

— Ras le bol ! Elle va me faire encore poireauter en espérant que ma grand-mère meure à son tour ? Après tout, ça a bien marché avec mon grand-père.

Je soupire.

— Essaie de lui faire confiance.

— T'es d'accord avec elle ?

— Franchise ?

Il hoche la tête.

— Que je sois d'accord ou non n'a aucune importance, mais je te rappelle que tu t'es mis tout seul dans cette situation. Bastien et moi sommes responsables de toi jusqu'à notre retour et comme Monica m'a donné ses instructions, nous les respecterons. Point final.

Il se met à bouder, mais je le laisse à ses bougonneries et me retourne face à la route. Bastien affiche un sourire en coin.

— Quoi encore ?

— Rien, rien ! Je me disais juste que papa au volant et maman qui gronde fiston à l'arrière, on dirait une vraie petite famille sur la route des vacances.

Il a de la chance que la chaussée soit bordée de ravins, sinon je lui aurais volontiers boxé l'épaule, à ce bourrin. « Maman », non mais vraiment…

Nous arrivons à Pointe-à-Pitre un peu avant 10 h 30. La ville n'est pas très grande, et nous avons vite fait de trouver l'hôtel où est descendu Roger Hawkins. Il est à Sainte-Anne, précisément.

Bastien n'a même pas besoin de chercher un endroit pour se garer. Il se met sur l'emplacement livraisons et laisse tourner le moteur. Je descends, me dirige vers l'accueil, dépose les documents, et ressors aussitôt.

Ça m'a pris moins de deux minutes. Trois jours de voyage et plus de trente heures de bateau pour une mission aussi courte et anodine. Quand on a de l'argent à ne plus savoir qu'en faire, on cherche vraiment toutes les excentricités pour le dépenser…

Mais j'ai une heure d'avance sur le timing, on va pouvoir s'offrir un deuxième petit déjeuner ! Nous avons à peine eu le temps d'avaler une tartine à Deshaies avant de partir, aussi sommes-nous tous les trois sur les dents.

Nous nous garons à proximité d'un fast-food qui semble faire l'unanimité, commandons frites et hamburgers en quantité déraisonnable, et attaquons sans plus tarder un méchant concerto pour mandibules. Henry fait plaisir à voir, on a un peu l'impression de lui avoir offert le Saint Graal.

— J'ai besoin d'aller aux toilettes, dit-il quand il a terminé.

— C'est au fond, lui indique Bastien.

Puis quand nous sommes seuls, mon beau marin va chercher deux cafés et en pousse un devant moi.

— Comment tu te sens ?

— Vidée ! Cette histoire avec Henry, c'est plus que tous les problèmes que j'ai jamais eus dans ma vie. Des drames, des rancœurs, des morts, des non-dits…

— Je comprends… Tu veux un câlin ? demande-t-il avec un clin d'œil.

— Là, au milieu de tous ces gens ?

J'embrasse la salle des yeux, regarde la déco et réalise qu'ici aussi, Noël n'est pas franchement au programme. À part un Christmas Burger au menu, rien ne fait dire que dans une semaine, c'est le 25 décembre.

Bastien fronce les sourcils et tourne la tête vers le fond de l'établissement.

— Ça fait quand même longtemps qu'il est parti aux toilettes, non ?

Mon sang se glace.

— Ça t'embêterait d'aller voir ? lui demandé-je.

— Bien sûr.

Il se lève et rejoint le fond du restaurant. J'ai le cœur qui bat la chamade, et quand ça m'arrive, ce n'est pas bon signe.

Lorsque Bastien revient, il a le visage blême.

— Il est parti…

— Oh non, c'est pas vrai… Tu en es sûr ?

— Il n'y avait personne aux toilettes.

— Mais je ne l'ai pas vu sortir !

— Il y a une porte à l'arrière.

— Ah, le petit con !

J'enfourne mes affaires à la hâte dans mon sac et nous sortons en trombe. Bien évidemment, aucune trace d'Henry sur le parking. Nous arpentons les ruelles voisines au pas de course, mais s'il est parti depuis dix minutes, c'est peine perdue.

Je suis en nage, échevelée, mon rendez-vous est dans moins d'une heure, et j'ai laissé un adolescent échapper à ma vigilance pour se perdre dans une ville que je découvre pour la première fois.

— Ce n'est pas si grand, tente de me rassurer Bastien, on va forcément le retrouver.

— Ah, mais évidemment, aucune autre option n'est possible ! Et crois-moi, je vais lui passer un tel savon qu'il n'aura plus besoin de se doucher pendant des mois ! Bon, je sais où on va pouvoir le trouver… Son obsession, c'est sa grand-mère paternelle, et si j'en crois mes souvenirs, Monica m'a dit que Mme Laville habitait à… Attends, ça me revient pas. Ça ressemble à « gorge »… La gorge tout court ?

— Le Gosier…

— Le Gosier, c'est ça ! C'est loin d'ici ?

Bastien consulte son smartphone.

— Huit kilomètres. Un petit quart d'heure en voiture sans les bouchons. Un peu moins de deux heures à pied.

— Merde, merde, merde ! J'ai mon entretien dans quarante minutes, et on ne sait même pas comment cet imbécile heureux va s'y rendre.

Navré, Bastien plisse les lèvres.

— Tu veux prévenir Monica ?

Je me passe la main dans les cheveux, en proie à un mélange d'angoisse et de colère.

— Non. On va le retrouver. Soit il va se débrouiller pour y aller en stop et il y sera sous peu, soit il est parti à pied et on le trouvera sur la route. On y va, et si on ne le voit pas, on l'attend sur place.

Je sors mon téléphone de mon sac et cherche le numéro de l'agence.

— Qu'est-ce que tu fais ? demande Bastien.

— J'annule mon rendez-vous.

Il pose la main sur mon écran pour me retenir.

— Tu peux y aller pendant que je cherche Henry.

— Certainement pas ! Imagine qu'il lui arrive quelque chose entre-temps, je m'en voudrais toute ma vie. Je n'ai pas le choix, Bastien…

Je m'écarte et compose le numéro de l'agence.

— Bonjour, Rosalie Ernst. Nous avions rendez-vous à 13 heures, et hélas, un imprévu d'ordre personnel fait que je dois repousser…

Bastien me fait de grands gestes avec les mains et articule silencieusement : « Gagne du temps et dis que tu peux venir plus tard. » Mais lassée, je tourne les talons et écoute mon interlocutrice m'expliquer que malheureusement, il y a d'autres candidats intéressés par le poste, et qu'elle ne peut repousser un entretien à la dernière seconde.

— Je comprends oui… En ce cas, je vous présente mes excuses pour cette annulation et je vous souhaite bonne chance dans vos recherches.

Je raccroche, plus émue que je ne m'y attendais. Bastien me regarde avec une mine navrée qui me donnerait presque envie de pleurer. Tout ça pour ça... Mais je ravale mes larmes et me dirige vers notre voiture de location.

— Ne dis rien, s'il te plaît. Pas maintenant. Direction Le Gosier. Cherchons la villa de Mme Laville et ramenons Henry. Fais juste attention, quand nous l'aurons retrouvé, à ce que je ne l'écorche pas vivant...

20

NOUS TROUVONS SANS MAL LA PROPRIÉTÉ des Laville. Ici, tout le monde les connaît.

La grand-mère paternelle d'Henry vit dans une vaste villa blanche, de type colonial, sur deux étages, et bordée d'immenses palmiers. On devine l'abondante végétation à travers la grille.

— Allez, on sonne ! dit Bastien en appuyant sur l'interphone.

C'est une voix un peu chevrotante qui nous répond.

— Oui ?

Je me mets bien devant la caméra afin qu'on me voie.

— Madame Laville ?

— Non, sa gouvernante, que puis-je faire pour vous ?

Je me racle la gorge.

— Bonjour, je suis Roseline Ernst, je viens de Saint-Barthélemy au sujet d'Henry Laville, le petit-fils de Mme Laville. Il a fugué et… est-ce qu'il est ici ?

Le portail électrique s'ouvre sans qu'on nous ait donné de réponse, c'est bon signe.

Nous avançons quelques mètres dans l'allée avant qu'un homme d'une soixantaine d'années nous rejoigne, les cheveux gris et la peau plissée par le soleil des Antilles.

— Bonjour, dit-il avec cet accent antillais qui manque à Saint-Barth. Je suis Vincent. Mme Laville va vous recevoir, suivez-moi.

Nous traversons la riche propriété aux massifs tropicaux exceptionnels. Un flamboyant majestueux trône au milieu du parc, ses fleurs cramoisies semblent vouloir exploser en un million de confettis.

— C'est vous qui entretenez tout ça ? demande Bastien.

— Oui, m'sieur, depuis trente ans !

— C'est prodigieux… Vous avez même un fromager !

— Et un gaïac de l'autre côté, tout près de la piscine.

— Incroyable…

Et pour cause, depuis que je vis à Saint-Barth, on m'a toujours dit que la flore de la Guadeloupe était exceptionnelle et que l'île comprenait la plus grande quantité d'arbres remarquables des Antilles. Des fleurs aussi, il y a en a partout.

Nous arrivons devant la maison où nous attend la femme qui nous a répondu à l'interphone. Petite, bien en chair, ses cheveux gris tressés et attachés en catogan, elle nous accueille en souriant.

— Bonjour, je suis Éléonore. Mme Laville va vous recevoir, suivez-moi.

Nous pénétrons dans un immense hall d'entrée végétalisé. Le plafond est ouvert sur une verrière exceptionnelle dont les armatures servent d'accroches à des lianes enroulées.

— Ouah, dit Bastien, ça donne le ton.

Nous précédons Éléonore jusque dans un salon qui pourrait rivaliser sans problème avec le luxe des propriétés de Saint-Barth. Monica m'avait pourtant avertie que les Laville étaient fortunés, mais de toute évidence, mon idée était bien en deçà de la réalité. Tout respire la grandeur dans cette villa, les tableaux aux murs, les fauteuils et canapés anciens, la décoration, les tapis, les vases Gallé…

— Il est là…, me murmure Bastien à l'oreille.

Je tourne la tête et vois Henry depuis la baie vitrée, il est attablé sur la terrasse, devant une large piscine, une collation lui a été servie. Bastien me retient par le bras.

— Essaie de ne pas t'énerver. Il va falloir gérer la grand-mère, aussi.

Lorsque nous le rejoignons, Henry baisse les cils sur son assiette vide, mais cette fois, j'ai du mal à m'apitoyer tant je suis en colère. Mon regard est glacial, il l'a bien senti. Puis j'aperçois la femme de bien soixante-dix ans assise au bout de la table. Guadeloupéenne aux yeux délavés et aux cheveux blancs coupés court.

— Bonjour, nous accueille Pascaline Laville, pardonnez-moi de ne pas me lever.

Je remarque seulement que la grand-mère d'Henry est en fauteuil roulant.

— Prenez place, dit-elle. Éléonore, servez-leur un verre de limonade bien fraîche, ces jeunes gens ont besoin de se remettre de leurs émotions.

— Mme Laville, commencé-je, je suis sincèrement désolée pour les circonstances dans lesquelles vous avez rencontré Henry.

La tête de ce dernier s'enfonce un peu plus dans ses épaules.

— Qu'importe, me répond Pascaline Laville, avec un sourire d'une blancheur immaculée, j'aurais été prête à le voir pour la première fois derrière une vitre s'il avait fallu.

Je jette un œil à Henry, ne sachant pas trop comment me comporter. J'ai bien envie de lui voler dans les plumes, mais je suis le conseil de Bastien et m'abstiens. Le bonheur de sa grand-mère paternelle me dissuadant de gâcher la joie qu'ils éprouvent l'un et l'autre d'être enfin ensemble.

— J'ai prévenu Monica Aubin, m'annonce Pascaline Laville.

— Oh…

— Henry, tu voudrais te baigner ?

Il me regarde, comme s'il cherchait mon approbation, mais j'ai la dent dure. S'il a été capable de se cacher dans un bateau puis de nous faire lâchement faux bond, il peut très bien prendre ce genre de décision sans mon aide. Je détourne les yeux.

— Oui, répond-il d'une toute petite voix.

— Éléonore, lui demande Pascaline Laville quand elle revient pour nous servir, vous voulez bien emmener Henry et peut-être lui prêter le maillot de bain de l'un de vos petits-enfants ?

— Bien sûr, madame.

Lorsque nous nous retrouvons seuls, Pascaline Laville n'a pas perdu son expression bienveillante.

— Henry m'a raconté son long périple pour venir jusqu'ici. Je lui ai expliqué combien c'était dangereux et irresponsable, mais je ne peux m'empêcher de souligner son courage.

— Certes… Vous avez dit avoir prévenu Monica Aubin.

— Oui, dit-elle en portant délicatement son verre de limonade aux lèvres. Au regard de notre relation, ça ne s'est pas passé aussi mal que je le craignais. Elle est restée très froide, mais m'a remerciée de l'avoir avertie.

Ce que moi je n'ai pas fait…

— Rien d'autre ?

— Ce fut bref. Quand repartez-vous ?

— Demain matin, répond Bastien qui a eu la sagesse de demeurer silencieux jusque-là. 6 heures au plus tard, je ne suis pas sûr que le vent soit aussi favorable que la veille.

— Déjà...

Cette situation m'oppresse terriblement, je me sens comme entre le marteau et l'enclume. D'un côté Monica qui compte sur moi pour protéger Henry d'une grand-mère qui a l'air inoffensive, et de l'autre, Pascaline Laville qui a envie de savourer chaque instant.

— Madame Laville, je ne sais exactement ce qui vous oppose à la famille Aubin, mais Henry est sous ma responsabilité et nous n'allons pas pouvoir nous éterniser.

— Je comprends, dit-elle, le sourire triste. Puis-je vous montrer quelque chose ?

Bastien et moi échangeons un regard.

— Allez-y, je reste ici avec le monstre, au cas où il lui viendrait de nouveau à l'idée de fuguer.

Pascaline Laville fait rouler son fauteuil le long de la terrasse jusqu'à une baie vitrée aménagée d'une rampe d'accès. Je la suis dans un couloir où défilent les portes, dix au bas mot, tant cette maison est immense. Elle s'arrête au bout et m'invite à entrer dans une pièce, ou plutôt un mausolée. On y trouve des dizaines de photos du papa d'Henry, bébé, enfant, adolescent, des diplômes, des trophées sportifs, un tee-shirt de basket accroché au mur.

— Nous n'avons eu qu'un enfant, commence-t-elle, mais il n'a jamais été suffisamment bien pour son père, assez fort, grand, dur, mais pour moi, il était tout. Olivier était ce que j'avais de plus précieux et ce dont j'étais la plus fière, mais mon mari avait sur moi une prise totale.

— Vous avez toujours été handicapée ? osé-je demander en voyant se dessiner les lignes d'une situation bien plus compliquée que celle décrite par Monica.

— Je suis née avec un pied bot et les trois opérations que j'ai subies n'ont pas suffi à me rendre une jambe normale. Je marchais de travers et souffrais de tiraillements. Mais je suis en fauteuil roulant depuis quinze ans, mon époux m'a jetée du deuxième étage, termine-t-elle d'une voix neutre.

L'annonce est si brutale que je me sens blanchir.

— Seigneur…

— Amédée pouvait être pris de crises de colère extrêmement violentes, je l'ai toujours connu ainsi. Olivier avait peur de lui, vous savez, et je crois que mon mari aurait fini par le tuer s'il était resté dans notre vie.

— Puis-je m'asseoir ? lui demandé-je, les jambes tremblotantes.

— Je vous en prie, Rosalie. Mon histoire n'est pas très belle, mais j'aimerais vous la raconter, si vous voulez bien.

Je hoche la tête sans avoir le cœur à dire non.

— Amédée n'est pas né riche, tout ce qu'il a obtenu, il l'a construit lui-même et ça l'a considérablement endurci. Il buvait beaucoup. Trop. Ses emportements se sont transformés en dégâts sur le mobilier, les murs, notre chien Jerry, puis sur moi. J'avais terriblement peur pour Olivier et je vivais dans le déni, je me refusais à croire qu'il était devenu cet homme-là. Je protégeais notre fils comme je le pouvais, trichais, l'autorisais à sortir en cachette, récoltais les gifles à sa place quand mon mari était trop saoul. Lorsqu'Olivier est parti en bateau quelques jours à Saint-Barth et qu'il a rencontré Marion, le coup de foudre était tel qu'il voulait tout abandonner pour elle, sa famille, ses études, son île… Mais Amédée a tout fait pour les empêcher d'être ensemble. Elle n'était rien de plus que la fille de gens sans situation, elle ne pouvait devenir sa femme un jour. Olivier lui a tenu tête, il l'a épousée, et Amédée lui a juré que s'il remettait les pieds ici, que s'il entrait même en contact avec moi, il le ferait tuer.

— Le ferait tuer ?

Pascaline Laville acquiesce.

— Amédée n'était pas seulement riche, il était très influent et entouré de personnes qui lui devaient beaucoup d'argent. Mon fils s'est marié et je n'étais pas là.

— Vous aviez peur des représailles ?

— Les voici, les représailles, dit-elle en montrant son fauteuil roulant. Je voulais me rendre en cachette à l'aéroport, Amédée a trouvé les billets d'avion, il m'a poussée depuis la fenêtre de notre chambre et je suis devenue paraplégique.

— Vous n'avez pas porté plainte ?

Pascaline Laville lâche un petit rire amer.

— Vous n'êtes pas d'ici, n'est-ce pas ? Non, bien sûr que vous n'êtes pas d'ici. Qui m'aurait crue ? Qui m'aurait soutenue ? Amédée était malin, personne n'était témoin de ses manifestations de violence, il ne me frappait jamais au visage. Et il donnait du travail à tant de monde que nul n'aurait osé lui créer des problèmes.

— C'est affreux...

— J'ai passé de longs mois de convalescence à l'hôpital, et lorsque je suis rentrée chez nous, Amédée m'a juré que si je recommençais, nous mourrions tous les deux, Olivier et moi. Les conséquences de ma rébellion étaient trop dures. Je n'ai jamais revu mon fils, je n'ai pas été là pour la naissance d'Henry ni même pour les funérailles de mon propre enfant. Tout ce qu'il me reste de lui est dans cette pièce, c'est tout ce que j'ai eu le droit de garder.

Elle me sourit tristement et s'approche d'un bureau. En ouvre un tiroir et sort un album photo. À l'intérieur, il y a des tas de clichés du mariage d'Olivier et Marion, et aussi d'Henry bébé. Elles sont prises de loin.

— Condamnée à payer un paparazzi pour suivre la vie de mon fils et de mon petit-fils. La mort d'Amédée a été une libération, vous comprenez ? Plus rien ne me retient, maintenant. Je ne retrouverai pas mon Olivier, mais je peux essayer de rattraper le temps perdu avec Henry.

Je ferme les paupières, le cœur si lourd que j'ai presque du mal à respirer correctement. C'est si dur de croire qu'on puisse faire endurer tant d'atrocités à quelqu'un. Et pourtant, la femme qui se tient devant moi a bel et bien vécu l'horreur et ressenti une solitude écrasante.

— Avez-vous raconté tout ça à Monica ?

— Par lettre ? Non... Cette femme aussi a beaucoup souffert, bien que d'une autre façon. Je pourrais accueillir Henry ici pour ses études, je pourrais leur rendre la vie plus facile, mais... j'ai l'impression qu'il va falloir me battre encore pour y parvenir. Henry est tout ce qu'il reste à Monica Aubin.

— Vous devriez lui parler, Monica a du cœur et elle aime Henry plus que tout. Je suis sûre que vous saurez trouver un consensus sans en arriver à la solution de justice. Vous n'avez pas raconté tout ça à Henry, n'est-ce pas ?

Elle me fait signe que non.

— Il est des choses qu'il ne convient pas de dire à un enfant.

— Vous pouvez compter sur ma discrétion.

Pascaline Laville s'approche et me prend les mains.

— Merci de m'avoir écoutée. Je n'ai eu d'une grand-mère que l'amour dans mon cœur, et rien ne me rendrait plus heureuse que de pouvoir exercer pleinement mon rôle. Henry ressemble beaucoup à son père au même âge, vous savez. Regardez...

Elle rouvre l'album photo posé sur ses genoux et me raconte une autre histoire, cette fois. Celle d'un fils qu'elle aimait plus que tout.

21

Nous approchons des côtes de Saint-Barth vers deux heures du matin, les feux de nuit annoncent notre présence. Mais alors que le voyage a été long et la météo moins clémente qu'à l'aller, personne n'est pressé d'accoster. Nous n'avons pas beaucoup entendu Henry durant la traversée, il n'a même presque pas touché aux sandwichs, lui qui d'habitude mange comme quatre. Il redoute la confrontation avec sa grand-mère, et pour être honnête, moi aussi.

La veille, j'ai appelé Monica, contrite, en quittant la propriété de Pascaline Laville. Elle m'a répondu un simple « Nous en reparlerons plus tard », puis elle a raccroché en me demandant de la prévenir quand nous arriverions à Saint-Barth. Ce que je fais, la boule au ventre, alors que les lueurs du port scintillent à quelques kilomètres.

— Bonsoir, Monica, il est tard, mais nous serons à Gustavia d'ici vingt minutes.

— Très bien, je serai là.

Elle coupe sans rien ajouter, mais il faudrait être idiot pour ne pas remarquer son ton sec.

Je soupire et me laisse tomber sur la banquette, protégée du vent sous le taud. Les yeux me brûlent, et ce ne sont pas les quelques minutes de sommeil grappillées pendant la traversée qui me permettront de compenser ces dernières vingt-quatre heures. Nous avons plusieurs fois essayé de faire des quarts avec Bastien, mais lui comme moi ne sommes pas parvenus à nous reposer. Et puis il fait un peu frais en pleine mer, je ne suis plus habituée.

Henry, lui, a réussi à s'endormir, recroquevillé dans une cabine. Je le laisse savourer ces ultimes instants de calme avant la tempête qui s'annonce.

Bastien sort de la cale, un mug à la main.

— Tu veux un dernier café? Profites-en, après je devrai manœuvrer pour entrer dans le port.

Je hoche la tête et l'accepte volontiers.

Depuis le début, Bastien a été aussi parfait que possible : discret, réconfortant, attentif... Pour un botaniste habitué à côtoyer davantage les plantes que ses semblables, il est d'une étonnante acuité en psychologie humaine.

— Merci... pour tout. Je suis tellement désolée de t'avoir embarqué là-dedans. Je suppose que ce n'était pas le road trip que tu espérais.

— C'est vrai, mais toi non plus. Ne t'en fais pas pour moi et dis-moi plutôt comment tu te sens.

Je bâille à m'en décrocher la mâchoire.

— Je ne sais pas trop, à vrai dire... Je comprends Henry, comme je comprends Monica, mais aussi Pascaline. Chacun a ses raisons, ses traumatismes, ses manques et ses besoins. C'est difficile de trouver un compromis.

— Tu n'es pas croyable, Rosie Ernst, je te demande comment tu te sens, et toi, tu te mets à la place des uns et des autres. Comment tu vas, toi? Vraiment.

Moi ? Moi je me suis retrouvée malgré moi au cœur de cette guerre familiale, et mes certitudes ont volé en éclats. J'ai l'impression d'être complètement à côté de la plaque.

— Eh bien, si on fait abstraction du fait que j'ai dû annuler un entretien d'embauche inespéré, que je me suis fait un sang d'encre pour un adolescent en manque de repères, et que j'ai la désagréable sensation que je vais me faire engueuler par une grand-mère qui me tient pour responsable des errements de son petit-fils, on va dire que ça va…

Je bois une gorgée de café et grimace.

— Je crois que j'en ai assez bu, ça va me donner des aigreurs. J'ai déjà mal au ventre.

— Tu stresses…

Je lui tends le gobelet, et ses doigts s'attardent sur les miens, me faisant frissonner…

— Ne t'inquiète pas, reprend-il, les opportunités professionnelles, ça va ça vient, tu en auras d'autres. Quant au mélodrame familial, je te rappelle que tu es une victime collatérale, pas responsable, tu n'as rien demandé à personne.

— Je sais…

— Tu le sais, mais ne l'oublie pas quand il faudra en discuter avec Monica, d'accord ? Je t'abandonne, on arrive dans quelques minutes.

Il me laisse pour regagner la cale. Il bidouille sur le tableau électronique et allume d'autres feux pendant que je contemple les lueurs de Gustavia. J'aime cette ville et cette île sans retenue, mais j'espère que Bastien dit vrai, et que tout s'apaisera bientôt.

La froideur de Monica, qui nous attend sur le quai, est tétanisante. Henry n'ose pas la regarder, et Bastien et moi restons muets, interdits, comme si nous étions coupables. Elle est bien décidée à nous faire sentir que ce qui est arrivé est notre faute alors que nous n'y sommes pourtant pas pour grand-chose.

— Je sais que ce n'est pas loin, mais soyez prudentes sur la route, nous dit Bastien.

Comme Monica ne lui répond pas, j'offre un sourire gêné à Bastien.

— J'en ai pour une minute, je vous rejoins à la voiture, m'adressé-je à Monica et Henry.

Elle hoche la tête et fait demi-tour, Henry a à peine le temps de saluer Bastien.

— Je suis désolée…

— C'est moi qui le suis, je sens que ça va être compliqué. Mais ne cherche pas à discuter maintenant, si tu le peux, essaie de dormir d'abord, OK? ajoute-t-il en me caressant le visage. On s'appelle demain ?

— Tu peux compter sur moi… Merci pour tout, et ne te perds pas en route, plaisanté-je en levant le menton vers l'annexe qui l'attend sur le quai.

— Qui sait ! Allez, bonne nuit, bichonnet. À demain.

Il se penche et me dépose un doux baiser sur les lèvres.

— À demain.

Je le regarde s'éloigner et fais demi-tour quand il a démarré le bateau pneumatique. Puis je rejoins Monica qui m'attend, l'air pincé. Henry est à l'arrière, tête baissée, ils n'ont pas dû échanger un mot.

Le trajet jusqu'à Corossol s'effectue dans le silence. Tant mieux, je crois que je n'aurais pas supporté la moindre discussion à l'heure qu'il est.

Nous sortons de la voiture, et Henry me regarde, ne sachant que dire ni faire.

— Va te coucher, ordonne sa grand-mère, tu as besoin de te reposer, nous parlerons demain.

— Bonne nuit, Rosie, murmure Henry en tournant les talons.

Puis, quand nous ne sommes plus que deux sur le perron, Monica m'apostrophe :

— Cela vaut aussi pour vous, Rosalie.

Rosalie et plus Rosie... Cette tension est en train de m'étouffer.

— Monica, je...

Elle lève une main péremptoire.

— Je vais me coucher. Je crois qu'il n'est pas utile d'en rajouter pour cette nuit.

Elle s'éclipse à son tour, et je me retrouve comme une lycéenne en galère, que sa mamie serait venue chercher en pleine nuit.

Je soupire. Au lit ! Demain il fera jour.

Je suis réveillée à 7 heures, j'ai oublié de fermer les rideaux en me jetant sur le matelas. Je n'ai eu que quatre heures de sommeil, je suis explosée. Je vais sous la douche, avale un café et décide de prendre le taureau par les cornes et de crever l'abcès avec Monica, croisant les doigts pour que sa colère soit un peu retombée.

Quand je me présente dans leur cuisine, elle est sur le point de partir au travail, et si j'espérais un réchauffement dans nos rapports, vu le visage hostile que Monica lève sur moi, ça semble bien mal avancé.

— Ah, bonjour, commence-t-elle, je m'apprêtais à vous laisser un mot, mais puisque vous êtes debout...

Elle ajuste la lanière de son sac sur son épaule, puis me regarde droit dans les yeux.

— Je vous prierai de faire vos bagages et de libérer mon bungalow au plus vite.

J'ai l'impression d'avoir pris un seau d'eau froide sur la tête. Celle-là, je ne l'avais pas vue venir !

— Je vous demande pardon ?

— Vous m'avez très bien entendue, je vous demande de quitter les lieux sur-le-champ. Je vous rembourserai évidemment les quelques jours que vous avez payés d'avance. Mais à mon retour ce soir, je veux que le bungalow soit vide.

— Monica, enfin ! Que vous soyez en colère, je le comprends, mais de là à me mettre dehors, vous ne pensez pas que c'est excessif?

— Vous trouvez? Premièrement, je vous avais demandé de veiller sur Henry, et il vous a échappé à la première occasion. Deuxièmement, j'avais insisté sur le fait qu'il était primordial qu'il ne rencontre pas son autre grand-mère sans ma présence. Résultat? Elle a eu tout le temps de faire connaissance avec Henry en tête à tête, et Dieu sait ce qu'elle lui a raconté ensuite. La conclusion vous paraîtra peut-être injuste, mais je n'ai plus aucune confiance en vous, Rosalie. Et je ne peux louer ma maison à quelqu'un en qui je n'ai plus confiance. Vous quittez les lieux aujourd'hui.

Elle tourne les talons, bien décidée à terminer ce renvoi lapidaire. Je me retiens de l'attraper par le bras, mais l'interpelle plus fort que je ne l'aurais voulu.

— Monica !

Elle soupire et se retourne.

— Oui ?

— Votre colère et le fait qu'Henry ait échappé à ma vigilance, c'est une chose. Et croyez-moi, je regrette amèrement de n'avoir pas pu mieux le surveiller, mais dois-je vous rappeler que si *votre* petit-fils s'est retrouvé avec nous, c'est parce qu'il a échappé à *votre* vigilance, après que *vous* vous êtes disputés, et qu'il s'est opposé à *vos* décisions ? Je n'ai rien demandé à personne, moi ! Ce n'est pas vraiment ce que j'avais prévu pendant ces trois jours, voyez-vous ? Alors si on parle de responsabilités, êtes-vous prête à assumer les vôtres ?

Elle ne cille pas, et alors qu'elle pourrait s'emporter à son tour, elle me répond très calmement, mais sans aucun espoir de conciliation.

— Vous avez certainement raison, je dois assumer mes responsabilités. Et ce sont justement elles qui me font dire que c'est depuis que vous êtes entrée dans notre vie que tout s'est accéléré. Henry en est à sa deuxième fugue en quelques jours, sans compter les fois où il a claqué la porte avant de disparaître. Jamais ça ne lui était arrivé. Et je me m'interroge pour savoir jusqu'à quel point vos conversations avec lui ne lui tournent pas la tête. Alors merci pour vos précieux conseils, Rosalie, je vais en effet prendre mes responsabilités et resserrer les boulons. Et ça commence par vous demander de quitter ma maison immédiatement.

Je n'ai pas l'occasion de répondre. Une voix qui part dans les aigus nous fait sursauter.

— Tu ne peux pas faire ça !

Notre discussion animée a réveillé Henry qui se tient dans l'entrebâillement de la porte, les cheveux en pétard.

— C'est injuste ! Rosie a raison, elle n'y est pour rien. Je me suis caché dans leur bateau sans les prévenir, ce n'est pas elle qui m'a proposé de les accompagner. Elle a même dû annuler un entretien de travail pour me retrouver, tout ça parce que je m'étais enfui sans penser aux conséquences. C'est ma faute, pas la sienne !

J'esquisse un geste en direction d'Henry, mais Monica me porte le coup de grâce.

— Je vous interdis d'approcher mon petit-fils ! Pour la dernière fois, quittez les lieux tout de suite ou sinon, j'irai porter plainte à la gendarmerie pour mise en danger de mineur.

— Mamie ! hurle Henry, ulcéré.

— Tout va bien, tenté-je de le calmer. Ta grand-mère est chez elle, et c'est son droit.

Parce qu'il ne sert à rien de discuter davantage, je tourne les talons et rejoins le bungalow, portée par l'humiliation et la tristesse. En moins d'une heure, j'ai fourré mes vêtements dans mes valises, réuni mes affaires et tout jeté à l'arrière de la Mini. Je démarre sur les chapeaux de roue, sans un regard en arrière.

Je retiens mes larmes depuis notre altercation, mais je manque me planter dans le décor à chaque virage. Je ne suis pas en état d'aller travailler.

Je gare ma voiture sur le port, coupe le contact et tâche de retrouver mon calme. Qu'est-ce que je suis censée faire ? La première chose serait de trouver où dormir ce soir, mais les hôtels à Saint-Barth sont bien au-dessus de mes moyens, et je risquerais d'y brûler mes maigres économies.

Au loin, j'aperçois le *Cococâline* qui mouille à l'endroit où nous l'avons laissé cette nuit. Sans réfléchir, j'attrape mon téléphone. Dieu merci, Bastien décroche.

— Hé, salut, belle blonde !

Sa voix grave et rassurante me donne envie de fondre en larmes.

— Tu es sur ton bateau ?

— Oui, je suis sur le voilier. Qu'est-ce qui ne va pas ?

— Tu peux venir me chercher ? Je te retrouve au début du chenal.

Il ne me pose pas plus de questions.

— Bien sûr, j'arrive.

En plissant les yeux, je le vois sortir sur le pont pour mettre son annexe à l'eau. Le temps qu'il me rejoigne, je me décide à contacter Sarah à l'agence. Je le fais par texto, je ne me sens pas capable d'affronter ses interrogations.

Coucou. Désolée, gros soucis,
je ne peux pas venir travailler ce matin.

Sa réponse ne tarde pas.

Pas de problème, je préviens MK.
Mais ça va aller ?

Au large, Bastien a lancé son annexe et fend la mer dans une gerbe d'écume.

Je te raconterai… Est-ce que je peux
dormir chez toi ce soir ?

Évidemment, Rosie.
Le temps qu'il faudra.

Je la remercie et gagne le chenal. Un peu plus bas, Bastien manœuvre son bateau pneumatique pour me permettre de l'y rejoindre. Il ne me dit rien, se contente de me dévisager gravement. Mon visage défait et mes yeux rougis sont éloquents.

— Ça va aller, bichonnet ?

— On peut s'isoler, s'il te plaît ?

— Bien sûr.

Il remet les gaz et l'annexe repart en direction du voilier. Quand nous sommes à bord, Bastien fronce les sourcils.

— Alors ?

— J'ai besoin de m'asseoir…

Il acquiesce et désigne les banquettes sous le taud.

Je lui raconte tout sans réussir à juguler mes larmes.

— Tu peux dormir sur le bateau, tu sais ? T'es pas à la rue.

— C'est gentil… Pour ce soir, je vais déjà squatter chez ma collègue, on verra plus tard.

— Un café ?

Je hoche la tête, mais quand il s'apprête à descendre dans la cale, mue par une pulsion que je n'explique pas, je me précipite et le retiens par l'épaule. Bastien se retourne, interdit.

Je le ramène contre moi, nos corps se heurtent, nos lèvres s'écrasent, nos dents crissent et nos langues se trouvent. Nos mains pétrissent nos peaux dans des simulacres de caresses. Il me soulève et m'emporte dans sa cabine, loin du monde, loin de tout.

Plus rien d'autre ne compte.

22

JE REJOINS L'AGENCE EN DÉBUT D'APRÈS-MIDI. Sarah est partie visiter une maison, et Mary semble branchée sur le 220V. Elle est au téléphone avec les Chinois et me donne l'impression de s'être métamorphosée en Shiva. Elle a les bras partout, prend un dossier par-ci, un Post-it par-là, ouvre un tiroir, boit une gorgée de café… Je secoue la tête et m'assieds à mon bureau, je n'aurai pas son énergie aujourd'hui.

Je consulte mon planning et réalise que moi aussi j'ai un état des lieux dans moins d'une heure, une villa à Grand Cul-de-Sac, celle de propriétaires brésiliens. J'ai failli les oublier.

Puis je souris. Mes soucis avec Monica ne sont pas la seule raison qui fait flancher ma mémoire, Bastien y est pour beaucoup. En arrivant sur l'île, il y a dix mois, je n'avais aucune intention de tomber amoureuse ni même d'entamer une relation qui aurait pu m'y amener. Mais Bastien, c'est un ouragan vertigineux. Je ne l'ai pas vu venir. En quelques rencontres à peine, et avec un naturel incroyable, il a pris toute la place dans ma tête ou presque.

D'aussi loin que je me souvienne, mon aventure avec Tony n'avait pas commencé de façon aussi sereine et évidente. Tony et moi, c'était tellement plus compliqué. J'avais l'impression cuisante d'être de passage dans sa vie. Il était toujours occupé, divisé. Je n'étais pas une priorité pour lui, je n'étais pas l'avenir non plus et il n'avait aucun rêve avec moi. J'ai mis des années à faire face à la réalité et à admettre que je ne m'étais jamais vraiment sentie légitime avec lui. J'étais juste là, parfois.

Avec Bastien, c'est tout le contraire. Il est comme un arbre aux racines solidement ancrées dans le sol. Il est stable, il sait où il va, il assume ses choix, ne ment pas, espère, entreprend, il est moteur, et quand je suis avec lui, tout est clair et limpide : je suis attendue. Il est certes trop tôt pour parler de nous, mais nous empruntons le même chemin et être ensemble fait sens sans que rien n'ait besoin d'être défini.

— Ah ! Vous êtes là ! me dit la tornade Kane en débarquant. Alors ? Tout s'est bien passé ?

Je me retiens de hennir de rire.

— C'était rapide, mais oui, le dossier a bien été déposé à l'accueil de l'hôtel.

— Vous avez appelé pour en être sûre ?

— Euh… non.

— Et voilà ! se met-elle à brailler. On ne peut vraiment pas compter sur vous ! Je vous ai dit que c'était important et vous prenez ça par-dessus la jambe, c'est quand même pas croyable. Un coup de fil vous aurait coûté quelque chose peut-être ? Jusqu'à preuve du contraire, c'est moi qui paie votre forfait !

Comme je ne suis pas d'humeur pour une deuxième engueulade aujourd'hui, je fais une rapide recherche Internet, note le numéro de l'hôtel en question et lui colle le Post-it sur la poitrine. Interloquée Mary baisse la tête pour le regarder.

— Et voilà ! la singé-je. Vous n'avez qu'à appeler vous-même. Je vous laisse, j'ai rendez-vous dans moins d'une heure avec les Andrada. Ne m'attendez pas pour fermer, je rentrerai chez moi directement après. À demain !

Je récupère mes affaires et quitte l'agence au pas de charge.

Sans déconner.

J'arrive à Grand Cul-de-Sac avec du retard, j'ai crevé un pneu et j'ai été dépannée par un gars qui faisait du stop. Je ne suis même pas échevelée ni salie, je n'ai eu à m'occuper de rien. Les gens sont serviables sur l'île, solidaires aussi.

Je sors de ma voiture et ne peux m'empêcher de sourire. Que c'est beau par ici ! Je n'y viens jamais, mais quelle vue ! La maison des Andrada est perchée sur un bout de colline, face à la mer, devant laquelle l'anse forme un lagon bleu turquoise protégé par un récif. C'est magnifique.

Je sonne au portail de mes clients. Nadine, qui travaille à plein temps pour les Andrada, m'informe qu'ils sont déjà là, évidemment. Comme leur contrat avec Mary Kane le précise, un état des lieux doit être réalisé chaque fois qu'ils arrivent et repartent. Je ne les ai encore jamais vus et les découvre avec stupeur, nus comme des vers, allongés au bord de la piscine. Soit, celle-ci donne sur la mer et ils ne risquent pas de vis-à-vis, mais moi je ne vais peut-être pas m'en remettre.

M. Andrada arbore la soixantaine, un ventre généreux, une calvitie blanche bien installée et une pilosité parfaitement inexistante. Quant à sa femme, elle doit avoir trente ans de moins et se promène avec une épilation du maillot pour le moins inattendue. Ses poils pubiens ont la forme d'un petit oiseau teint en bleu à l'exception de l'œil. Il est jaune.

Je ravale ma gêne en me rappelant l'une des règles enseignées par Mary Kane : le client est roi et il faut être prêt à tout. Je leur souris et m'adresse à eux en anglais, mon brésilien étant des plus déplorables.

— Monsieur et madame Andrada, je suis confuse et vous prie de m'excuser pour mon retard. J'ai crevé sur la route.

— Ah ! s'exclame l'homme. La vie n'est pas faite pour s'en faire. Vous venez vous baigner avec nous ?

— Euh… c'est gentil, mais nous devons faire l'état des lieux et je n'ai pas pris mon maillot de bain, plaisanté-je en réalisant la bêtise de ma remarque.

— Personne n'en a besoin ! Dieu ne nous a pas fait naître avec des vêtements et vous avez un très beau corps, n'ayez pas peur !

Ben voyons…

— Soit, mais ne m'en voulez pas, je vais décliner.

— Les Français sont si ennuyeux, dit sa femme en soupirant. Il nous faudra donc trouver quelqu'un d'autre. Dommage, vous êtes très mignonne.

Je me tends comme un string en comprenant de quoi il retourne.

— Je fais l'état des lieux avec Nadine si vous préférez ?

L'homme me répond d'un signe un peu dédaigneux de la main.

Au point où j'en suis depuis quelques jours, je ne devrais même pas être étonnée de me retrouver dans ce genre de situation. Il y a quand même des gens qui n'ont pas froid aux yeux.

Je m'en vais sans demander mon reste, à la limite du rire nerveux.

Un trio. Mais quelle journée !

Sarah est déjà à l'appartement quand je la rejoins à 17 heures. La chambre d'amis est toute petite, je n'ai pas de quoi déballer mes affaires, le coffre de la Mini ressemble à un débarras, mais au moins j'ai un toit sur la tête en attendant de trouver quelque chose. Et Sarah est adorable avec moi, elle m'a écoutée lui parler de la situation, a pris mon parti et décidé que j'étais ici chez moi et que je pouvais rester autant que je le voulais.

En totale régression, nous commandons des pizzas et mangeons devant une série télé. Puis vers 20 heures, j'envoie un SMS à Bastien pour lui dire que je me suis installée, que tout va bien et que j'espère le voir demain.

Je me couche sans avoir de réponse. Il ne m'a même pas lue.

Je me réveille avec le bip de mon téléphone. Je saute comme une adolescente, le cœur battant, persuadée que c'est Bastien qui m'a enfin répondu, mais c'est Henry.

Je suis désolé pour ce qui s'est passé. Je regrette de tout mon cœur, Rosie. Ma grand-mère est toujours en colère et ne veut rien entendre. J'aurais dû rester en Guadeloupe. Je finis les cours ce soir, demain c'est les vacances. J'espère que tu vas bien. Tu fêteras pas Noël avec nous, je suis triste.

Moi aussi je le suis, j'avais sincèrement hâte de leur faire une surprise et d'offrir à Henry un réveillon tel qu'on les connaît chez moi. Je lui réponds, la mort dans l'âme.

Ne t'en fais pas, bonhomme, tout finira bien par rentrer dans l'ordre. Reste sage de ton côté, c'est important. Merci pour ton message, je t'embrasse fort.

Dans la foulée, j'en envoie un second à Bastien. Celui de la veille n'a toujours pas été ouvert. Je lui demande si ça va, je lui dis gentiment que je pense à lui et lui propose qu'on aille boire un verre ensemble ce soir, s'il est disponible. Puis je me lève et me prépare pour aller travailler.

Vers midi, Sarah me fait découvrir un endroit mythique de l'île dans lequel je n'avais pas encore eu l'occasion de me rendre. Le *Select.* En plein cœur de Gustavia, ce snack-bar est une institution qui dure depuis 1949. À l'époque, tous les marins y débarquaient et depuis, on y mange des burgers à plusieurs étages. C'est kitsch à souhait, un vieux carrelage dans la salle principale, une terrasse avec des tables de toutes les couleurs, des plaques d'immatriculation sur les murs, des tee-shirts, des portraits de stars, des bouées, des drapeaux, on y trouve de tout. C'est un peu une machine à remonter le temps.

J'attends Sarah qui est partie aux toilettes lorsque cinq bouilles que je commence à bien connaître pénètrent dans le restaurant : la famille Claus en personne. Tout le monde les remarque, et pour cause, les triplés ont une tenue insensée de Tyroliens avec des bretelles et un short vert, et Nicolas porte une salopette en jean à même la peau, retroussée sur les mollets, ainsi que des tongs sur lesquelles scintille un Merry Christmas métallisé. Il me fait signe et s'installe avec ses petits-enfants tandis que Catherine me rejoint, éternellement élégante dans une jolie robe de lin rose.

— Bonjour, Rosie, vous êtes seule ?

— Bonjour, Catherine, je suis avec une amie.

— Vous avez eu un succès exceptionnel avec vos biscuits. Nous n'en avions pas mangé d'aussi bons depuis bien cent ans, dit-elle avec un sourire tout ce qu'il y a de plus naturel. Avez-vous prévu quelque chose pour le réveillon ?

Je me renfrogne.

— Non… hélas, mes projets ont changé.

Sur ces entrefaites, Sarah revient des toilettes.

— Oh, bonjour, la salue Catherine, vous devez être Sarah !

Sarah est tout étonnée.

— Bonjour, nous nous connaissons ?

Catherine lâche un petit rire cristallin.

— C'est Rosie qui nous a parlé de vous. Que faites-vous le 24 décembre, Sarah ?

— Euh… je ne fais jamais rien ce soir-là.

— Eh bien, c'est réglé, on vous attend toutes les deux à la maison, 20 heures.

Elle fouille dans son sac, sort un carnet et y annote son adresse avant de me la tendre.

— Je file manger, je meurs de faim ! À lundi, et bon appétit !

Elle tourne les talons sans que j'aie eu le temps de répondre.

— Mais qui est-ce ? demande Sarah en s'asseyant.

— La mère Noël, ça ne se voit pas ?

Sarah me regarde, interloquée, comprend que je rigole et pose les yeux sur la famille Claus avant d'enfourner une énorme bouchée de cheesecake.

— Et lui, donc, c'est le père Fouettard ! Allez, dépêchons-nous, on va être en retard.

Puis je tique. Je n'ai jamais parlé de Sarah à Catherine Claus.

En milieu d'après-midi, je n'ai toujours aucune nouvelle de Bastien et pas un seul de mes messages n'a été lu. D'accord, on s'est vus la veille, mais je suis un peu inquiète, ça ne lui ressemble pas. Je prétexte un déplacement de dernière minute et décide d'aller m'assurer que tout va bien.

Le *Cococâline* est toujours ancré et l'annexe n'est pas sur le quai, il est forcément là. Alors j'essaie de l'appeler et tombe sur sa messagerie. C'est vraiment bizarre.

Je regarde autour de moi et repère un plaisancier qui s'apprête à accoster sur le port avec son bateau pneumatique. Je fonce vers lui, et avant qu'il ne descende, je l'interpelle.

— Pardonnez-moi, monsieur, mon ami est propriétaire du *Cococâline*, juste là, et j'ai peur qu'il ait eu un souci. Ça vous ennuierait de refaire un aller-retour pour me déposer ?

L'homme à l'épaisse moustache blanche m'accueille avec un grand sourire.

— Non, je vous en prie, montez !

Je grimpe sur l'annexe en prenant garde à ne pas tomber, ce gentil monsieur démarre, et en moins de trois minutes, j'arrive devant le voilier. La première chose que je remarque, c'est le bateau pneumatique de Bastien. Il est bien là.

— Allez voir, me dit mon sauveur, je vous attends.

— Merci mille fois !

Je me presse de monter à bord, angoissée malgré moi.

— Bastien ?

Pas de réponse.

Je descends les marches, et au moment où j'arrive dans la cale, la porte de la salle d'eau principale s'ouvre. Je me raidis en voyant une superbe brune en sortir, serviette de bain autour de la poitrine.

— Vous m'avez fait peur ! s'écrie-t-elle. J'ai cru que c'était Bastien qui revenait plut tôt de son excursion. Qui êtes-vous ?

— Rosie, réussis-je à répondre, la langue comme du carton. Et vous ?

— Jessica. Qu'est-ce que vous faites là ?

J'ai le cœur qui palpite. Jessica, l'ancienne petite amie de Bastien, la fille de Saint-Barth qui l'a plaqué pour un Américain. Quelle probabilité sur les dizaines de Jessica de l'île que ce soit elle ? Je me racle la gorge, j'ai l'impression d'avoir avalé des épingles.

— Je suis venue voir si tout allait bien, il ne répond pas au téléphone depuis hier soir.

— Hier soir ? C'est parce que nous étions occupés à nos retrouvailles !

— Vos retrouvailles ?

Elle éclate de rire.

— Je ne vais quand même pas vous faire un dessin !

Un œil jeté au lit qui a accueilli nos ébats la veille encore, et je suis prise d'un haut-le-cœur. J'y vois les sous-vêtements de cette fille et ceux de Bastien.

Il faut que je parte d'ici au plus vite.

— Excusez-moi de vous avoir dérangée.

— Je lui laisse un message ? Un ami est venu le chercher, il sera de retour ce soir.

Je ne prends pas la peine de lui répondre, je sors de la cale sans trop regarder où je vais et rejoins le monsieur qui a eu la gentillesse de m'attendre. Je monte sur son annexe, la poitrine serrée dans un étau.

— Votre ami n'est pas là ?

— Non, lui dis-je en m'efforçant de sourire. On peut y aller.

23

JE N'ARRIVE PAS À CROIRE que je me suis trompée à ce point. À quel moment ça a dérapé ? Comment ai-je pu imaginer si vite que ma relation toute neuve avec Bastien était sérieuse ? C'est irréel. J'ai davantage les pieds sur terre, d'habitude. Quelle connerie !

Pleine de colère contre moi, Bastien, cette fille que je ne connais pas et ce foutu discernement dont je manque cruellement, je traverse les quais et passe devant l'agence sans m'arrêter. Trop c'est trop, je ne suis pas bâtie pour vivre autant de galères en si peu de temps.

Je marche jusqu'à l'appartement de Sarah et m'effondre sur mon lit.

Mary Kane ne va pas supporter ça indéfiniment, mais je suis incapable d'aller travailler, je me sens vidée, mais vidée… Et pour couronner le tout, j'ai mal au crâne.

La plupart des gens, quand ils ont le cœur brisé, se vautrent dans la nourriture, moi j'ai juste envie d'appeler mes parents, d'être avec eux, de retrouver l'épaule sécurisante de mon père, les bras rassurants de ma mère, et la truffe humide de notre chien Rudy. J'essaie de leur téléphoner plusieurs fois, laisse sonner de longues secondes, en vain.

Journée de merde, et puis c'est tout.

Lorsque Sarah rentre sur les coups de 18 h 30, elle me trouve dans le canapé devant un film dramatique qui me fait pleurer du début à la fin, un paquet de chips *king size* sur les cuisses.

— Alors là ! dit-elle en posant son sac sur la table du salon, si on était dans une comédie, je parierais que tu as une peine de cœur.

Je me renfrogne et me remplis la bouche de ces saloperies trop salées.

— On en parle ? suggère-t-elle en s'asseyant à côté de moi.

— Que veux-tu savoir ? Que je suis stupide, naïve et totalement inadaptée à la vie sur l'île ?

— Comme la plupart des gens qui vivent, ici, chérie ! Ils plaquent tout sans trop réfléchir, ils croient qu'ils vont s'enrichir, se font rouler une ou deux fois et après ils comprennent.

— Je ne pensais pas devenir riche, bougonné-je.

— Ben tu vois, ton cas n'est donc pas désespéré ! Que se passe-t-il ?

Je lui raconte tout et bien que désolée, Sarah trouve aussi que j'ai le karma d'un escargot sur une autoroute.

— Tu ferais bien de jeter du sel par-dessus ton épaule, me conseille-t-elle.

— Super.

— Ben quoi ? Je te signale que la semaine n'est pas encore finie, alors mieux vaut prendre tes précautions !

— T'es conne, Sarah !

— C'est ce qui fait mon charme ! Allez, laisse Bastien Vuillemin de côté, on va boire une bière et manger un morceau.

— Tu es gentille, mais je ne préfère pas. Je risquerais de le croiser et je ne suis pas prête.

Sarah secoue la tête.

— Il va essayer de te joindre, tu ne pourras pas l'éviter.

— Il a ignoré tous mes messages, il n'y a aucune raison pour qu'il le fasse maintenant. Je me sens tellement bête…

— Toi ? Non, toi tu n'as rien à te reprocher, sinon être tombée amoureuse.

Je voudrais lui dire qu'elle se trompe et que je n'ai pas ce genre de sentiment, mais je suis bien trop lucide et honnête avec moi-même pour me mentir. Bien sûr que je suis tombée amoureuse.

— Ça passera… Sushis ?

On est allées chercher nos plats au *Megumi*. Pas tout à fait à côté de l'appart, il a fallu qu'on prenne la voiture, mais ça m'a fait du bien de mettre le nez dehors. À notre retour, je découvre un SMS de Bastien.

— Il dit quoi ?

— Je ne sais pas, je ne l'ai pas ouvert.

Sarah lève les yeux au ciel.

— Sois maîtresse de toi-même, ma vieille, et lis ce texto.

— OK…

Salut, beauté. Je viens de voir tous tes messages, j'avais laissé mon téléphone sur le bateau. Tu as dû me prendre pour un goujat. Tu es chez ta copine ? Je peux t'appeler ?

J'en ai les poils qui se hérissent. J'ai envie de lui répondre qu'il n'est qu'un sale menteur et qu'il peut aller se faire tondre, mais ce serait accorder trop de temps à une relation qui n'en vaut pas la peine.

Seulement, au bout de trente minutes, voyant que son message a été ouvert, Bastien en renvoie un autre.

Tu dois être occupée ! N'hésite pas à m'appeler quand tu seras libre.

Puis un troisième une heure plus tard.

Il est 21 heures, tu as dû rentrer. Tu m'en veux de ne pas t'avoir donné de nouvelles plus tôt ?

Et à 21 h 30.

Rosie, tu lis mes SMS, mais tu ne réponds pas. Je commence à me poser des questions.

Comme je m'obstine, Bastien me téléphone à 22 heures, au moment où je décide d'aller me coucher.

Coucou. Écoute, je ne comprends pas trop ce qui se passe. Rappelle-moi demain qu'on dissipe le malentendu s'il y en a un. Je t'embrasse.

Je pose mon portable sur la table de nuit, toute tremblante. Comment peut-il faire comme si de rien n'était ? Sa précieuse Jessica ne lui a-t-elle pas dit que nous nous sommes rencontrées ? À quoi joue-t-il ? Une part de moi me souffle que je fais peut-être erreur, mais je m'en dissuade vite. J'ai cent fois trouvé des prétextes à Tony, cent fois j'ai mis les choses sur le compte de mon manque de confiance et de mon imagination. Je m'interdis de revivre ce genre de situation. Il est hors de question que je me relance dans une telle aventure.

Je ne veux plus entendre parler de lui.

Le lendemain matin, je retourne à l'agence avec Sarah. Le samedi, on ne travaille pas l'après-midi et tant mieux, je ne me sens pas d'humeur à affronter un client.

Nous arrivons à l'ouverture, mais Mary Kane est là depuis au moins deux bonnes heures. Son rythme est devenu complètement dingue depuis qu'elle prépare le dossier chinois. Et plus l'échéance approche, plus elle s'acharne.

Je sais qu'elle ne va pas être à prendre avec des pincettes, alors je m'installe sans me manifester et évite la confrontation du « Je peux savoir où vous étiez hier ? ». Mais Mary n'a pas l'air de vouloir sortir de son bureau, on n'entend d'ailleurs pas un bruit.

Sarah et moi en profitons pour régler la paperasse en retard et passer plusieurs coups de fil, jusqu'à ce que, vers 10 heures, je manque tomber de ma chaise en voyant Bastien arriver à grands pas.

— Merde ! me mets-je à crier. Tu lui dis que je suis en rendez-vous.

J'attrape mon sac, bien décidée à aller me planquer dans les toilettes, mais la poignée est coincée. Prise de panique, je ne trouve pas mieux que d'entrer avec fracas dans le bureau de Mary en refermant violemment derrière moi.

— Mais enfin, qu'est-ce qui vous prend ? demande ma boss, les yeux exorbités.

— La porte des toilettes ne s'ouvre plus !

Mary n'en revient pas.

— Et alors quoi ? Vous vous êtes dit que mon bureau était un meilleur endroit ?

Et là, je fais mine d'avoir mal au ventre et grimace.

— Non, mais c'est une urgence, vous comprenez.

Cette fois, Mary se lève.

— Urgence ou pas, vous allez tout de suite sortir d'ici. Il ne manquerait plus que vous... Mais, qu'est-ce que vous faites ? crie-t-elle quand je l'empêche d'ouvrir la porte. Rosie, laissez-moi sortir immédiatement !

— Chut ! Ne parlez pas aussi fort !

Elle recule pour me regarder, estomaquée par mon comportement.

— Je ne sais pas quelle mouche vous a piquée ce matin, mais je ne trouve pas ça drôle du tout. Poussez-vous !

— Mary, si je vous dis qu'en ce moment même, un chien enragé est entré dans l'agence, vous n'essaierez pas de sortir, n'est-ce pas ?

Mary bat des cils.

— Un chien enragé ? Vous êtes devenue folle ? Écartez-vous !

La porte s'ouvre brusquement derrière moi et me propulse en avant sur ma responsable, laquelle tombe à la renverse sur son bureau, et moi avec. Je veux me rattraper *in extremis* pour ne pas l'écraser, mais une de mes chevilles lâche, alors je m'empare du premier truc qui se présente à moi – la veste de Mary. Elle résiste pour que je ne l'entraîne pas dans ma chute et bascule presque de l'autre côté de sa table, les jambes en l'air et la jupe relevée jusqu'aux cuisses. Quant à moi, je m'affale par terre comme une crêpe. Tout ce qui était sur le plateau valdingue au sol. Sauf l'ordinateur.

Amen.

— Oh, oh, oooooh ! s'exclame Mary en essayant de s'asseoir.

— Je suis confuse ! s'excuse Sarah qui n'en revient pas de ce qu'elle voit. Rosie, rien de cassé ?

— On se fiche de Rosie ! braille Mary, le chignon complètement de travers. Aidez-moi à me relever !

Je me redresse comme je peux. Je me suis fait très mal aux genoux sur les joints de carrelage, ils sont tout éraflés.

Assistée de Sarah, Mary se remet sur ses pieds et lève la voix aussi fort qu'il est possible de le faire. Je ne crois pas l'avoir déjà vue et entendue faire preuve d'autant d'hystérie.

— Vous êtes complètement folle ! Un danger public ! Une plaie ! Un bulldozer ! Je veux une explication tout de suite ! Tout de suite je vous dis ! hurle-t-elle.

C'est Sarah qui rattrape la sauce.

— Tout est réglé, Mary. Le propriétaire du chien vient de le récupérer.

Elle écarquille les yeux.

— Il y avait vraiment un chien ?

— Oui, très gros, et il bavait beaucoup. Il n'était pas content du tout.

Je regarde Sarah en articulant un merci silencieux.

— Mais enfin, s'énerve Mary, comment est-il entré ?

— Par la porte. Elle n'était pas fermée.

Mary me toise. Je m'efforce de ne pas éclater de rire en remarquant l'épingle à chignon qui lui pend sur la joue. Elle n'a jamais été aussi débraillée.

— Vous ne l'ouvrirez plus jamais en grand, c'est compris ? Maintenant, dehors ! Rosie, rentrez chez vous, vous avez les genoux en sang !

Nous sortons de son bureau sans nous faire prier.

— Tu as assuré, dis-je à Sarah.

— Toi par contre, pas du tout. On entendait tout ce qui se passe, y compris ton histoire de chien enragé, alors ton apollon, là, il t'attend dans le café au bout de la rue.

— Je ne veux pas le voir.

— Bon sang, Rosie, ne fais pas l'enfant. Tu vas le trouver, tu lui dis ses quatre vérités et vous restez amis, ou ennemis pour la vie, je m'en fous. Vas-y !

— J'ai fait tomber mon sac dans le bureau de Mary, dis-je, toute penaude.

Sarah soupire en levant les yeux au ciel et va le récupérer en faisant montre du plus grand doigté.

Lorsque je sors de l'agence, j'ai le cœur qui bat si fort que j'en tremble de tous mes membres. J'ai les genoux esquintés, le chemisier froissé et la tête de quelqu'un qui vient de rouler sous une table, mais je prends mon courage à deux mains. Sarah a raison.

Mais lorsque j'arrive au café, pas de trace de Bastien. C'est sans doute mieux ainsi.

***

Je pensais m'être débarrassée de Bastien, mais dimanche matin, alors que Sarah et moi sommes encore couchées, le bruit strident de l'interphone retentit une fois, deux fois, puis sans discontinuer. Je finis par sortir du lit.

Sarah, qui a fait la chouille la veille, se lève en culotte et débardeur. Elle appuie sur le bouton caméra et pivote vers moi d'une humeur de dogue.

— Je te préviens, tu lui dis que tu descends, parce que s'il continue à sonner, j'y vais et je te jure que je mets en application mes cours d'autodéfense. Ras le bol de vos conneries !

Sarah tourne les talons et claque la porte de sa chambre.

Prise en faute, j'enclenche le micro de l'interphone.

— Arrête de t'énerver, j'arrive.

J'enfile en vitesse un tee-shirt, un short et une paire de baskets, puis je le rejoins dehors.

Jamais je ne lui ai vu cette tête. Bastien a le visage si fermé qu'il en est presque méconnaissable. Ses yeux noirs brillent d'une lueur un peu sauvage.

— Eh bien, j'ai cru qu'il me faudrait un pied-de-biche pour entrer, dit-il, pince-sans-rire.

— Qu'est-ce que tu veux ?

Bastien serre les lèvres, il l'a mauvaise.

— Drôle de question. Pourquoi tu me fuis ?

— Demande à Jessica, rétorqué-je, du tac au tac.

— Jessica ? Que vient-elle faire là-dedans ?

Mais quel culot !

— Voyons, Bastien, vos retrouvailles ont-elles été si vibrantes que tu ne te souviens de rien ? Tu te fiches de moi ? Je suis allée te trouver sur ton bateau vendredi après-midi, et qui ai-je découvert en petite tenue, ses sous-vêtements mêlés aux tiens sur le lit ? Tu sais, je donne l'impression d'être un peu conne, comme ça, mais quand on m'explique que la raison pour laquelle *toi* tu ne me répondais pas c'était que tu étais en charmante compagnie, un plus un font deux. Je ne veux plus te voir, Bastien. Ce n'était peut-être que le début entre nous, mais j'avais confiance en toi. Merci pour la douche froide, j'aurais préféré l'éviter, mais mieux vaut maintenant que plus tard.

— Tu vas loin, là. Je comprends bien de quoi ça a l'air mais…

— Par pitié, l'arrêté-je en levant la main. Ne me fais pas le coup du « ce n'est pas ce que tu crois », ça ne prendra pas avec moi, j'ai déjà donné. Des mecs comme toi, il y en a plein, Bastien, et ils ne sont jamais assez malins pour qu'on ne les perce pas à jour.

— C'est ce que tu penses de moi ? demande-t-il d'une voix glaciale, les sourcils froncés.

— Que tu es un queutard menteur et tricheur ? Oui.

Comme il est plus grand que moi, il s'approche et baisse les yeux pour me regarder.

— Je suis bien des choses, mais je ne suis pas quelqu'un qui insiste et s'humilie. Crois ce que tu veux, mais rappelle-toi qu'il n'y a que l'un de nous deux qui connaît la vérité.

Je m'apprête à répondre, mais il me prend de court.

— Nous n'avons plus rien à nous dire. Bon vent, Rosie Ernst.

Il tourne les talons et s'en va.

J'ai le cœur qui bat à une allure ! Je ne suis pas à l'aise avec cette situation, pas du tout, mais il vaut mieux que ça se termine comme ça.

Je m'en remettrai.

Lorsque je remonte dans l'appartement, Sarah est en train d'allumer la cafetière.

— De la gnôle dans ton café ?

24

JAMAIS UNE VEILLE DE NOËL NE M'AURA SEMBLÉ aussi triste et morne. Pas de neige, de stickers aux fenêtres, de chants de Noël dans les rues, de maisons à pans de bois et de branches de houx accrochées aux portes. Ma famille est à 7000 km, mon cœur six pieds sous terre et mon estime personnelle à ras les pâquerettes. J'en suis à mon quatrième paquet de Monster Munch au fromage. Quelle pitié…

Je n'ai aucune envie d'aller chez les Claus, mais puisqu'ils ont eu la gentillesse de nous inviter, et moi la rapidité d'accepter, il est trop tard pour faire machine arrière. Aussi profité-je de la pause de midi pour aller faire quelques courses et leur rapporter une ou deux bricoles pour le dîner.

Je me gare et vais récupérer un chariot. Je prends la direction du Marché U et manque m'immobiliser au milieu du parking. Monica vient de sortir du magasin. Comme moi, elle a un mouvement de recul, mais puisque nous ne pouvons pas nous éviter, nous avançons l'une vers l'autre.

— Bonjour, Rosie, me dit-elle poliment.

— Bonjour, Monica.

Et nous continuons chacune notre chemin. Mais juste avant de passer la porte automatique, je m'arrête, inspire profondément et fais demi-tour.

— Monica !

Déjà penchée dans le coffre de sa voiture, elle se retourne.

— Oui ?

J'arrive, un peu essoufflée.

— Écoutez… Cette situation est ridicule. Je vous aime énormément Henry et vous, et je ne voulais pas être mêlée à votre vie de famille comme je l'ai été. Tout ce que je souhaitais, c'était que les choses s'arrangent entre vous. Vous vous demandez pourquoi j'ai laissé Henry passer autant de temps avec sa grand-mère paternelle ? J'ai écouté mon cœur, Monica, et il me criait de ne pas l'empêcher de la voir, que si je le faisais, ce serait sans doute pire pour tout le monde. Vous pouvez m'accuser de tous les maux et me rendre responsable de ce qui est arrivé, mais ma conscience est intacte et l'affection que j'ai pour votre famille aussi.

Je sens que Monica est sur le point de dire quelque chose, mais je n'ai pas l'énergie pour faire face à sa colère. Je l'arrête avant qu'elle n'ouvre la bouche.

— Joyeux Noël, Monica.

Je pars en direction du magasin sans me retourner.

Les boîtes de chocolats sont en promotion.

Je vais en prendre trois pour moi.

***

Sarah se gare devant chez les Claus à 20 heures pétantes. Comme le veut la tradition, et aussi parce que

Sarah a beaucoup insisté, nous nous sommes mises sur notre trente et un et avons enfilé des bonnets de père Noël qu'elle a rapportés du marché le matin même.

On sent que c'est un soir spécial et que les gens reçoivent, il y a des voitures stationnées dans les pentes, tout le long de la rue.

Les Claus ont pris une location dans le quartier de l'Anse du Gouverneur, juste au bout de la zone constructible. Comme souvent avec les villas de ce type, elle est face à la mer. La barrière électrique est ouverte. Les bras chargés de fleurs, d'un panettone et de chocolats, nous entrons dans l'allée et sommes accueillies par un drôle de couple d'une bonne soixantaine d'années. Lui est tout petit et poupin avec une tignasse rousse et hirsute, et des joues bien roses. Elle doit faire au moins deux têtes de plus, possède des jambes pareilles à deux élastiques immenses et porte de longs cheveux gris lui balayant la taille.

— Bienvenue ! nous dit la femme avec un accent que je ne parviens pas à identifier. La famille Claus a un contretemps, ils nous ont demandé de vous accueillir avant qu'ils n'arrivent. Je suis Olga, et voici mon mari Björn. Entrez, entrez !

— Bonjour ! nous salue le monsieur. Mais il ne fallait pas apporter tout ça, il y aura bien assez à manger, laissez-moi vous débarrasser !

Nous le suivons dans l'allée qui débouche sur une très grande villa blanche, montée en partie sur pilotis et dont la toiture à quatre pentes est couverte de tuiles rouges huilées.

— Tout le monde est dans le jardin, nous informe Olga.

— Tout le monde ? Ne disiez-vous pas que les Claus n'étaient pas encore arrivés ?

Björn se met à rire en ronflant par à-coups, nous laissant coites, Sarah et moi. Sa femme, elle, ne cesse de sourire aux anges.

— Oui bien sûr, mais il y a quelques invités.

J'échange un regard avec Sarah, puis nous suivons ce couple atypique.

À l'intérieur, la villa est incroyable, moderne et chaleureuse avec des meubles en bois flotté, des tapis moelleux, une gigantesque table à dîner en verre et rotin, ainsi qu'un canapé d'angle pour dix personnes au moins et de grandes plantes tropicales s'arrêtant juste en dessous du plafond. Mais le plus spectaculaire reste le salon ouvert sur tout un pan de baies vitrées donnant sur l'immensité du lagon turquoise. Entre les hauteurs de Lurin et la plage de sable blanc du Gouverneur, la vue doit être exceptionnelle en plein jour.

— Nous allons passer par la piscine, ce sera plus simple, continue Olga.

Celle-ci est implantée au milieu d'un vaste deck en bois exotique en partie couvert et servant d'espace à vivre, et en contrebas, on devine un jardin luxuriant de frangipaniers et de flamboyants en pleine explosion, dont la végétation s'étend jusque vers le rivage. C'est absolument magnifique. J'ai rarement vu une aussi belle propriété.

La partie ombragée de la terrasse est incroyable, avec ses chaises longues et sofas au milieu de lataniers bien gras, d'orchidées et d'hibiscus.

Nous descendons quelques marches, et la magie opère, alors que nous étions déjà tombées sous le charme de cet endroit. Sarah et moi découvrons un décor de Noël tel que je l'ai toujours connu.

Les Claus ont monté un chalet miniature à la toiture tapissée de neige synthétique, de guirlandes lumineuses et de chaussettes pendues aux rondins de bois. Il est entouré d'un écrin de véritables conifères plantés pour l'occasion, et du diable si je sais comment ils parviennent à survivre sous ce climat ! Du houx disposé dans de jolis paniers en osier, des *candy canes* accrochées aux sapins, un petit traîneau chargé de cadeaux, des lutins de Noël en céramique, une longue table de fête dressée, des bougies, des lampions, et un immense buffet garni d'un tas de bonnes choses à manger. C'est si inattendu que Sarah et moi en demeurons muettes de stupéfaction.

— On dirait que Nicolas et Catherine prennent Noël très au sérieux, dis-je à Björn et Olga.

— Évidemment, s'offusque presque Olga. C'est la période la plus importante de l'année, elle doit être honorée. Nous vous laissons rejoindre le reste des invités, ils sont au fond du jardin, derrière les haies d'aloès. Allez-y !

— Ces gens sont incroyables, dit Sarah pendant que nous traversons ce luxuriant parc tropical.

— Oui, c'est...

Je ne termine pas ma phrase en découvrant qu'autour d'un gigantesque fromager aux branches noueuses, scintillant d'un millier d'étoiles de toutes les couleurs, se tiennent Henry, Monica, Samuel Vuillemin et une personne que je n'aurais jamais pensé voir ici, Pascaline Laville.

Je marque un temps d'arrêt, personne ne nous a encore vues.

— Qui est-ce ? me demande Sarah.

— C'est la grand-mère paternelle d'Henry... Comment les Claus ont-ils réussi à accomplir un tel miracle ?

Monica nous aperçoit enfin. Alors qu'Henry se retourne et court pour se jeter dans mes bras, je vois le sourire de Monica. Il me soulage à tel point que je pourrais me mettre à pleurer.

— Si tu savais comme je suis content ! C'est Mme Claus qui nous a invités. Elle a longtemps parlé avec mamie et puis… C'est magique !

— Magique, répété-je en rendant son sourire à Monica.

J'ai les yeux tout humides quand les deux grand-mères d'Henry s'approchent. Puis Monica se poste devant moi et m'ouvre les bras.

— Que de bêtise dans l'être humain. Je suis désolée pour toutes les méchancetés que je vous ai dites, vous ne les méritiez pas. Vous aviez raison depuis le début, je me suis arc-boutée sur ma vision des choses sans chercher à aller plus loin. Pourrez-vous me pardonner ?

— Oh, Monica…

— Vous avez contribué à arranger la situation, me dit Pascaline en me prenant la main. Merci.

Je leur souris.

— Je suis très heureuse que vous ayez réussi à vous parler, c'est tout ce qui compte.

Puis Henry leur plante à chacune une bise sur la joue.

— Moi aussi ! Et même que je n'aurai pas besoin d'aller à l'internat !

Monica fronce les sourcils.

— Oh là, doucement ! On n'en est pas encore là ! Si tu mets la charrue avant les bœufs, ça n'avancera pas beaucoup.

Henry me fait un clin d'œil et me montre le traîneau du doigt.

— Tu crois que tous les cadeaux sont vrais ?

— J'ai l'impression que ce soir, tout est possible, mon garçon ! lui répond Samuel. Rosie, je suis très heureux de te voir parmi nous et je te présente Serge, mon compagnon.

Le beau brun qui se tient à côté de lui me serre chaleureusement la main.

— Je suis ravi de vous rencontrer, Rosalie, Samuel m'a beaucoup parlé de vous. De vous et de vos biscuits !

Je ne peux pas en dire autant à son sujet, mais moi qui suis venue ici sans conviction, je me surprends à souhaiter ne pas être ailleurs. Les Claus ont tapé dans le mille en m'invitant. Puis je vois Samuel faire la grimace en regardant derrière moi.

— Ouah, mais qu'est-ce que c'est que cet endroit ?

Médusée, je me retourne sur la voix stridente, un anglais mâtiné d'accent français. C'est Jessica, LA Jessica, qui débarque au bras d'un monsieur bien plus âgé qu'elle. Et à croire la façon dont il la prend par la taille, ce n'est pas son père.

— Oh, mais c'est génial ici ! Regarde, chéri, il y a un chalet adorable, et le nain devant la porte ! C'est tellement *hygge* !

Puis elle me voit en train de discuter avec Samuel et Sarah.

— Oh, vous êtes là ! Saint-Barth est si petit, c'est déprimant... C'est le gros monsieur barbu qui vous a invitée, vous aussi ?

— Nicolas Claus, précisé-je en grinçant des dents et en tâchant de comprendre ce qu'elle peut bien faire là. Vous n'êtes pas avec Bastien ?

Elle éclate de rire.

— Sortir en compagnie d'un bonnet de nuit comme lui ? Sûrement pas ! Viens, chéri, continue-t-elle en anglais, essayons de trouver une coupe de champagne quelque part.

Je la suis des yeux, bouche bée. C'est à peine croyable qu'elle soit ici, ce soir. Je ne parviens pas à faire le rapprochement entre cette créature désagréable et des gens aussi généreux que les Claus. Quelle idée farfelue leur est passée par la tête pour qu'ils l'invitent ? Et en la voyant se coller vulgairement à son Américain, je suis encore moins capable de mettre un sens à ses retrouvailles avec Bastien. Sa présence ici m'échappe.

— La fameuse ? me demande Sarah en la suivant des yeux tandis qu'Henry, Monica et Pascaline s'éloignent eux aussi vers le buffet.

— Une emmerdeuse, intervient Samuel, elle ne peut pas s'empêcher de provoquer le chaos partout où elle va. Qu'elle plaque Bastien a été la meilleure chose qui puisse lui arriver, croyez-moi.

— Il m'a pourtant semblé, au contraire, qu'ils avaient adoré se retrouver.

Samuel arque un sourcil.

— Se retrouver ? Cette fille n'a peur de rien, elle brise le cœur de mon frangin, elle disparaît pendant cinq ans avec son Amerloque, et elle revient comme une fleur parce qu'elle s'est engueulée avec lui et ne sait pas où crécher ? Je ne suis pas sûr que Bastien serait d'accord avec toi.

Il est de son côté, logique, il s'agit de son petit frère.

— Ça m'étonnerait fort, grincé-je.

Un froid est jeté. Sarah et le compagnon de Samuel se regardent.

— On vous rapporte quelque chose à boire ! décide Sarah. Alors, Serge, tu es sur l'île depuis longtemps ?

Et ils s'éloignent pour nous laisser seuls.

Samuel se tourne vers moi pour reprendre la conversation.

— Je ne comprends pas ce que tu insinues, Rosie. Qu'ils se revoient ?

Je ne peux m'empêcher une grimace amère, je n'ai pas trop envie d'entrer dans le détail.

— On dirait bien, oui.

— Tu fais fausse route…

— Ce n'est pas l'impression que m'a donnée l'état de son lit quand j'ai surpris Jessica sur son bateau.

Samuel fait des yeux tout ronds.

— Je ne sais pas ce qu'elle t'a raconté, mais Bastien n'était pas avec elle. Je lui ai dit qu'il était trop bon, trop con, mais quand ils se sont revus sur le port, il lui a proposé de prendre l'annexe pour rejoindre le *Cococâline* et d'y rester le temps que la tempête s'apaise avec son gars.

— Oh ! m'exclamé-je, le visage défait.

— Ouais, elle lui a joué le scénario de la fille en larmes et désespérée.

— Mais où était Bastien ces derniers jours ?

— Ben chez moi !

Je ferme la bouche. Je me sens conne, très conne.

Samuel fronce les sourcils.

— Que se passe-t-il entre mon frère et toi ?

Je souris en haussant un peu les épaules.

Samuel éclate alors de rire.

— Je vois ! Donc, le fait qu'il décide de subitement mouiller à l'île Fourchue au lieu de fêter le 24 décembre, c'est à cause de toi !

— Ce n'est pas ma faute ! Comment voulais-tu que je… Rhoo, laisse tomber… Je suis tellement nulle.

Samuel me pose une main réconfortante sur l'épaule.

— Vous aurez une petite explication quand il reviendra.

— S'il a toujours envie de me parler !

Il sourit.

— Si j'étais toi, je ne m'inquiéterais pas pour ça. Allez, viens prendre une coupe avec moi.

Je le suis, les yeux baissés sur mes chaussures, me disant que si les apparences avaient été trompeuses, je n'ai pas laissé le moindre bénéfice du doute à Bastien, même quand il m'a affirmé que je faisais fausse route.

Je suis bien sûr convaincue que m'éloigner de Tony a été la meilleure décision de ma vie, mais pour autant, ça ne m'a pas libérée de la méfiance, et je me trouve tellement stupide…

— Nos hôtes ne sont toujours pas arrivés, me fait remarquer Sarah lorsque je la rejoins.

— C'est vrai… j'espère qu'il ne leur est rien arrivé.

À peine ai-je terminé cette phrase que trois silhouettes passent sur la terrasse qui surplombe le jardin. Je fronce les sourcils. De nouveaux invités ? Lesquels avancent davantage dans la lumière et se postent en haut des escaliers.

— Je peux savoir ce que vous faites chez nous ?

Stupéfait, tout le monde se retourne sur un homme, une femme et une adolescente d'une quinzaine d'années.

— Qui est-ce ? me demande Sarah.

— Aucune idée…

L'homme descend les marches, nous observe tous un par un, et s'arrête pile devant Sarah et moi.

— Tiens donc, Mlle Delort et Mlle Ernst.

Sarah et moi nous regardons, abasourdies.

Je le détaille un peu mieux. Il est très mince et de grande taille, une bonne quarantaine, à vue de nez, et à en croire son accent, il est Américain, mais une chose est sûre, c'est que je ne l'ai jamais vu de ma vie.

— Mais qui êtes-vous ? demandé-je.

— Qui je suis ? Roger Hawkins, mesdames, le propriétaire de cette villa, ainsi que votre futur patron.

25

Sarah et moi sommes horrifiées. Hawkins est l'homme pour qui j'ai dû faire le voyage en Guadeloupe, le gars qui doit racheter des parts de l'agence à Mary Kane.

— Ne soyez pas si surprises, dit-il dans un français parfait. Quand je demande le dossier d'une entreprise que je dois acquérir, je me renseigne sur chaque membre du personnel. Mais pour l'heure, la question n'est pas là. Que faites-vous chez moi ?

Autour de nous, tout le monde regarde la scène avec stupéfaction et sans savoir quoi dire, mais moi, c'est un vent de panique croissant que je sens passer entre Sarah et moi. Nous risquons toutes les deux d'être virées. Je vais tout lui expliquer !

— Monsieur Hawkins, me devance Sarah, nous sommes confus, nous avons tous été invités par la famille Claus pour fêter le réveillon de Noël.

— Claus ? Qui sont ces gens ?

— Ils sont en location dans cette maison, expliqué-je, totalement perdue.

— En location ? s'exclame sa femme, une brune magnifique et élancée. *We never rented our house!**

Une goutte de sueur me dégringole sur la nuque. Cette situation est complètement dingue !

— Ce doit être un malentendu. Nous avons été reçus par les gardiens de la villa, lesquels pourront vous assurer que les Claus sont bien en location ici. Avec sa famille, ils sont arrivés fin novembre. Nicolas Claus a fait l'animation de fin d'année sur l'île, c'était le père Noël. Ses petits-enfants jouaient le rôle des lutins et sa femme celui de la mère Noël.

Les Hawkins me regardent comme si j'étais folle à lier. Certes, j'ai bien conscience que mon explication peut paraître farfelue, mais je n'ai rien d'autre à dire que la vérité.

— Quelqu'un nous fait une blague ? demande en anglais l'adolescente qui les accompagne.

Mon sourire est crispé quand je la regarde en secouant la tête.

— Monsieur et madame Hawkins, avec votre permission, je vais aller chercher Björn et Olga. Ils en sauront plus que nous.

— Qui sont Björn et Olga ? demande M. Hawkins.

— Les gardiens. Un petit monsieur joufflu aux cheveux roux et une très grande dame aux longs cheveux blancs.

J'ai l'impression qu'ils ont les yeux qui vont leur sortir de la tête.

— Nous n'avons aucune idée de qui vous parlez, mademoiselle Ernst, c'est Jean-Pierre et Corinne qui s'occupent de notre propriété depuis déjà cinq ans, et nous ne sommes pas assez égoïstes pour les faire

* Nous n'avons jamais loué notre maison !

travailler un soir de réveillon. Ils sont en vacances en France depuis trois jours.

— Oh...

J'ai chaud, mais j'ai chaud, j'ai le front dégoulinant de sueur... Je regarde Sarah, désespérée.

— Vous nous permettez d'aller les chercher ? Je suis sûre qu'ils sauront tout nous expliquer, leur suggère-t-elle.

— Eh bien, allons-y ! décide M. Hawkins.

Sarah et moi montons les escaliers, suivies des propriétaires. Nous appelons le couple de gardiens qui, bien entendu, ne répond pas. On ne les trouve nulle part, ils ont disparu eux aussi.

— C'est insensé..., murmuré-je. Je vous assure qu'ils étaient bien là, ils ont reçu tout le monde et nous ont expliqué que les Claus avaient un contretemps et qu'ils n'allaient pas tarder à arriver.

— Et ce père Noël, demande M. Hawkins, quelle agence lui aurait loué notre maison ?

— Je ne sais pas, monsieur, il ne nous l'a pas dit. Mais si nous avions su qu'ils s'y étaient installés illégalement, croyez bien que nous en aurions informé les autorités. Les Claus sont certes originaux, mais ils ne m'ont pas donné l'impression d'être des gens à problèmes. Je ne me suis doutée de rien.

L'Américain conserve un calme olympien, je ne sais pas comment il fait.

— Je vais vous dire, ma petite, si une famille de cinq personnes, plus deux gardiens, avait séjourné ici pendant un mois, ça se serait vu ! La maison est aussi propre et rangée que lorsque nous y sommes venus la dernière fois.

— Je ne sais pas quoi vous dire...

— Bon, écoutez, conclut M. Hawkins, nous venons de faire un long voyage, notre avion est parti avec trois heures de retard, nous ne pensions pas avoir l'occasion de fêter le réveillon de Noël et nous mourons de faim. Cette famille imaginaire a préparé un repas, je suppose ?

Nous hochons la tête.

— Il y a un buffet dans le jardin, dit Sarah.

— Dans ce cas, allons-y !

— Très bien, acquiescé-je, je vous accompagne pour expliquer la situation aux invités et leur dire que nous devons tous partir.

Mme Hawkins soupire.

— Pardonnez mon *bad* français, *you can stay, anyway. It's Christmas Eve.* Nous avons faim et vous aussi, *maybe* ?*

Je gonfle les joues et soupire.

C'est insensé, insensé…

Lorsque nous regagnons le jardin, tout le monde nous attend en bas des escaliers.

— Mesdames et messieurs, déclare Roger Hawkins, il semblerait qu'un père Noël, sa femme et ses lutins nous aient fait une petite blague, mais ce soir est un soir spécial et nous ne mettrons personne dehors. Vous êtes cordialement invités à cette petite fête… inattendue, buvez et mangez !

Les Hawkins sont applaudis, puis les questions fusent. Sarah et moi essayons d'expliquer à tout le monde ce qui se passe, puis lorsque nous nous dirigeons vers la table à manger, je réalise qu'il y a douze couverts dressés, précisément le nombre que nous sommes ce soir.

Cette histoire est pure folie.

— Oh, regardez ! crie Henry, il y a une enveloppe rouge au nom de chacun dans les assiettes !

---

* Pardonnez mon mauvais français. Vous pouvez rester, après tout. C'est le réveillon de Noël. Nous avons faim et vous aussi, peut-être ?

Je fronce les sourcils, il est évident que si elles s'y étaient trouvées lorsque nous sommes arrivées, je les aurais vues. Ce qui se passe ce soir frôle l'absurdité et je suis vraiment en train de me demander pourquoi les Claus nous ont fait cette petite plaisanterie.

— Mais oui ! chuchoté-je pour que les Hawkins ne m'entendent pas.

— Quoi ? me demande Sarah.

— Nicolas Claus m'a laissé son numéro de téléphone la première fois que je l'ai rencontré. Je suis sûre que je l'ai gardé, attends.

Je fouille dans mon sac et retrouve le bout de papier sur lequel sont écrites ses coordonnées.

— Viens, dis-je à Sarah en la tirant par le bras.

Nous nous isolons derrière un flamboyant et je tente un appel.

« Orange vous informe que le numéro que vous demandez n'est pas attribué. »

Mais enfin ! J'en reste comme deux ronds de flan. C'est comme si ces gens n'avaient jamais existé.

Je mets le haut-parleur et fais écouter le message à Sarah.

— Je ne suis pas folle, n'est-ce pas ? Tu les as bien vus comme moi au restau l'autre midi, pas vrai ?

— Bien sûr, Rosie ! Mais je ne sais pas quoi te dire. Ils auront voulu faire une petite blague ? Allez, ne te prends plus la tête avec ça, les Hawkins ont l'air fort sympathiques et nous sommes officiellement tous invités. Profitons-en !

Je la suis sans résister, pas dans mon assiette du tout. Et à propos d'assiette, Henry vient me donner l'enveloppe qui était dans la mienne. Mon prénom y est écrit en très belles cursives dorées. Je la décachette et lis.

Chère Rosie,

M. Hawkins est un homme charmant.

Joyeux Noël.

Nicolas Claus

Et c'est tout. Il savait, il avait tout prévu. Quand, comment, je ne sais pas, mais il l'a fait.

— À moi, il dit que si j'y crois, les miracles sont possibles et que je dois regarder le ciel ! s'excite Henry. Tu crois qu'il va neiger à Noël ?

— On dirait que votre mystérieux ami semble connaître chaque membre de ma famille, vient me dire Roger Hawkins en me montrant son enveloppe. C'est étonnant.

— *Dad! He says I have to believe in my dreams and I'm going to have a friend and I will not be alone for holidays. I don't know if it's true, but I hope so! I'm so bored here!**

Puis l'adolescente croise le regard d'Henry et le temps semble s'arrêter. Quelque chose passe entre eux.

— Salut, lui dit timidement mon adolescent préféré. Je suis Henry.

— *I'm Wendy.*

— Faim ? lui demande Henry.

— *Hungry? Yes, like an ogre!*

Et les voilà partis tous les deux sous nos yeux ébahis.

— Voyons voir ce que me prédit votre père Noël, s'amuse Roger Hawkins.

Et il lit en français.

— « Les perles ne se trouvent pas que dans les huîtres. »

Il éclate de rire.

* Papa ! Il dit que je dois croire en mes rêves. Il dit que je vais avoir un ami et que je ne serai pas seule pour les vacances. Je ne sais pas si c'est vrai, mais j'espère ! Je m'ennuie tellement ici !

— Me voilà bien avancé ! *And for you, my love?* demande-t-il à sa femme. *What does he say?**

— *Let's see! "Dear Mallory, Christmas is for sharing love and love is inside you." Isn't it so cute, honey ?*** dit-elle se jetant à son cou.

— Viens, me dit Sarah en m'entraînant vers la table, toutes ces émotions m'ont donné soif.

— Et pour toi, que dit la carte ?

Elle éclate de rire.

— Je n'ai jamais cru en la magie de Noël, chérie, alors je ne l'ai pas ouverte. En revanche, je crois au dieu des bulles. Allez, le champagne nous appelle !

Loin des décembres de mon enfance, de la neige, du froid et des jours pâles de l'hiver, assise à cette table autour de laquelle tout le monde mange, rit, se connaît bien, peu ou pas du tout, partage un verre, une histoire, un sourire sous la nuit claire des Caraïbes et enveloppé par l'odeur des frangipaniers en fleurs, jamais Noël ne m'a semblé aussi doux qu'à cet instant.

— Il neige ! se met à crier Henry.

Je fronce les sourcils, quelque chose de froid vient de s'écraser sur ma joue.

— Il a raison ! renchérit Samuel. Il neige !

Je lève les yeux vers le fromager, ébahie. L'arbre semble s'être illuminé un peu plus, il blanchit et s'imprègne d'une lueur presque surnaturelle et des milliers de points blancs s'accrochent à ses branches tel un manteau, et retombent à ses pieds. Quant au ciel, on a

* Et pour toi, mon amour, qu'est ce qu'il dit ?

** Voyons voir ! « Chère Mallory, Noël est fait pour partager de l'amour, et l'amour est en vous. » N'est-ce pas adorable, chéri ?

l'impression que ce sont les étoiles qui sont en train de tomber. Il neige !

Alors que tout le monde lève le nez, n'osant croire ce qui arrive, Henry et Wendy se mettent debout sur leur chaise, tirent la langue, goûtent ces miraculeux flocons et répandent leurs rires sous le vent. Roger et Mallory Hawkins essaient de comprendre comment c'est possible, Monica et Pascaline parlent de sorcellerie, Sarah rationalise en évoquant une différence de température entre la terre et l'air, Samuel et Serge se regardent comme s'ils allaient se dévorer, et Jessica et son compagnon s'éclipsent, main dans la main, sans que personne ne les voie partir.

Je me suis souvent demandé si j'étais à ma place sur cette île, si cet endroit et moi nous nous méritions, si j'étais faite pour le soleil et l'ombre des lataniers, mais ce soir, je réalise combien la vie tout entière m'a guidée pour que je me retrouve ici, et maintenant. Puis quelque chose me fait battre le cœur très fort. La volonté, le courage, l'urgence.

Je prends mon téléphone portable et immortalise l'instant en photo. Puis je m'excuse auprès de tout le monde, dis à Sarah qu'il ne faut pas qu'elle m'attende et cours après Jessica.

— Attendez !

Elle se retourne, l'air surpris.

— J'ai oublié quelque chose ?

— Oui ! Non ! Vous pouvez me déposer à Corossol ?

— Corossol ? Qu'est-ce que tu vas faire là-bas à cette heure ?

Je regarde Jessica et souris.

— Réaliser un miracle de Noël !

26

Quand Jessica et son compagnon me déposent au cœur du village de Corossol, il est presque minuit et il n'y a plus un soupçon de neige dans le ciel. À part quelques chats qui se fichent bien de fêter le réveillon, les rues sont désertes. Tout le monde est occupé à boire du champagne et à manger à s'en faire éclater la panse.

Je marche jusqu'au petit port éclairé par quelques lampadaires. C'est le seul endroit de l'île où on voit encore des embarcations traditionnelles en bois de toutes les couleurs, et des casiers à homards prêts à être jetés dans l'eau.

Ici encore, personne, si ce n'est un pêcheur en train de nettoyer l'intérieur de son bateau à grands jets d'eau. C'est un genre d'immense barque à moteur avec plusieurs assises transversales sur la proue et une cabine minuscule vers la poupe.

— Bonsoir !

L'homme au crâne rasé et au ventre bedonnant se retourne, tout surpris de voir quelqu'un à cette heure. Je lui souris en grand.

— Et joyeux Noël !

— Noël c'est demain, bougonne-t-il, et c'est pour ceux qui n'ont rien d'autre à faire.

— Ah ! Et vous, vous faites quoi ?

Il me regarde, consterné par ma question.

— Ça se voit, j'lave mon bateau.

— Oui, c'est évident, mais pourquoi maintenant, en pleine nuit ?

Le pêcheur s'essuie les mains et jette son torchon dans la cabine.

— Parce que j'pars dans une heure pour aller pêcher et qu'on a eu d'la neige tout à l'heure, le temps ne tourne pas rond.

Je souris.

— C'est certain ! Mais dites, ça fait tôt pour partir en mer ?

— Pas si on veut que les poissons soient frais pour demain matin.

— Mais demain, c'est le 25, et personne ne travaille un 25 décembre.

Cette fois, je le fais éclater de rire.

— Ça fait pas longtemps que vous êtes sur l'île, vous, pas vrai ?

— Non, j'avoue…

— Montez, j'vais vous expliquer.

J'écarquille les yeux.

— Pour de vrai ?

— Si je vous l'dis !

Il m'aide à grimper. J'ai un peu de mal à tenir en équilibre, ça tangue.

— Asseyez-vous !

Je prends place sur la proue tandis qu'il s'assied en face de moi, une boîte d'hameçons sur les genoux.

— Moi, j'pêche le colas batard. C'est un poisson bien coloré avec des reflets brillants sur le dos, et de belles lignes bleues sur les flancs, mais c'est une vraie saloperie à attraper ! C'est un redoutable combattant, impressionnant de puissance pour un si petit poisson… La plupart des gens le pêchent pour le sport et les sensations, mais moi, ce que j'aime c'est sa chair fine et rosée. Et pour l'pêcher, j'utilise ça.

Il plonge la main dans la boîte et en ressort un hameçon à plume.

— J'pêche à la traîne. Ça veut dire que je laisse traîner l'appât ou le leurre accroché à une ligne derrière mon bateau pendant que j'navigue en douceur. Et quand j'en ai un, faut que j'me dépêche. Le colas se tape la tête partout. Il a une toute petite bouche, très fragile, et si on le laisse faire quand on l'a remonté, il s'arrache la peau tout seul, c'est pas beau à voir.

Je grimace.

— Mais pourquoi à tout prix le 25 décembre ? Vous ne m'avez pas dit.

Il sourit.

— Vous avez vu qui vit sur cette île, ma petite ? Les riches. Et les riches il aiment avoir du colas bien frais dans leur assiette pour Noël. Ils le mangent grillé ou en gravlax comme y disent.

— Je vois… Et vous allez le pêcher loin ?

— Trois milles vers le nord !

Et comme chez moi, un et un font deux…

— Vous passez loin de l'île Fourchue ?

— À un mille, ma p'tite dame !

— Oh ! Ça vous ennuierait de faire un détour et de m'y déposer ?

Il me regarde comme si j'avais dit une ânerie.

— Sur l'île ? Et qu'est-ce que vous allez faire sur Fourchue en pleine nuit ? Vous savez qu'il n'y a que des chèvres là-bas. Et qui c'est qui vous ramènera ?

Je lui souris.

— Le voilier d'un ami mouille dans la crique. Je voudrais le rejoindre et lui faire une surprise.

— Moi, si on m'fait une surprise quand j'dors, ça m'plaît pas ! Mais c'est d'accord !

Je tape des mains comme une enfant, à deux doigts de me jeter à son cou.

— Merci, merci, merci !

— Mais vous voulez y aller comme ça ? dit-il en désignant ma petite robe noire et mes escarpins à talons.

J'acquiesce en secouant la tête.

— Pas idéal, mais ça ira !

— Dans ce cas, partons maintenant. J'm'appelle Marco. J'ai fait du café coupé avec un peu de rhum, vous en voulez ?

Oh que oui, j'en aurai besoin !

J'ai un haut-le-cœur épouvantable quand on arrive aux abords de l'île Fourchue. Ce genre d'embarcation est peut-être pittoresque, mais merci les ballottements ! Et puis même si mon *taxi boat* a fait le ménage, qu'est-ce que ça sent le poisson ! Je suis restée agrippée à la coque en espérant ne pas vomir par-dessus bord.

— C'est lui ? me crie Marco en pointant du doigt le seul bateau au beau milieu du mouillage de l'île.

Difficile à dire de loin, je ne vois que les feux de nuit, mais je croise tout ce que je peux pour que ce soit le cas.

— Vous pouvez vous approcher un peu ?

— Bien sûr !

Nous y sommes très vite, et malgré la nuit, je reconnais l'écriture blanche sur la coque du *Cococâline.*

— J'peux pas m'arrêter trop près, dit Marco en coupant le moteur, mais j'ai une annexe gonflable. Elle sera attachée à une corde, vous n'aurez qu'à monter dedans. Vous savez ramer ?

— Aucune idée !

Quand je le vois sortir le petit bateau pneumatique et le gonfler avec sa pompe électrique, je ne suis pas rassurée. On dirait un mouchoir de poche, je ne vais jamais tenir là-dedans !

— Faudra r'tirer vos chaussures ! Venez, dit-il en le jetant à la mer, j'vais vous aider.

Quelle aventure ! J'arrive déjà à peine à tenir debout sur son bateau, alors sur son embarcation miniature…

Je jette mes escarpins et mon petit sac à main à l'intérieur, me fais aider de Marco pour passer de l'autre côté et réussis à m'asseoir dans le bateau pneumatique sans encombre.

— J'vais vous éclairer avec la lumière avant, prenez les rames.

Il me les tend sans que je sache trop quoi en faire.

— Pour avancer tout droit, actionnez les deux en même temps. Celle de gauche pour aller à droite, celle de droite pour aller à gauche. Et appuyez un grand coup sur la coque de mon bateau pour vous donner de l'élan. Allez !

Je fais tout comme il me dit et me retrouve deux mètres plus loin. Oh là là, je ne vais jamais y arriver ! J'ai beau ramer, j'ai l'impression de tourner en rond. Je suis ridicule de médiocrité.

— En même temps, j'vous ai dit !

Il en a de belles, lui ! Essayez de vous concentrer avec des bras qui n'ont pas plus de force qu'un chamallow, tiens !

— Vous allez prendre le truc !

Je veux lui faire un signe de la main pour lui dire que oui et manque de faire tomber une rame. Je la rattrape de justesse, je tremble comme une feuille et j'ai déjà les biceps en compote. Le voilier de Bastien est juste là, à moins de dix mètres, je peux le faire !

Je respire un grand coup et me lance, ravie de voir que j'arrive à avancer d'un mètre, puis deux, mais c'est épique et je ne suis pas droite du tout.

— Vous y êtes presque ! hurle mon gentil pêcheur.

Plus que cinq.

Trois.

Deux.

Un...

Ne contrôlant pas du tout l'arrivée, je lève une rame et cogne la coque du voilier dans un bruit sourd avant que l'annexe pneumatique ne s'arrête à flanc de bateau, contre la proue.

C'est à ce moment-là que Bastien sort de sa cabine, torse nu, les cheveux en pétard.

— Nom d'un chien, mais qu'est-ce que...

— Aide-moi ! crié-je en voyant que je ne maîtrise plus rien du tout.

— Rosie ? Mais qu'est-ce que tu fais là ? Arrête de bouger, tu n'es pas du bon côté du bateau ! Je ne peux pas te faire passer par là, tu dois faire le tour.

— J'aimerais bien, mais j'y arrive pas !

Et pour cause, l'annexe semble bouger toute seule, j'ai envie de vomir.

— Recule et passe de l'autre côté !

— Je peux pas, je te dis ! Je ne suis même pas sûre que la corde soit assez longue.

Il jette un œil à mon embarcation et comprend.

— Tu peux te mettre debout ?

— Ah non, je crois pas. Tiens, attrape mes chaussures déjà.

Je lui balance mon sac puis mes escarpins, et évidemment, manque lui crever un œil.

— C'est pas vrai ! Bon, écoute, essaie de me tendre une rame sans m'éborgner, s'il te plaît. OK, c'est bien ! Maintenant, mets-toi sur les genoux, attrape le bout de la rame, je la tiens.

— Je vais tomber ! crié-je en voyant bien que je perds l'équilibre juste en essayant de me relever.

— Essaie au moins et accroche-toi à la rame.

Excédée de ne pas y arriver, j'attrape le bas de ma robe et la passe par-dessus ma tête.

— Qu'est-ce que tu fabriques ? s'exclame-t-il.

Je mets ma robe en boule, la lui balance sur la tête et me laisse tomber dans l'eau.

Lorsque je refais surface, je pousse un cri de stupeur. Je n'aurais pas cru qu'elle puisse être aussi fraîche en pleine nuit.

— Je passe de l'autre côté !

Je nage dans une eau plus noire que la nuit et trouve ça terriblement angoissant, mais j'arrive du côté du bateau où se trouve l'ouverture.

— Je vais t'aider, grimpe à l'échelle, me dit Bastien.

Ce que je fais, mais je suis aussi adroite qu'un éléphant dans un magasin de porcelaine. Arrivée au dernier barreau, je glisse. Bastien me rattrape et passe par-dessus bord, moi avec.

Nous ressortons la tête de l'eau, l'un en face de l'autre, Bastien semble consterné.

— J'ai été un sale type à ce point pour que tu me fasses subir ça ? Prends le barreau de l'échelle.

Il m'imite et, presque collés l'un à l'autre, nous nous regardons. Lui, les cheveux plaqués en arrière, moi, contrite comme rarement je l'ai été.

— Je suis désolée, je me suis trompée…, commencé-je.

— Pour m'avoir mis à l'eau ?

— Pour ne pas t'avoir cru…

Il fronce les sourcils.

— On est obligés de parler de tout ça dans l'eau ?

— Oui, parce que si ça se passe mal, je peux repartir à la nage !

Il sourit.

— Et pourquoi ça se passerait mal, bichonnet ? Parce que tu viens vers moi pour t'excuser de ne pas avoir cherché plus loin que le bout de ton joli nez ?

— Peut-être bien…

Il secoue la tête et me passe une main sur la nuque.

— Qu'est-ce qui t'a fait changer d'avis ?

— Tu étais chez ton frère.

— Exact. Mais encore ?

Je souffle, je commence à avoir froid.

— Tu n'as pas couché avec Jessica.

— Si, mais c'était il y a longtemps.

Je grimace, j'aime mieux ne pas y penser.

— Elle a dit que tu étais un bonnet de nuit.

Il écarquille les yeux.

— Ah oui ? Eh bien voyons voir ça.

C'est sa bouche contre la mienne qui m'explique la suite de l'histoire. Et tandis que nous parlons le même langage, Marco sonne le départ.

— C'est bon ? Vous y êtes maintenant ?

— Oui, merci ! hurlé-je avant que Bastien ne reprenne là où il en était.

— Joyeux Noël, murmure-t-il contre mes lèvres.

— Joyeux Noël…

27

— Ah, vous voilà ! mugit Mary lorsque j'arrive à l'agence mardi matin. Vous êtes en retard !

Je jette un œil à la pendule au-dessus de son bureau, il est à peine 9 h 03.

— Je suis fatiguée de toutes vos incartades, mademoiselle Ernst ! Ça commence à bien faire.

Je hausse un sourcil, étonnée qu'elle m'appelle par mon nom de famille, puis comme la porte de son bureau est ouverte, je vois apparaître un bout de chaussure masculine. Quelqu'un est assis dans le fauteuil. Je comprends mieux. Mary est en représentation et a besoin de montrer qui est la patronne. Sarah est en visite ce matin, dommage, elle rate toujours les meilleurs dramas.

Je soupire.

— Bonjour, Mary.

— Mme Kane !

J'arque un sourcil.

— Oh. Bonjour, madame Kane. Oui, je suis en retard. Vous ne manquerez pas de déduire ces trois minutes de mon salaire, auquel j'en suis certaine, vous n'oublierez pas d'ajouter les nombreuses heures que je n'ai pas comptées tout au long de l'année. Aurez-vous besoin de mon aide ?

Passée la surprise, Mary se reprend très vite.

— Les choses ne peuvent plus continuer ainsi, mademoiselle Ernst. On vient de me rapporter vos frasques de ces derniers jours. C'est intolérable, inadmissible, impardonnable ! Je ne m'étais pas doutée de votre aplomb lorsque je vous ai engagée, vous aviez l'air si… prude et désinformée, mais je me trompais, vous êtes en réalité d'une sournoiserie hors catégorie.

J'écarquille les yeux.

— Je vous demande pardon ?

Puis la chaussure masculine dans le bureau apparaît plus distinctement, laissant deviner des jambes interminables. Roger Hawkins en personne se déplie et nous rejoint.

— Mademoiselle Ernst, me salue-t-il.

— Monsieur Hawkins.

— Je viens de raconter à Mme Kane l'incroyable situation que nous avons vécue lundi soir. Je pensais qu'elle aurait eu grand-peine à me croire, mais il semblerait qu'elle vous ait percée à jour bien avant tout le monde.

Je sens les traits de mon visage s'affaisser. Le gentil propriétaire avec qui on a fêté Noël me paraît beaucoup moins sympa tout à coup.

— Monsieur Hawkins, je croyais vous avoir expliqué que Sarah et moi étions aussi surprises que vous.

— En évoquant une famille imaginaire ? s'emporte Mary.

— Les Claus ne sont pas imaginaires du tout, ils ont été engagés par l'administration de Gustavia pour animer le marché de Noël ! Je ne les ai pas inventés.

— Toujours est-il qu'à ce jour il n'y a aucune trace d'eux nulle part, observe Roger Hawkins.

Je n'en reviens pas !

— Et que voulez-vous que je vous dise ?

— Admettez que vous avez organisé cette petite soirée de Noël toute seule, suggère Mary Kane.

— Mais c'est de la folie ! finis-je par m'énerver. Comment aurais-je obtenu les clés de la propriété ? Elle n'est même pas en gérance chez nous. Soyons sérieux cinq minutes, *madame Kane.*

— Je suis on ne peut plus sérieuse, mademoiselle Ernst. M. Hawkins s'apprête à racheter les parts de l'agence, de quoi avons-nous l'air à cause de vous ?

Je commence à voir rouge.

— Mais puisque je vous dis que ce n'est *pas* à cause de moi ! Je me suis retrouvée dans leur villa parce qu'on m'y a invitée, comme c'était le cas de tous les gens qui s'y trouvaient. J'aimerais bien que vous cessiez de m'accuser juste parce que vous avez besoin de trouver un coupable, madame Kane. Je ne suis responsable de rien !

Le visage de Mary s'empourpre comme jamais, créant un contraste des plus mauvais goûts avec le carmin de ses cheveux.

— Vous n'êtes pas en situation de demander quoi que ce soit, hurle-t-elle. Vous n'êtes qu'une godiche de la campagne qui ne comprend rien à rien. Vous avez peut-être de jolies jambes, mais rien dans la cervelle ! Si M. Hawkins dit que vous avez inventé toute cette histoire de famille venue de je ne sais où, c'est que vous l'avez inventée, et si vous continuez à vous entêter, je peux vous assurer que ma clémence sera de très courte durée ! Vous méritez d'être renvoyée, mademoiselle Ernst, et si je ne le fais pas dès maintenant, c'est que légalement, vous n'avez commis aucune faute professionnelle envers l'agence, mais si j'étais vous, je serais très prudente et ferais profil bas. Votre vie sur l'île pourrait devenir un enfer et vous pousserait à rentrer dans votre ville de culs-terreux en moins de temps qu'il ne vous en faut pour y songer.

Je n'ai pas le temps de m'insurger contre ce qu'elle vient de dire que Hawkins en remet une couche.

— Madame Kane, vous avez raison de faire prendre conscience de la situation, de votre mécontentement et du sérieux de votre agence à Mlle Ernst, mais si j'étais vous, je n'hésiterais pas une seule seconde à la convaincre de chercher un autre employeur.

Je suis si révoltée que je retiens de justesse un rire nerveux. Comment peut-il être aussi sournois, lui avec qui j'ai partagé plusieurs coupes de champagne ? Ils sont faits l'un pour l'autre, tiens, leur collaboration va faire des étincelles.

— Je ne pense pas qu'il soit utile d'en arriver là, persifle Mary, je pense que Mlle Ernst a compris et fera désormais très attention à ses arrières.

— Mais si, mais si, insiste-t-il. Vous devriez démissionner, mademoiselle Ernst, c'est la moindre des choses.

C'est le bouquet ! Et je leur donne une indemnité de départ aussi ?

— Pourquoi ferais-je une chose pareille, monsieur Hawkins ? Je ne sais pas comment ça se passe aux États-Unis, mais en France, le droit du travail me donne raison. Si vous voulez que je parte, vous allez devoir me renvoyer et pour ça, trouver une excellente raison. Parce que, au cas où vous ne l'auriez pas remarqué, tout le monde n'est pas né avec une cuillère en argent dans la bouche. Les petites gens ont besoin de travailler pour manger. Je ne démissionnerai pas.

Son sourire me laisse pantoise. Il a l'air tellement content de lui et de ce qu'il vient de provoquer !

— J'ai tout à fait conscience de cette contrainte administrative, mademoiselle Ernst, c'est pourquoi je vous propose de démissionner et de venir travailler pour moi.

— Pardon ? glapit Mary Kane.

J'en reste muette. À quoi joue-t-il ?

— Mais enfin, qu'est-ce que ça veut dire ? reprend Mary, ulcérée.

Il se tourne tranquillement vers elle et la toise de son mètre quatre-vingt-dix bien tassé.

— Que je viens de changer d'avis. Je ne souhaite plus m'associer à vous, madame Kane.

Mary s'étrangle avec sa salive.

— Mais ce que vous dites est aberrant ! Tous les papiers sont prêts, j'ai répondu à chacune de vos questions, vous étiez d'accord avec tout et disiez vouloir absolument vous implanter sur l'île !

— C'est toujours le cas, mais je n'ai plus envie de travailler avec vous.

— Mais… pourquoi ?

— Parce que vous êtes un tyran, madame Kane.

Mary blanchit.

— Je vous ai expliqué la situation telle qu'elle s'est produite, ne mentionnant en aucun cas la responsabilité de Mlle Ernst, mais vous êtes quand même partie bille en tête pour vous faire mousser. Je teste toujours les gens avec qui je travaille. Il a suffi que je mette volontairement le feu aux poudres pour vous percer à jour. Je veux effectivement m'implanter sur l'île, et si Mlle Ernst l'accepte, c'est elle qui travaillera pour moi. Qu'en dites-vous, Rosie ?

— Là, tout de suite ? Que j'ai besoin de m'asseoir.

Je me laisse tomber sur un des fauteuils destinés à la clientèle et tâche de reprendre mon souffle. J'ai un de ces coups de chaud !

— Vous n'êtes pas sérieux ? revient à la charge Mary.

— Tout ce qu'il y a de plus déterminé.

— Et vous, vous n'allez quand même pas tomber dans le panneau ? aboie-t-elle à mon intention. Vous voyez bien que tout ce qu'il essaie de faire, c'est semer la zizanie pour mieux s'imposer sur l'île. Rosie, indépendamment de nos différends, nous faisons une bonne équipe vous et moi.

Mais quelle girouette ! Dieu comme j'ai mal au crâne...

— Monsieur Hawkins... Je suis flattée, croyez-le bien, mais cette situation me cueille par surprise et je n'ai pas pour habitude de prendre des décisions sur un coup de tête.

— C'est tout à votre honneur, mademoiselle Ernst. Je vous offre la possibilité d'y réfléchir.

— Mais enfin ! recommence Mary. C'est insensé, insensé ! Vous ne pouvez pas débarquer ici pour débaucher mon personnel l'air de rien ! Mary Kane est l'agence la plus réputée des Caraïbes, ne croyez pas que tout se construit à coups de gros billets, monsieur Hawkins. Je ne donne pas un an à votre structure avant de sombrer et tomber aux oubliettes ! Je suis ici depuis quarante ans, monsieur, et vous, tout riche Américain que vous êtes, vous ne représentez rien. Vous ne construirez rien sans expérience !

Je dois reconnaître une très grande classe dans sa hargne. Chacun de ses mots part d'une vérité difficile à remettre en cause. Mary Kane est fourbe, insupportable, opportuniste, mais tout ce qu'elle a construit, elle le doit à un travail acharné. Ses clients sont contents, ses services sont irréprochables, elle va bien au-delà que n'importe qui d'autre sur l'île. En réalité, il n'y a que son caractère qui cloche, et après ça, je ne suis pas sûre de pouvoir davantage le supporter.

— Vous avez entièrement raison, dit Roger Hawkins qui joue un jeu auquel personne ne comprend plus rien. C'est pourquoi je vais racheter votre agence à un très bon prix, et vous offrir une retraite paisible. Rosie Ernst prendra votre place. Je multiplie par vingt le capital et vous offre une prime de départ de 8 % du chiffre d'affaires total des dix dernières années.

Cette fois, c'est Mary qui a besoin de s'asseoir.

— Du chiffre d'affaires ?

— C'est à prendre ou à laisser.

Elle tend le bras vers la fontaine à eau et se fait couler un verre qu'elle avale d'une traite.

Dix ans de chiffre d'affaires, elle sait le montant énorme que ça représente.

— Dix pour cent, finit-elle par dire.

L'Américain ne cille pas, il n'est pas surpris.

Mary penche la tête de côté. Je crois que, comme moi, elle vient de comprendre que Roger Hawkins a tout prévu depuis le début. Une mise en scène magistrale qui a conduit Mary à sortir de ses gonds et à se retrouver dans une situation où elle se ridiculiserait et ne pourrait plus refuser son offre. Le fait qu'il soit aussi retors pourrait me faire peur, mais j'avoue, Hawkins force plutôt mon admiration. Cet homme est étonnant de détermination.

Il sourit en coin et lui tend la main.

— *Deal.*

Lorsque je quitte l'agence en fin de soirée, Mary est rentrée chez elle depuis deux bonnes heures. Henry m'attend sur les quais, je lui ai promis qu'on irait manger une glace, puis je réinstallerai, petit à petit, mes affaires dans le bungalow de Monica.

Il me rejoint au moment où je suis hélée par mon futur patron.

— Vous avez eu un sacré culot, lui dis-je.

— Le jeu en valait la chandelle.

— Vous avez un français exceptionnel, monsieur Hawkins.

Il rit.

— Une gouvernante lilloise et dix ans d'études à Paris. Voulez-vous vraiment travailler pour moi ?

— Si vous rachetez l'agence, la question ne se pose pas, monsieur Hawkins. En revanche, ce que je me demande, c'est pourquoi *vous* avez envie que je travaille pour vous. Je viens d'arriver sur l'île et vous ne savez rien de moi.

— Détrompez-vous, mademoiselle Ernst. J'ai épluché votre carrière dans les moindres détails, et je pense que ce que vous faites chez Mary Kane n'est pas à la hauteur de vos capacités. Je pourrais me contenter d'engager un nouveau directeur d'agence et vous garder au poste de manager, mais ce serait une grave erreur.

Je baisse les yeux en souriant.

— Dans ce cas, je vous remercie pour votre confiance.

— À bientôt, mademoiselle Ernst.

Je le salue de la main et me penche sur Henry.

— Tu vas changer de patron, alors ? Cette vieille sorcière va te laisser tranquille ?

— On dirait bien ! On la prend cette glace ?

Nous marchons jusqu'au Petit Deauville, commandons des pots à emporter, puis nous allons nous asseoir un peu plus loin sur un banc.

— Tiens au fait, il y avait ça dans la boîte aux lettres chez nous, pour toi, me dit Henry en me donnant une enveloppe.

Je fronce les sourcils. Pas d'adresse, juste mon prénom, comme écrit à la plume. Je la décachète et la lis.

Je vous l'avais bien dit ! Les miracles existent pour ceux qui y croient.
Nicolas Claus

J'en reste bouche bée.

— C'est de qui ? demande Henry.

— Nicolas Claus…

— Oh ! Et qu'est-ce qu'il dit ?

Je souris.

— Tu en poses des questions !

Henry hausse les épaules.

— Moi, je l'aimais bien, Nicolas Claus. Tu te souviens de la parade de Noël ?

— Comment l'oublier !

— On a fait des vœux, tu te rappelles ? Les miens se sont tous exaucés. Ma grand-mère paternelle, la neige… C'était bizarre ça, qu'il neige !

Oh oui, ça l'était. Les infos nationales en ont parlé et ont évoqué une dépression exceptionnelle. En réalité, personne n'a compris ce qui s'est passé, c'était un soir particulier.

Jusqu'à aujourd'hui, Nicolas Claus, sa femme et ses petits-enfants n'avaient plus donné signe de vie, Olga et Björn non plus. Volatilisés, envolés, comme s'ils n'avaient jamais habité dans la maison des Hawkins ni mis les pieds sur l'île. Des vœux exaucés, des enveloppes qui apparaissent comme par magie, des gens qui disparaissent, de la neige au beau milieu des Caraïbes, je n'avais jamais vécu quelque chose d'aussi troublant de toute ma vie. Mon père dirait que le hasard fait bien les choses, ma mère affirmerait qu'il n'existe pas.

— Et toi, Rosie, qu'est-ce que tu as souhaité ?

Je lui souris.

— Changer d'employeur.

Henry pousse un long soupir.

— Comme par hasard ! Tu crois que Nicolas Claus était le vrai père Noël ?

Je serre la lettre entre mes doigts.

— Qui sait ?

— Ce serait un miracle !

Alors je pose la main sur son épaule et regarde avec lui le soleil se coucher derrière la ligne d'horizon. Les miracles existent pour ceux qui y croient, c'est ce que dit Nicolas.

Moi, j'y crois.

REMERCIEMENTS

Vous est-il déjà arrivé d'être plongé dans un roman et d'avoir la sensation d'y être ? De sentir les odeurs, de voir les paysages, de toucher, palper ce qu'on vous décrit ? Moi, je l'ai vécu en écrivant cette histoire. Saint-Barth, quoi ! J'y étais, j'ai tout vu, j'ai adoré ! Et c'est grâce à ma chère Corinne qui, depuis le *Cococâline,* depuis les villas de riches propriétaires, sous le ciel des Caraïbes, m'a montré son île, m'a donné l'impression d'y être. Sans toi, écrire ce roman n'aurait pas eu la même saveur. Merci à toi, et merci WhatsApp !

Et puis, il y a toujours ce duo irréductible, ces traqueurs d'anomalies, de phrases mal formulées et de coquilles. Sandy, alias la crevette de Marseille, et Maxime, le géant clown de Dunkerque. Aussi opposés géographiquement que physiquement (elle mesure 1,92 m et lui 1,56, à moins que ce ne soit l'inverse), ils forment une équipe redoutable et me sont devenus indispensables. Merci à vous deux pour votre investissement, votre énergie et le temps précieux que vous m'accordez chaque fois. Je vous kiffe !

Et puis tiens, je vais taguer Karine Bailly de Robien et Pierre-Benoît de Veron, si jamais ils avaient envie de faire un lancement à Saint-Barth, sait-on jamais !

Merci à vous tous, et à vous qui m'avez lue.

Cœur avec les doigts !

DE LA MÊME AUTRICE

Aux *Galeries Hartmann*, la semaine des *Féeries* est le plus gros événement de l'année. Alors, quand sept jours avant leur lancement, le nouveau directeur exige que la décoration de Noël soit intégralement refaite, le sang d'Agathe ne fait qu'un tour : personne ne touchera à son travail, et surtout pas cet arriviste arrogant. Mais le grand magasin est désormais sous la responsabilité d'Alexandre Hartmann, et aussi talentueuse que soit Agathe Murano, c'est avec lui qu'elle devra traiter. Lui et personne d'autre.

Ces deux-là auraient préféré ne jamais se rencontrer, mais puisqu'un père Noël et son chat magique viennent d'être embauchés pour exaucer les souhaits, puisque les guirlandes scintillent et que l'air embaume la cannelle et le pain d'épices, tout devient possible…

8,50€
368 pages

Certifié PEFC
Ce produit est issu de forêts gérées durablement et de sources contrôlées.
PEFC™
10-31-3068
pefc-france.org

Cet ouvrage est composé de matériaux issus de forêts gérées durablement certifiées PEFC™. Le Programme de reconnaissance des certifications forestières (PEFC™) est le plus grand organisme mondial indépendant de contrôle pour une gestion durable des forêts. Pour en savoir plus, consultez le site www.pefc-france.org

Achevé d'imprimer en septembre 2021
par CPI Bussière
À Saint-Amand-Montrond (18)
Dépôt légal : octobre 2021
N° d'impression : 2059799
Imprimé en France